王刚作品

你给儿子写信了吗

作家出版社

图书在版编目（CIP）数据

你给儿子写信了吗 / 王刚 著. -- 北京 ：作家出版社，2016. 5

ISBN 978-7-5063-8938-9

Ⅰ. ①你… Ⅱ. ①王… Ⅲ. ①散文集 – 中国 – 当代 Ⅳ. ①I267

中国版本图书馆CIP数据核字（2016）第105951号

你给儿子写信了吗

作　　者：王　刚
责任编辑：兴　安
装帧设计：原本广告
出版发行：作家出版社
社　　址：北京农展馆南里10号　　邮　　编：100125
电话传真：86-10-65930756（出版发行部）
86-10-65004079（总编室）
86-10-65015116（邮购部）
E-mail:zuojia@zuojia.net.cn
http://www.haozuojia.com（作家在线）
印　　刷：中煤（北京）印务有限公司
成品尺寸：142 × 210
字　　数：200千
印　　张：9.25
版　　次：2016年6月第1版
印　　次：2016年6月第1次印刷
ISBN 978-7-5063-8938-9
定　　价：28.00元

目　录

北京有云有天的日子

鲍家街43号的尤金娜

最后四首歌

经常有自由闪过

我们移民吗

序：你给儿子写信了吗

这个时代已经不需要写信了，有时候觉得父亲给儿子写信是一件挺不要脸的事情。儿子，可是，这几年爸爸却给你写了许多封信，有的你可能读了，有许多你没有读。爸爸知道你对这些信没有太大兴趣，总体是懒得读。懒得读，就自己写，自己看，但是，这就更不要脸了，对方都不太看，你给他写什么信？

爸爸那年5月在旧金山红木海岸，午睡朦胧中突然决定要到明尼阿波利斯看看（咱们家的很多事情都是在午睡蒙眬里决定的），因为你8月份就要到明大法学院读书了。其实，本来是希望你去纽约的，非常希望你去福特汉姆法学院，旁边就是林肯中心、茱莉亚音乐学院，你可以到林肯中心听音乐会听歌剧，去茱莉亚音乐学院找找女孩儿，爸爸都为你想好了。你自己却选择了明尼阿波利斯，说他们给你奖学金，说法学院给奖学金很难，说明大偏僻正好读书。所有这话都像是一个老年人说的。

其实，你已经决定去明大法学院了，爸爸在你入学之前先去那儿看看究竟有什么用呢？没有什么用，你自己什么都决定了，我不过是好奇而已。

那天在明尼阿波利斯的街道旁等公共汽车，小风像小刀一样割在脸上，明媚的阳光像美国政府，看上去美丽，却内心感觉冰凉，已经5月了还这么冷，身边一对华人老夫妇说这已经是最温暖的春天了。美国的公共汽车来得好慢呀，突然很想念你，想到你要独自来美国了，爸爸像所有那些渐渐衰老的父亲一样，有千言万语要对你说。就是在那个公共汽车站，在公共汽车似乎永远等不来的时候，决定要给你写信，你从小到大听爸爸的废话够多了，可是像爸爸这样的人却仍然感到没有表达够，刚才说了——千言万语。

其实年轻时的爸爸没有想过要孩子，更没有想到会与你有那么多话说。电影里那些父亲听说有了孩子就高兴得蹦跳起来，爸爸不是这样，有了你之后，内心特别沉重，觉得自己还没有玩够呢，就要当爹了，很可怕。所以看着那些跳起来的男人们，不知是真是假。对你有了感觉，有了感情，甚至充满深情（这话有些不要脸）都是以后的事情。看着你一点点地长大，爸爸也长大了。那时北漂的爸爸每次回到乌鲁木齐都会带着你，你从来不愿意管我叫爸爸，我也无所谓。反正当时天天带着你玩真的比跟别人玩要舒服愉快，叫什么就更不重要，爸爸是一个务实的人。别人的爸爸都总是很忙，你爹却一辈子晃晃悠悠，一点儿也不忙。别人的爸爸计划性特强，你爸爸喜欢瞎逛，别人的爸爸都有单位有公司，爸爸没有单位，即使在公司时也是若即若离像是一个局外人，今天在音响店，明天在旧货市场，后天在商场西装店、南门新华书店，大后天又独自坐在公园的湖水边发呆。有了你就更喜欢逛了，只是天天带着你一起逛，以后你大了不愿意跟我逛了，我就又独自逛……几十年就这样逛过来了。

父母生养孩子是为了什么？过去一直同意那种说法，孩子是那对为父为母的男女寻欢作乐的产品。养孩子是什么行为？动物本能，某一类动物本能，某一种动物本能——他们说人性。

所以，你有时对爸爸说话厉害，爸爸从不顶嘴，内心不高兴也不想吵架。可是，儿子，爸爸在外边几乎没有朋友，因为爸爸是一个不容易吃亏的男人。

你小时候家里吵架，爸爸经常诉说委屈，多么不容易云云，最近出去逛得少了，却喜欢天天看《动物世界》，才发现许多动物都完全不是爸爸这样的，才发现动物里当爸爸的角色本该为自己的家庭和后代把食物找回来。这本是天经地义的事情，动物们没有为此委屈含冤的，只有人类当爸爸的才喜欢经常诉说委屈，这又是挺不要脸的。

对了，今天在信里问你，当时不去纽约非要去明大法学院，是心疼家里的钱吗？我渴望答案，《动物世界》却没有说，我没有从那些小动物身上看到它们是不是心疼家里的食物，我只是发现你小时候竟然是一个节约的孩子。前几天，你为爸爸过生日，从美国带回来一瓶很好的起泡酒，是法国香槟产区的，你记得爸爸当时对你说什么吗？当时感觉那酒真的很好，喝着心里很舒服放松，于是又悲伤起来，说：还没玩儿够呢，就老了，而且又老了一岁。

HEY

JUDE

HEY JUDE

儿子，当年那个留着长头发，在乌鲁木齐的漫天大雪中还穿着一件日本旧西装的青年就是我，你的父亲。天气那么冷，却因为爱美仍然不愿意穿棉服。身上日本的旧西装很多人都说可能是从死人身上扒下来的，也许上边还沾有艾滋病毒，二十四岁的父亲却因为深深地恋着它的版型连冬天都穿着它。艰难地行走在没膝的雪中，看着雪花在灯光下像洪水一样地朝我奔涌。深夜行走在乌鲁木齐的街头，是因为内心里有着烈火一样的感动：孟非从阿联酋回来，他带回了一盘磁带。是披头士唱的歌，里边有约翰·列侬。

时光已经很久远了，当然是上个世纪的事情，二十多年摇摇滚滚，流走的时间把我从青春的垃圾堆扔到现在的垃圾堆里。约翰·列侬却从来没有从我的内心退却，《LET IT BE》《YESTERDAY》《HEY JUDE》如今你也非常熟悉。只是它们让我想起的是所有那些当年在乌鲁木齐的女孩儿，她们为我擦汗并和我一起葬送青春，而你，你的女孩儿在哪里？在北京？在英国？你其实最喜欢的还是《I WANT TO HOLD YOUR HAND》，我想抓住你的手还是我想握着你的手？我怎么对你说那个晚上在乌鲁木齐漫天大雪中的列侬呢？在孟非家一遍遍地听，拿出自己珍藏的TDK磁带让他为我转录，我边听边为自己不满足的生活流泪。当我再次回到了白色的黑夜中时，醉酒的我凄凉地哭泣着，一遍遍地唱着那首刚学会的《HEY，JUDE》，雪是那么温暖，灯光如同阳光，乌鲁木齐的夜空光辉灿烂，照耀着我的前方，我就像是一个得了青光眼的病人那样，再努力也睁不开眼，故乡的大雪让我胆大妄为，猖狂无比。黎明时分回到了家，如同将熄的炭火，更像是垂死的牲畜，瘫倒在小屋的地上，在深沉的睡梦中把雪野、乌鲁木齐、约翰·列侬永远地搅拌在了一起，以至于在自己的一生中，只要是看到了雪，就想到了乌鲁木齐，就看到了那个反叛者和他的音乐以及我的反叛和我的音乐。

儿子，你是反叛的吗？似乎没有，你以后告诉我，你经常放学后不回家，在外面闲逛，或者在网吧里。可是，粗心而且自私的父亲却完全不知道。爸爸的自私和粗心救了你，让你没有受到那些可怕的关注以及鼓励。记得你去美国之前，我对你说：别人问我，你是如何教育孩子的？我回答没有教育。人生挺失败的爸爸只是喜欢喝一点酒后，在家里骂权力，骂教育，骂文化，骂污染，骂疾病，骂衰老。你当时说的话你还记得吗？你说：那总比骂我好！

在车里，我们经常一起听约翰·列侬，就好像他是我们共同的熟人，以后你自己去买了约翰·列侬的CD，你也会把他的歌声用MP3装起来，放在家里新买的车上，在一起去大海的时候反复听。你可能也会把约翰·列侬介绍给你的那些女孩儿。因为这些，爸爸总是以为约翰·列侬永远年轻。有的人不一样，他们不会老。

可是，无意中又看了大野洋子的视频，她在表演。她是死了多年的列侬的夫人。她唱着当年那些摇滚的歌，使她看上去更加衰老，一个六十多岁的老太太又唱又跳，显出残酷滑稽，让人心酸心疼。

正因为心酸心疼，所以今天特别想对你说说我们的约翰·列侬。

儿子，那个小小年纪就去了美国，并渴望拿到纽约律师资格的人就是你，每天要被迫读六十页法律书，还要去健身房运动。你买了很好的西装和皮鞋然后照镜子，看自己像不像是一个美国的律师，你的目的性似乎比父亲强得多，你在与父亲讨论时已经比过去更沉默了，因为你已经更加不适应一个父亲的夸张。你走在纽约，还有明尼阿波利斯的大雪中，会想起爸爸的约翰·列侬吗？披头士里那些比你已经更娃娃的脸还能让你感动兴奋吗？

爸爸这批人无论在道德上，还是那些准则的操守上都有很多问题，但是爸爸喜欢约翰·列侬是真的。儿子，向你保证：

《HEY JUDE》。

爸爸的包袱

奶奶渴望去海南看蓝色的天空和海洋，可是，面对一个八十二岁的老人你敢带她去吗？奶奶有很多病，概括起来是心血管病、焦虑症病。新疆乌鲁木齐的医生问奶奶，你有的时候想自杀吗？奶奶总是说想呀，但是，我想到两个儿子，我不能自杀让两个儿子背黑锅。不敢对奶奶说要带她来海南，怕最后说话不算话，让奶奶失望，加重她的焦虑绝望。终于对她说了，奶奶兴奋、紧张。爸爸知道，八十二岁的老人兴奋和紧张都会打垮她，不能让她白白承受。儿子，你很难想象带着一个八十二岁的老人旅行是多么麻烦，先是心理上，爸爸是一个极端自私的人，关于爸爸的自私，自我中心，狠“独”的人品……太多的人也包括你——都有过深刻的教训。奶奶不愿意让爸爸背黑锅，却让爸爸背个大包袱。想到种种麻烦，爸爸已经感觉自己有焦虑症了。

周六去宣武医院为奶奶开药（上路前要为奶奶准备很多药）

时，爸爸是三点四十分到的，医院已经不挂号了，他们三点半停止挂号了。感觉到绝望，爸爸愤怒了，先是夸张地乞求他们开恩，接着开始用手拍打他们的柜台、窗口，头脑更加恍惚时就破口大骂，医药垄断操他妈的公立医院云云，现在想起来脸红，羞愧，当时不说出脏字就不能忍受，好像要死了。终于有一个穿白大褂的男人走出来，我说我仅仅是开些药，别的地方没有，只能在这儿，我手里有你们医院专家的处方。他说你上三楼看看还有没有医生。我忙乱地冲向电梯，人真多呀，电梯真慢呀，我开始走楼梯朝着三楼跑。到了三楼还有很多人在排队。我盯着一个医生，在她稍稍有空的时候，请求她多加一个号。她目光呆滞地看看我，神情一样有些恍惚，说：加呗，既然你话都说成这样了。爸爸又连忙朝一楼跑，电梯的人仍然太多，电梯仍然太慢了。跑到了一楼挂号窗口，女孩子朝爸爸伸手要东西，爸爸说医生说可以。她说，你得要个她的条子，有她的公章才行。爸爸额头上的汗水已经进了眼睛，不得不闭着眼睛说，医生没有说呀，她说可以挂号。女孩儿说你必须拿来她的纸条。爸爸再次朝三楼冲刺。跑到三楼时，那个女医生说噢，然后，真的给了爸爸一张白色的纸条，爸爸拿上就跑，害怕挂号的女孩子已经离开了。刚到了门口，医生喊爸爸回来，然后，她拿出了自己的公章，盖在了白条子的上边。爸爸再次往一楼冲刺，到了挂号窗口时，女孩子还在，她接过了纸条，递给了爸爸一张号。要命的号呀，爸爸又怕医生走了，再次朝着三楼奔跑，没有看到电梯了，目光中也没有任何人了，只有医院过道楼梯间灰色的乌云，像是北京苍茫天空下的雾霾。爸爸抱着治疗奶奶焦虑症的药瘫倒在出租车里时，想到美国人和德国人的遇事的平静，那么后悔自己骂人，反省自己文化上、性格上、心理上的问题。

第二天开车堵了近两个小时去了朝阳医院，要为奶奶上路前开心血管方面的药。九点钟你们不会下班吧，决不再吵架骂人，不再证明自己文化低劣，不再动怒损害自己的身体。排到窗口说没有号了，我对女孩子说，我仅仅是开药，有你们医院专家的处方。她说那也没有号了。爸爸的脑袋duang的再次蒙了，隐约听到女孩子说可以挂下午的，得救了，挂下午的吧。下午再来一趟吧，办完事情五点钟或者五点半再来吧。于是回头又去问女孩子，你们下午几点下班，她说四点半。愤怒再次duang、duang、duang地冲击心脏了，医药垄断操他妈的公立医院云云，公立医院的没有人性的畜生……肮脏的语言被有病的人群淹没了。走在北京的大风里，看到“两会”的蓝天，感觉到自己又伤身体了，爸爸痛恨自己的素质和品德。

海南香水湾的大海边，奶奶和爸爸此时刚舒口气正看天空，儿子，连奶奶都发现了，海南的天空一点儿也不蓝，发布的指数是三十多点，可是，天空总是有灰白的雾，没有五六年前的湛蓝了，那成块成团的云朵呀，在蓝蓝的天空里游动。海浪朝着我们喧哗着，海水是淡绿色的，不像美国和墨西哥的海，蓝得让你又焦虑又心脏疼痛。

窗帘上的米罗

初到纽约时，完全想不起来像CHINA TOWN这样的鬼地方。住在曼哈顿，现在回忆一下，应该是第55街。走出酒店大门，朝左边，就是卡内基音乐厅和林肯中心、茱莉亚音乐学院、福特汉姆法学院，朝右边，就是第五大道、中央公园、大都会博物馆。美国的城市道路分为街与大道。感觉上街总是横着走，大道竖着走，到现在也没有弄清楚在纽约它们谁是东西向，谁是南北向。

很多刚到美国的中国人也许都跟我一样，首先就是在头脑里为自己画定了规则与方向，那就是尽量少跟中国人来往。既然去了美国，就要了解人家那儿的文化。同时，为了语言练习，主动创造一个好的英语环境，也要少说中国话。我也是抱着这样的宗旨在纽约过日子。

先是在百老汇看音乐剧《歌剧院幽灵》，记得那天晚上还在倒时差，所以很困，总是睡着，又被音乐吵醒，因为在家里看过这部电影，所以总觉得百老汇的舞台上灯光昏暗，而且那些演员唱得也有些业余，观众也很业余。只是唱幽灵的那个男的太好了，声音浑厚，音域宽广，乐感也好，最后不再睡着了，就是为了听他。在林肯中心听的歌剧是穆索尔斯基的《鲍里斯·戈都诺夫》，那天我受到了震撼，当然不是因为他们演得好。他们演得太好了，舞台华丽，乐队透明，每个人都唱得非常好。可是，这并没有足以震撼我，让我无比吃惊的是那些铺天盖地的纽约人。林肯中心的歌剧院很大，有四五层，里边坐着不知道有多少人。他们衣着体面，春风一片。就是这些人震撼了我：他们对这部歌剧真是太熟悉了！不要以为我现在只是说了一句普通的、没用的话，其实这句话是我想概括他们纽约人的核心：他们对歌剧太熟悉了。熟悉歌剧，不太容易，不但要真心热爱音乐，以及歌剧，还需要多年积累。不是一般青年男女白领可以达到的，那些读了几天书，就宣布自己热爱艺术、并懂得艺术的人，每当走到歌剧面前，就会显示出他们既不热爱艺术，也不懂艺术了。我常对朋友们说，我们肯定有病，要不为什么会喜欢这种声音：就是那些唱歌剧女高音的声音。

坐在身边的那些纽约人，他们真的热爱歌剧、熟悉歌剧，他们在跟我一样享受，他们的眼神、表情，以及肢体的自然状态，都让我能感觉到，并从心底生出对他们的敬意。中场休息时，男男女女的、老老少少的都会去排着队，花十美元要一杯白葡萄酒喝。这时，你要仔细看看那些穿裙子的女人，会发现她们很美丽，即使那个身边的老太太也许已经八十岁了。一般说来，美国人不太讲究穿着，不过听歌剧时除外。仔细想想，为什么觉得她们美丽？其实，不仅仅是她们衣着光鲜，还是因为她们对于歌剧的熟悉。其实，人们为什么要熟悉歌剧呢？这样要求我们人类是有毛病的。可是，我就不幸成为了有这种毛病的人。而且，还据此把人分成了两种人：有文化的人，没有文化的人。不熟悉古典音乐的人，就是没有文化的人。熟悉古典音乐的人，就是有文化的人。知道这样很没有道理，知道这是偏见，可是完全没有办法。中国绝大部分读书人是有知识的人，可惜他们没有文化。

在大都会博物馆感觉到很累，太大了。美国人从哪儿弄来这么多东西？创造的？买来的？还是抢来的？走在这所巨大的博物馆里，脑子就不停地想着这些与文艺无关的东西。公平？哪儿有公平？美国真的公平吗？如果美国有公平，那这公平是怎样造成的？直到走进了梵高的油画里，才把这些烦乱的思绪赶走。

这么多画果然都是梵高的原作吗？我又一次感觉吃惊，并且突然心酸起来。站在梵高面前，回忆回忆回忆。应该是十七八岁时吧？在遥远的新疆沙漠里，我去搜集民歌，为了今后能成为一个作曲家。那时，我背诵过柴可夫斯基的一句话：一个人只要记住了一百首民歌，他就能成为一个作曲家。我当时以为柴可夫斯基说的都是真的呢，我也就是在那儿看到了一些青年画家，他们跟我一样留着长发，然后，他们让我看到了梵高。在绘画上，我是一个迟钝的人，不过青春记忆却是与泪水相连。不知道为什么，看着梵高的这些画，我总是想哭。那么冲动，渴望，烈火燃烧一样的十七八岁真的永远都没有了吗？那些大沙漠、塔里木河， 还有梵高，他们果真走远了就不再回来了吗？我终于忍住了，没有让梵高看到我的眼泪，可是，当走到了米罗的画布前时，眼泪竟然再也存不住，它们顺着我的脸就往下流，那些属于米罗的，让我内心无比疼痛的线条呀——

我结婚那年，在乌鲁木齐的冬天里，因为贫穷，买不起窗帘，就去买了大量的维吾尔人用来包麻袋的土粗布，然后叫画家孙广新为我画窗帘。我们从米罗的画中挑选了线条和图案。我的窗帘占有了整整一面墙，那上边全是米罗的线条。

透过泪水，我发现我家里的米罗线条与大都会博物馆里的完全一样。

到哪里去找这么大的画布呢

1

在喀什噶尔旁有个疏勒县，十七岁的孙广新那天在一个小房间里把他刚画完的画摆在地上让我看。他基本上是一个羞怯的人，那时女孩儿们都喜欢他，说实在的，他长得有些像年轻的普希金。现在的人可能很难知道普希金是谁或者长的什么样，那时却有一本像古董一样的《普希金诗集》，人人都在看或者背诵，里边就有普希金的照片。孙广新就像那个照片里的人，年轻、腼腆，有几分愁绪，也有几分快乐。从画面上散发出强烈的油彩味，如同婴儿在床上刚撒了尿，留下痕迹，传播着的气体显得意味深长。

画面上都是些房子，是喀什那儿古老的房子。反正是一个土字。现在不能说土了，现在应该说是朴素、朴实。那都是维吾尔人住的房子，可能有几百年了，可能有几千年了，可能有几万年了。尽管我反复读过新疆简史的喀什部分，可是我永远记不住那些时间和年月。有时是一个破落的木门，就像是破落地主的皮肤，有时是一棵歪歪扭扭的树，就像鲁迅笔下的孔乙己。有时是一个屋前的馕坑，画得跟河马的脸面一样。有时是一个涝坝上的月亮，很像是塞提尼莎的眼睛。塞提尼莎是我和孙广新都认识的女孩儿，当然是维吾尔族，她的歌声很粗野，她的头发很漫长，仿佛是从乌鲁木齐通往疏勒和莎车的路，你几乎无法走完。

十七岁的王刚怎样才能评价十七岁的孙广新的画呢？王刚熟悉喀什噶尔的那些房子、破门、树和涝坝，热爱音乐的王刚以为自己肯定能够成为一个伟大的音乐家，为了听从柴可夫斯基的劝导记住一百首民歌，他每天都像拾荒者和朝圣的人一样，走在喀什的大街小巷。柴可夫斯基说过，一个人只要是记住了一百首民歌，他就会成为一个伟大的作曲家。我当时以为他说的话都是真的。

孙广新当时有几分焦虑，他在等待着我的评价，他真的很在乎我的说法吗？我有些不好意思，因为我不懂画，可是每天背诵着民歌和斯波索宾和声学法则的我就真的懂音乐吗？我长久地看着那些孙广新画的房子和树，却不知道说些什么好。尽管我不像画家本人那样是个羞怯的人，但是那天我却无法滔滔不绝，十七岁的我还没有无耻到能像一个中年人那样的没话找很多话。最后，我只好说：

感觉不错。

那是1977年，王刚为了音乐，孙广新为了画画，我们分别从乌鲁木齐来到了喀什噶尔，我们成了可以聊天的人，我们以挑剔的目光在人群里搜寻，企图发现那些可以聊天的人。那是人生中一桩很重要的事情。重要到了跟理想一样的重要。

很久没有回到那个叫作喀什噶尔的地方了。你在地图上查查，尽可能地往西，往沙漠，往那些在你的想象中没有人烟的地方。然后，有一个词汇能从你的想象中出现，塔里木。我们当时就是在塔里木，在沙漠的边缘的塔里木。

2

每年冰消雪化之时，新疆乌鲁木齐就会有一批画画的，他们带上最简单的行装，到那些内地人几乎无法到达的地方去写生。孙广新就是他们其中的一个。他不是代表人物。其他人也没有把他当作代表人物。也许代表人物应当是严立，他是此文中的另一个画画的，我将在后面用他本人的语言来强化本文的质感。孙广新和严立总是一起出去，他们二十多年坚持去写生，他们曾经目的明确，可是现在他们没有目的。当孙广新和严立经过长途跋涉终于走到了自己那片画布上时，阳光耀眼，面对沙漠春暖花开。

一晃就二十多年，不知道还有多少激情，不知道还有多少快乐。孙广新和严立一次次地走出去，去写生，去那些景物之中，不断地重复着自己，不断地涂抹着新的画布，他们的目的是什么？他们真的是在坚持吗？还是仅仅出于惯性？

孙广新昨天晚上跟我通电话时说，我现在画画越来越慢，越来越难了。其实，每到春天就出去画画，去南疆，去阿勒泰，去吐峪沟，去且末的人很多。他们在那儿画风情，而我不是。我和他们最大的差别就在这里。他们是在画那片土地，他们画他们的思想，画着地域特点，他们画新疆。我觉得我不是画风情，我只是在看着那些草、土、山，还有天空与它们之间的关系。我画得太不顺了。自己感到自己画不好。总是今天刚画了，明天又刮掉重画。我对自己不满意，有的时候，十多天才带回来一张小画。不知道我说清楚了没有？我就是要那种关系，那种不同东西之间的关系。我没有跟你们讲故事，也没有跟你们谈宗教，没有跟你们说历史。现在许多人跟文学较劲，跟电影较劲，跟电视镜头较劲，那不叫画画。我只是对画布本身上的东西感兴趣。

他是一个从来没有真正喜欢过列宾和苏里柯夫的人。他对于俄罗斯土地上的那些纤夫和有着沉重思想的画面天生抱着不信任。当罗中立的《父亲》开始引起轰动的时候，他指着杂志上的那个耳朵上有铅笔的老人，说太恶心了。这不是绘画，这是讲故事，是文学。而且，就文学来说，这也不是好文学。这也不是一个好故事。

失败和成熟的孙广新。

3

严立朝我走来的时候还留着大胡子，他的胡子就跟孙广新那时留着的头发一样长。由于那些胡子，所以我永远看不清青春时严立的脸。年轻的严立为我所在的《绿洲》杂志画插图，我已经忘了他当时的风格和感觉。我真正开始认识严立，是因为他是孙广新的朋友：

“你让我到哪里去找这么大的画布呢？写生所遇到的，尽是一些开心事，活生生的事物随时向你涌过来，把你给弄激动了。多积攒一些，回去用它帮助你消化那些诸如前卫呀、观念呀、后现代呀一类的‘坚硬食物’。当然，激动还比较简单，琢磨琢磨，随手就扔。”

这是严立的表达，他显然不像孙广新般悲观和复杂，他坚定地走在写生的路上，并坚定地画着画。听孙广新说他们经常会一起去打网球，是乌鲁木齐那种只花八元钱就能打一天的土场子，他们会带上干粮、水和自己的球拍，从上午一直打到晚上。

4

乌鲁木齐有个公园，我住在北京时在自己的梦里无数次地描述过这个当年纪晓岚曾住过的地方。当然是二十多年前，当然是二十多岁，每当傍晚我跟孙广新就会坐在那儿的一张椅子上，一人手里拿着一瓶亚洲牌汽水，是当年那种三毛钱一瓶的，然后我们开始长久地谈论艺术。塞尚、高更、梵高、马蒂斯、雷诺阿、夏加尔……都是那个时候孙广新让我知道的。对了就是这个夏加尔，以后在北京的美术馆开过他的画展。孙广新们都从新疆跑到北京，每天待在美术馆，夏加尔就真的那么好吗？孙广新为夏加尔激动时，别人觉得他有些可笑。因为，那时夏加尔已经不太时髦了。孙广新就那样像是坚守阵地一样地坚守在美术馆里，为了自己从新疆跑到北京昂贵的路费，当然也为了他理解的夏加尔丰富的内心世界。直到画展最后的那个下午，大厅里只剩下孙广新和另外几个新疆来的人了，结果是他们被无情地轰了出去。

亚洲牌汽水喝完了，公园很安静，我们当时愤世嫉俗，充满着破坏并放一把火的渴望，我们当时并不知道杀人放火的激情就是摇滚精神。我们只是想杀人放火。然而，艺术让我们内心软弱，青春让我们充满悲愤，我们最大的破坏动静就是摔碎了那个瓶子，然后，压抑而委屈地回家。

5

其实，我在音乐上的彻底失败早就发生了，根本不用等到三十岁或者四十岁。那时当然不愿意承认，那时还以为自己有翻身的机会。我曾经那么敏感，我的耳朵曾经那么好，我的手指曾经那么快，我在用长笛吹里姆斯基—柯萨科夫的《野蜂飞舞》时，曾经那么快速。我在喀什噶尔背诵了民歌，我在柯孜勒苏的山里曾经那么惆怅而富于理想，是音乐理想，是成为一个伟大的音乐家的理想……

理想的破灭是无情的，当你也跟我一样走进中央音乐学院的时候。

那是一个冬天，其实细心的人会发现，北京的冬天总是跟乌鲁木齐的冬天一样寒冷。我是在那样的冬天头一次走进音乐学院的，我是在一个微微开启小缝的窗户里听见那样的琴声的。是巴赫、亨德尔，还是斯卡拉蒂？我想不起来了。我被那种琴声吸引，爬上了一楼的窗户，琴声就是从那儿传出来的，灯光很暗，可是里边拉琴的女孩儿就像星星一样耀眼，她在拉琴，旁边一个男老师在为她用钢琴伴奏：那就是北京提琴的声音吗？那就是音乐学院的学生吗？那就是巴赫或者斯卡拉蒂的味道吗？我扒在窗户上，长久地听着，她的琴声让我心酸无比，我突然意识到了自己永远不可能像她那样轻松、自由，没有毛病。房间里很暖和，因为她们穿着毛衣。外边无比寒冷，我那时走在北京街头已经有一个星期了，我最少有一个星期没有洗澡了，那琴声让我在寒风中冒汗，我闻到了自己充满青春激动的肮脏气息，小女孩儿真的让我意识到我从十一岁直到二十岁的长笛生涯都在改毛病，我的毛病是那么多，每一个老师见到我的第一天，上第一课的时候，都会让我改毛病。那个小女孩儿让我知道了我与我长笛的声音从来没有通过，“通”是一个那么准确的词汇，可是我却从来没有通过。她是“通”的，而我只能在寒风中永恒地伤心。软弱而亢奋的我瞬间就知道了：西洋的、古典的，巴赫的、中央音乐学院的，长笛的、钢琴的，气息的、口型的，渐强的、渐弱的，斯波索宾的、柴可夫斯基的……所有的音乐幻觉只能离我越来越远，尽管你浑身充满力气，可是你用力的任何方式、任何支点都是错误的。琴声停了，弹琴的教师也在说她，看起来她也有毛病，老师让她重复练习。可是，她哪里有毛病呀？她的琴声让我像醉酒的新疆人那样哭泣不止。人生中有的打击是用拳头，它让你从此倒下去，倒下去你还想爬起来。可是，她对我的打击仅仅是用笑容，我在那个夜晚，在中央音乐学院的寒流中被打倒后，甚至于都没有一点点挣扎，二十岁的我心里清楚，对于音乐而言，我已经太老了，我只能倒下去，躺在地上，仰望星光，承受一个叫作王刚的音乐家的无法翻身的失败。

6

失败的气息从80年代飘扬到90年代。

严立经常是独自一人待在吐峪沟，有时的对话发生在他跟孙广新或者某个维吾尔老汉之间，有时他会自言自语：

“我与村庄之间隔着一片墓地，四下里空无一人，散发着某种虚幻的寂静。奇怪的是，每次接近墓地，脑子里总要蹦出‘灵魂’这个字眼，像一缕青烟，把自己弄得虚飘飘的，恍惚能看到在我之前，人们从不同的岁月向这里走过来，长眠于地下——没有谁能回避这最终的归宿。村庄和墓地挨得这么近，我们将于何时到达？

“把画箱打开再合上动作重复了四五十次，写生的季节眼看就到头了。每次外出画画都要把弹药备足，如画布、颜料、松节油什么的，每到一地，四处走走，选个角度，找个阴凉地儿把画箱支稳当了，踏踏实实地坐定，挤颜料、起稿……再现一棵树，冬天画树干还能对付，夏天叶子出齐了，那真让人痛苦。”

7

那两个留着长头发，在乌鲁木齐的漫天大雪中还穿着日本旧西装的青年果真是离三十岁不远的王刚和孙广新吗？1988年的冬天那么寒冷，却因为爱美仍然不愿意穿棉服。我们艰难地行走在没膝的雪中，看着雪花在灯光下像洪水一样地朝我们奔涌，我们深夜行走在乌鲁木齐的街头，是因为内心里有着烈火一样的感动：照相的孟非从阿联酋回来，他告诉孙广新说他带回了一盘磁带。是披头士唱的歌，里边有约翰·列侬。

孙广新突然让我意识到时光已经很久远了，当然是上个世纪的事情，二十多年摇摇滚滚，流走的时间把我们从青春的垃圾堆扔到现在的垃圾堆里。约翰·列侬却从来没有从我们的内心退却，他用自己的诗句和音乐一次次地像那个晚上的雪花一样压迫着我们、我们的思想、我们的感情。《LET IT BE》有人翻译成去他妈的，《YESTERDAY》根本不用翻译，《HEY JUDE》让我们想起了所有那些当年的乌鲁木齐的女孩儿，她们为我擦汗并和我一起葬送青春，她们都可以叫朱迪，朱迪就是朱迪。我不想对你们形容列侬的嗓音，我不想描述列侬的歌声，因为我还没有那么老，以至于堕落到用自己的语言去形容音乐或者歌声。但是，让我怎么说那个晚上在乌鲁木齐漫天大雪中的列侬呢？我们在孟非家一遍遍地听，并拿出自己珍藏的TDK磁带让他为我们转录，我们边听边为自己不满足的生活流泪，当我和孙广新再次回到了白色的黑夜中时，醉酒的我们凄凉地哭泣着。

雪是那么温暖，灯光如同阳光，乌鲁木齐的夜空光辉灿烂，照耀着前方，就像是得了青光眼的病人那样，再努力也睁不开眼，大雪让我们胆大妄为。我们渴望整晚都不要回家，让我们发着高烧，踩着塞利纳一样的步伐在茫茫黑夜漫游。以后，孙广新告诉我说，那天晚上他回到家里，他已经结婚，他为什么要那么早就结婚？他真的是一个软弱的人，他只能躺在沙发上，就那样地哭到天明。黎明时分我回到了家，如同将熄的炭火，更像是垂死的牲畜，瘫倒在小屋的地上，在深沉的睡梦中把雪野、乌鲁木齐，约翰·列侬、孙广新的婚姻和我未来的家庭还有永远不可能实现的理想……永远地搅拌在了一起，以至于在自己的一生中，只要是看到了雪，就想到了乌鲁木齐，就看到了那个反叛者和他的音乐，以及孙广新那时画的静物，还有他画布上永远也亮不起来的色彩和他灰色的脸。你不想结婚，为什么要结婚呢？你不想要孩子，为什么又有了孩子？

8

严立把大胡子剃掉的时候，就是孙广新和我把长头发变短的时光，那时孙广新和我都已经不再为自己已经超过了三十岁而感到可耻，周游全世界并到巴黎去写生的梦想早就成了乌鲁木齐河的水源，它变脏了，干枯了，没有了。只是严立在写生之余，在某个夏天的晚上，在他内心渴望诉说的时候，他又会在吐鲁番或者某个角落里把几句话留在纸上：

“吃住自然在我们的农民朋友提甫先生家，吃他打制的干馕，油灯下，听他用维吾尔语朗诵带着田园芳香的淳朴诗歌。他家的院墙不几天就挂满了油画。傍晚提甫先生扛着坎土曼归来，会用眼睛盯着看，画上若出现他熟悉的景物，马上竖起大拇指，用生硬的汉语称赞道：‘这个嘛，一等奖！’”

9

孙广新有了孩子，他是我们这群人中，第一个有孩子的人。他女儿出生的当天晚上，我们在寒冷的乌鲁木齐街边上吃饭，我们甚至开了一瓶红色的葡萄酒，当正要说点什么时，突然，身边开始打架。乌鲁木齐人开始用砖头和大石块互相砸着，现在想想场面恐怖。可是，我们当时只是冷静地看着他们打，只记得孙广新说：一定要离开这儿，不为自己，也为女儿。

10

2005年严立从吐鲁番吐峪沟艾丁湖火焰山达坂城写生回来后写道：

“古老的吐峪沟终于开发了旅游项目。我们成了被驱逐的人，随着游客的逐渐增多，人们突然意识到祖先遗留下来的一切，竟然蕴含着无法估量的经济价值。我们身在峡谷的交会处，用远眺的方式观察祖先的遗迹和曾经再熟悉不过的、画了二十多年的村落。没等画箱打开，早已有景区管理人员驱车赶到，措词相当强硬，声言此地已归其所有，‘想画可以，每人先交五十元，不交钱走人……’

“画画的确是一个苦差事，画着苦，想着更苦。正所谓——屡战屡败、屡败屡战。这块土地的意义是你内心世界的意义吗？”

四十多岁的孙广新最终也没有离开乌鲁木齐，他的女儿在乌鲁木齐长大。他还是每年都在新疆写生，画那些不是风景的山，不属于新疆的树，跟故事和戏剧以及风情都毫无关系的花和草原。他仍然强调，不是风景，而是关系。

四十多岁的王刚成了一个标准的音乐爱好者。他总是在星期六独自坐在北京音乐厅二楼或者三楼的侧座，他在听古典音乐时还是会悄悄哭泣，只是在他的内心中对于失败这样宏大的问题已经非常麻木。衰老都那么快地来到了，失败算什么？

2006年元月我回到乌鲁木齐，我跟严立和孙广新一起喝酒。喝多了，先是喝新疆伊犁的酒，然后就喝二锅头。二锅头是孙广新买的，他在新疆爱喝这酒。这是他对北京的怀旧，他曾经两次考过了中央美院的专业课，终因没有文化而不被录取。他十七岁时就独自闯到北京去见了当时的陈丹青，并看了陈丹青的画，也让陈丹青看了自己的画。他渴望在北京买房子，并能有人来看他的画。他曾经和我一起骑车走在北京的胡同里，内心充满对北京的幻想。如今北京离他越来越远，更不要说巴黎。他只能继续在新疆画画。那天画家孙广新在喝完又一杯二锅头之后，想起了他刚去世的母亲，他像所有那些儿子一样地说了母亲的细节，然后伏在桌子上流泪。严立因为我真心地喜欢他的画而感动，他抱着我哭泣，并反复说：我做得还不够好。

11

在乌鲁木齐，透过窗口能够看见纷纭的雪花像是北京的灯光一样，孙广新在他的小屋里让我看了他新近的画，那是些静物，还有房子，色彩更加暗淡，屋内很灰。我根本没有想去做评价。面对那么贫穷的人你很难想起艺术。老孙广新也没有等待老王刚去评价。他基本上还是一个羞怯的人，只是女孩儿们已经不再喜欢他。

独自在天山脚下的小屋里

独自在天山脚下的小屋里，已经是第八天了。每天在河谷里散步，看着周围的老榆树、老杨树，它们最少也活了两百年了，四面都是无比洁白的雪，这样的雪，在乌鲁木齐是见不着的，在北京，更是无法想象了，那些城市里，只要是下雪，那雪就是黑的，不光是黑，还跟肮脏的油混合一起。所以，白色的雪，让爸爸想起了童年、青少年时代，我原来一直以为，只有在纽约、哈德森，或者你们明尼阿波利斯法学院的周围才能看见这样的雪，中国已经不可能了。没有想到，回到了故乡天山脚下，竟然再次看见了干净的雪，太奢侈了。我一直没有去美国丹佛，可是，对于丹佛的想象在这儿实现了，咱们家的小院旁边不远就是一条宽大的河，里边全是鹅卵石，现在是寒冬，水面早已结冰了，可是，水仍然在冰下流动，能听见河水的响声，我这些天总爱沿着河走，看见了在冰层下面的水流，突然，又看见了冰层破了，河水流出来，在皑皑白雪之间流动，那么清澈，那么湍急。记得在你去美国之前，我们在谷歌地图实景里看着美国丹佛，想象出湖水、河水在茫茫的雪野里冒着热气，那时我们听着拉威尔钢琴协奏曲的第二乐章都很感动。对美国充满向往，现在爸爸的美国梦早就破了，你呢？你的美国梦还在吗？

内心没有特别多的委屈，更缺少在北京时常有的愤怒。爸爸讨厌自己内心经常委屈，也讨厌每天都是那么多愤怒，这样不好，很不好。知识分子其实很缺少智慧，他们面对各种力量的时候，往往做出最坏的选择，这都是由于类似于爸爸这样的人爱委屈、爱愤怒造成的。从年轻时，就喜欢表达这样的观点，所有中国知识分子，无论是民国的，还是当今的，他们所有的智慧加起来，不如金钱的智慧，无论是民国的金钱，还是当今的金钱，金钱总是比人更聪明一些，它懂得合作、妥协、让步，金钱不像人那样爱吹牛，金钱从不貌似勇敢实际腿软，只要是跟随着金钱的流动，一切都会好起来，金钱加上时间，可以让许多许多类似于我这样的人，渐渐平静下来、幸福起来。可是，这两年爸爸对金钱也失望了，金钱的流动也缺少智慧，因为环境被彻底破坏了。在北京时，那些充满烟尘的天气，让我想起小时候在学校里做值日的感受，扫地时没有洒水，尘土满天，呛得人只想咳嗽。北京的春天、夏天、秋天、冬天都会碰上那样的时候，整个北京就像是那个充满咳嗽声的教室。

儿子，三年前爸爸和妈妈拒绝了移民美国，现在听说富人很多都移民了，我不信，爸爸这样能忍受寂寞的人都在美国完全不适应，回到中国都能忍受随地吐痰了，他们在国内比爸爸热闹多了，比如潘石屹、冯小刚，他们怎么可能真的在美国感受到幸福呢？

爸爸自我放逐在天山脚下，准备了很多电影，购置了很好听的音响设备，买了不少书，比如《曼德施塔姆夫人回忆录》（其实读着并不喜欢，一个女人对于暴政的反抗总是让人感受不到公正公平），爸爸在这儿又开始写小说《喀什噶尔》，里边充满了对于人性脆弱的一再描写。

那天，独自沿着河谷顺山而上，远处看见了咱们家小屋顶上烟囱正冒出白烟，小院静静地在树木丛中，内心竟然有些感动了，然后，继续朝上走，看见了松树，原来以为只有天池和南山水溪沟、板房沟才有松树，我们天山北坡这儿只有榆树、杨树、柳树呢。当爸爸终于爬上了雪山顶，完全被周围的景色惊呆了，这儿其实是缓坡，而且，有大片的松林，是那种黑绿色的松树林，它们在无边白雪的映衬下非常辽远，真的很像是卡拉扬的故乡阿尔卑斯山，又像电视里人们在滑雪的瑞士。儿子，爸爸在年轻时，就生长在新疆，离乌鲁木齐才几十公里、一百公里就是这样景色，可是，爸爸却完全视而不见，一心向往着北京，今天被雾霾折磨回来了，却完全不相信这里真的是故乡。儿子，那时阳光灿烂照耀天山，天空蓝得还是让我想哭，童年时就是这样，看见那么蓝的天空就总是委屈，现在又委屈了，那时，爸爸用耳机在听贝多芬的《第零号钢琴协奏曲》（你肯定没有听过，很多作曲系的人都没有听过），爸爸几个月前在土耳其地中海旁边看着蓝色辽阔的海水时听过，现在又在天山雪野里的蓝天下听，真是不好意思，不知道是因为巨大的幸福，还是巨大的委屈，反正当时哭了。

父亲的乌鲁木齐

为死去的父亲说几句赞颂的话，却总是不好意思。类似于我这样多虑的儿子有几个？类似于我这样舍不得把一些赞美的语言献给自己父亲的作家多吗？看过太多赞美父亲的文章，每当看到自己的同行那么毫无控制地歌颂自己的父亲是多么好的一个人时，我总是忍不住地怀疑那些同行们，你们的父亲果然有那么好吗？你们的情感果然有文章里说的“那么深”吗？女作家可以理解，女人们在赞美一个人或者仇视一个人时表现出来的疯狂我们都非常熟悉了，可是，那些男人们，那些男作家们，你们为什么也那么疯狂？

从1949年到现在他已经在新疆待了六十多年了，有时在阳间，有时在阴间，那时我经常听到他与朋友们说：活着新疆人，死了新疆鬼。6月26日是父亲的忌日，我跟母亲谁都没有说什么。在那天，我时时看看窗外的大海又看看母亲，总是怕她提起。母亲不太看海，也没有在忌日里说父亲，2012年6月26日这天，我甚至怀疑她是不是忘记了。父亲死了十四年了，我却从来没有梦见过他。有人总是喜欢说经常梦见自己死去的父亲，我却没有一次，我真的是一个不孝的儿子吗？或者说，我与父亲的感情不如你们深？记得那天一进家门，发现竟然是一个灵堂，就感觉眼前黑暗了，我们家完了，我开始号啕，并强烈地意识到也许在这个世界上只有我一个人最爱自己的父亲。为了给父亲开追悼会，母亲让我写悼词，我头一次在单位的档案室里看父亲的历史。一个牛皮纸袋里装着父亲在组织里的一生，他填过不少体制内的表格。我尽力翻着那些纸张，渴望触摸到父亲从青春到衰老的体温，却看不进去。不是那些字词不够生动，不是父亲的自述中缺少细节，而是我天生看不进去别人写的东西。我几乎拒绝看同行作家写的小说，与莫言、余华、刘震云做了三年的同学，可是我几乎从来没有完整地读过他们的作品，现在该为父亲写悼文了，却又无法发现那些格式中对我有用的东西。记得那天在追悼会上面对父亲生前的好友们说起父亲，我几乎是即兴的，想到哪儿就说到哪儿，当时只有一个目的：要把这些来最后看父亲一眼的人说哭了，让他们跟我一样悲伤。他们许多人还真的哭了，这让我惊讶：我从来没有在“童年直到长大的”院子里成为中心角色，今天因为父亲的死亡我做到了。现在想想还是为那天的话语羞愧，因为在我激情的语言中有“天山”“慈爱”“勇敢”“出生入死”“清廉”“操碎了心”“新疆大地”这些词汇，你爸爸都死了，你还说这些漫无边际的东西，你说你丢不丢人？

父亲葬在乌鲁木齐的燕儿窝，死时才六十八岁，这让我也开始怀疑自己是不是会短寿，我曾经对母亲说你可要好好活着，我像你！那时父亲的朋友们还都活着，我在乌鲁木齐的街道上看到了这些老人们，他们有时会在我面前哭泣，说：你爸爸走得太早了。我看着他们的眼泪，内心无比厌恶“走”这个词汇，死就是死了，为什么非要说“走”呢？我爸爸不是出去买菜了，不是出国考察了，不是去吃党校旁边那家维吾尔族人的烤包子了，他就是死了呀，死了就再不会回来了。父亲死的那两天，我痛不欲生，整日像是梦游者一样在童年时的老屋四面晃荡，听见父亲生前的老朋友们在说说笑笑，似乎他们完全没有意识到有一个人今天没有与他们一起说笑，他已经死了。似乎他们也从来没有面对我流过眼泪。他们真的是父亲的朋友吗？父亲跟他们的关系究竟怎么样，他们有过我与那些最好的朋友们一样的恩怨吗？他们为什么没有像我这样痛苦？他们的眼泪是真的，还是他们的笑声是真的？他们为什么没有跟父亲一样去死呢？你们如果够朋友就应该一起去燕儿窝。

燕儿窝是乌鲁木齐南郊的风景区，类似于我这样年龄的人都曾经在那儿欢度过最快乐的童年，那时完全没有注意过竟是一个埋葬死人的地方。我们都知道那儿有三个著名的亡灵：毛泽民、陈潭秋、林基路。不敢保证你们内地的知识分子是不是知道这三个人，反正乌鲁木齐的知识分子都知道，最少知道前边两个。现在燕儿窝已经完全成了墓地的代名词。每次去那儿都能看到漫山遍野的墓碑，而且越来越多。每次去都找不着父亲的墓碑，开始以为活人到了死人的住处会转晕，渐渐又意识到自己是一个不孝顺的儿子，否则为什么每一次都会找不着父亲呢？春夏秋冬，无论什么时候回去，都会走进燕儿窝，父亲死后，我不再惧怕墓地了，父亲的朋友们也都渐渐地到了这儿，他们有的人是生前就说好了要到这儿来做邻居的，现在他们天天在这儿见面了，我也总是看见他们的后代找不着自己父亲的墓地，在死人中与我一样瞎球转，我不会再介意那些笑声了：父亲与他们一起笑。死人们的合唱总是让活人感觉到公平。一晃十四年过去了，始终没有为父亲写一篇悼念文章，下不了笔，写什么最重要、最客观而不让人肉麻？真像他们说的你“一定要把自己的父亲写成全人类的父亲”吗？那人类会不会生气？

有一个法国学者叫柯山竹，他在巴黎时看过我《英格力士》的法文版，在美国又看过英文版，在中国看过中文版的《英格力士》，然后，他来到新疆，在新疆大学做访问学者，我在乌鲁木齐与他见面，我们探讨了关于这块绿洲的方方面面，渐渐地我们都发现了彼此与想象中的人不一样：我发现他是一个极端固执的欧洲人，无论我怎么表达自己对于土地的理解，他的想法早已固定，从他的蓝眼珠里我看到的是冷漠。他发现我也并不是一个公共知识分子，一个彻底的人道主义者，我激动时会非常不国际化，对他们欧美人习惯性的思维充满批判，一点儿也不像《英格力士》那样。

乌鲁木齐的冬天阳光灿烂，雪后天空晴朗，乌鲁木齐“像个被遗忘在边远的村落”，这话是帕慕克说的吗？柯山竹踩着冰雪跟着我来到了燕儿窝，当眼看着被白雪覆盖的山林中全是墓地时，他惊呆了，他没有想到过我会带着他去看那些跟父亲一样的死人。我把这个法国学者带到了燕儿窝，我指着一个上边有王国康三个字的墓碑对那个法国学者说：这个人叫王国康，是我爸爸。他年轻时就从内地来了，在新疆生儿育子，有了儿子，又有了孙子，他最后的愿望是把自己埋葬在乌鲁木齐，他说这儿才是真正的家乡。

看着法国人柯山竹蓝色的眼睛，我像一个历史学家，又像一个哲学家一样地说：要了解一个城市，别光看活人，更要看看那些死人。

为好人祈祷，为恶人说情

在构思《英格力士》的过程中，我的内心里曾有一度充满了残酷的东西。它们真的像是春风和细雨一样，天天滋润着我的灵魂还有我的脸。

我的童年充满暴力。我看见了很多大人在打斗，他们动粗的方式有时能发挥到极致。滚动着热气的沥青可以朝人的脸浇过去。那人已经躺地求饶了，可是还有人用大头棒朝他的肚子猛击。逼迫他们或者喊打倒王恩茂，或者喊打倒武光，还有伊敏诺夫。我看见那些高大的红卫兵们把一个女老师打死后，还拖着她在学校游走，就像是我们这些孩子们在乌鲁木齐冬天的雪野里拉着自己的爬犁一样，让一个女人死后苍白的脸暴露在阳光下，那真是阳光灿烂的日子，最后把她扔在厕所旁的垃圾堆里，还不让别人收殓她的尸体，直到这个平时温文尔雅的女老师即使是冬日里也变得臭气熏天。所以，现在每当今天有的人红卫兵情结很重的时候，我就想起他们杀人时的样子，就觉得不是我的记忆错了，就是他们的记忆错了。我们那儿有一个叫七一酱园的地方，那儿有一个大院，旁边就是喧哗的乌鲁木齐河，河边有一个大棺材，有一个人连续好几天跪在那个棺材前方。里边是什么人？外边的人为什么要对他下跪？他下跪是为了忏悔吗？忏悔是什么？被人逼着做出的忏悔说明了什么？是不是在每个时代里都有人逼着另外的人进行忏悔？

在我的童年里，我家旁边的猪圈里，总是发出杀猪的惨叫，震天动地，不知道那声音有没有传到北京，而与此同时，大人们经常自杀，那时整个乌鲁木齐都飘着一种薄荷的清香，大人们死后的舌头总是和猪舌头一起朝我伸过来，多年以后，我在超市里，总是分不清那是猪的，还是人的。

在我的童年时，我们这些五六岁的孩子在教室里在老师的批斗会上，当灯关上时，也会忍不住地冲到老师身边，在黑暗中，拼命踢她的肚子。

以后，不让打人了，我们就开始折磨动物。记忆中有一只猫，让我们从楼顶上往下扔，没有摔死，大孩子就说：猫有九条命。然后，我们把偷来的汽油浇到猫的身上，点着，看着猫在黑夜中燃烧。

梅耶霍尔德说如果在剧院里的排练场找不着他，那就去看看周围有没有人在吵架，他说他喜欢看吵架，他说那能更多地看清人的性格和本质。梅氏最后被人打死，而他的妻子也被人捅了四十多刀。梅氏在有着悠久艺术传统的苏联人之中的悲剧是不是与他喜欢看吵架有着内在的联系？

十二岁那年我开始吹长笛，那是很女性化的乐器，它的声音里有一种难以言说的动情，我吹过巴赫、德彪西、莫扎特、鲍罗丁等人的作品，直到现在每当听到我曾吹过的莫扎特的C大调和D大调协奏曲时，我的内心里都充满了怀旧的情感，可是这些年来，我在自己写过的小说和散文中却从来羞于提那些我所熟悉的西方作曲家的名字。就好像那一切真的很丢人。在二十多岁的时候，我可以毫无顾虑地说起米沃什或者亨利·米勒，却羞于提到莫扎特。我回想起那个少年背着长笛走在乌鲁木齐的街道上，泥泞的地面在春天融化的雪水中处处反着光，十几岁的我在那时就发现自己内心里充满着莫名的忧伤。如果你们像我一样从小就熟悉莫扎特长笛或者黑管协奏曲的慢板乐章，那你就会理解我说的是一种什么样的忧伤。

所以，我很宽容自己为什么快要动笔写《英格力士》的时候，我的内心里却充满了软弱和卑微的东西。我才理解了为什么我那么热爱我的英语老师以及他的林格风英语。所有那些残忍我都不愿意过分地提及，一方面是由于它们被满是伤痕记忆的人写得太多了，受难者的脸和施暴者的脸由于早先的文学过于纵情的描写，而显得无限清楚，似乎中国的悲剧全都是由于好人太好了，坏人太坏了……这种描写让我内心反感。另一方面我感到莫扎特与我共同的忧郁包容不了属于那个时代的轰轰烈烈的往事。

特别想说说《英格力士》中的父亲，他是一个悲情人物。值得注意的是我认为他的悲剧不光发生在伤痕的时候，在我的笔下，每一个时代都在给他带来新的伤痕。在这部折磨我好几年的小说里，我为好人祈祷，为恶人说情。随着时光的流逝，我的脑子真是越来越糊涂了。

面对现在十四五岁十六七岁青春洁净的皮肤（尽管在我童年的记忆里，那时这么阳光的少男少女就已经会杀人了），我已经越来越多地发现了在自己身上显现出情不自禁的老奸巨猾。于是，回忆中的温暖和仁慈就更是那么能打动我。在写这部小说时，我经常停下来等待，一方面我盼着新的细节到来，另一方面，我想仔细地体会一下，一个类似于像我这样经历丰富思想复杂的人，究竟能不能被《英格力士》的主要品质打动。

我，哥哥，康定儿

哥哥从新疆乌鲁木齐来，我去机场接他。心里知道他会变得很老，但是与他对面经过竟然认不出来。双双隔着不到五米，还要打电话，当意识到身边的人就是我们兄弟时，都笑起来，还相互指责对方的眼神不好。我说，没有想到你真的成了一个老头儿了。哥哥立刻反击，说：你不看看你那个球样子。

那时，我们一起走进了洗手间，当在镜子里看到两张老脸时，我又一次惊恐地意识到：两个长相完全不同的兄弟俩，现在越来越像，几乎完全一样了——看你那个球样子！

乌鲁木齐人总是这样，以骂人的方式表达自己对深爱的对方的情感。无论是当年天空纯净的乌鲁木齐，还是现在污染肮脏的乌鲁木齐，真是好一个“球”字了得。

我与我哥童年的故事有不少写进了当年的小说《博格达童

话》，在那里边我写了一个比我要勇敢，并热爱鸽子的兄长。每当鸽子飞起来的时候，我总是怕它们飞走了就不回来了，因为当时没有办法让鸽子们吃饱。我总是望着天空，望着乌鲁木齐蓝得让人想哭的天空绝望无比。

哥哥到了北京实在像是一个乡巴佬儿，土得不能再土，傻得不能再傻。他带着他还在上着大学的儿子甚至无力逛逛商场、博物馆，听听音乐会。他对北京的陌生和害怕是显然的，他说北京有什么好看的，不就是一个天安门吗？我去过了，儿子也去过了。不过他说他还没有看过升旗，应该起得早一点，去天安门看升旗。我儿子一听他说这话，就露出了满脸的笑。他们就那样在家里待着。就好像他没有上过大学，就好像他从没有来过北京，就好像他到北京来就是跟我聊天。

那天晚上说起了“康定儿”。不是《康定情歌》的那个康定，而是童年时的一个同学，一个人。哥哥说：康定儿死了。

我的心立刻狂跳起来，看着哥哥的口气就好像在说一个普通的人死了一样。他好像一点儿也没有把康定儿当成一个在我们生命中非常重要的人物：那是在我小学四年级的一个晴朗的早晨，我被保军拉到了哥哥的班里，看见哥哥正被那个康定儿压在地上打着，他想翻起来，可是康定儿的个子高，劲儿也大得多，他翻不起来，我当时被恐惧和伤心袭击，完全丧失了力量。我真的想不顾一切地冲过去，朝着康定儿的眼睛狠狠地打，然后和哥哥一起把他压在地上。可是，我不敢，身边都是康定儿的人。他们是一伙儿的。我就那样站在一旁看着哥哥挨打。他朝哥哥的脸上每打一下，哥哥就叫一声。我因恐惧和仇恨而浑身发抖，却不敢冲上去。在我的感觉中，哥哥是个勇敢的人，可是那天我听出了他的害怕。我忍不住地去搂住他耷在地上的腿和脚，我想，我这样旁边的人是不会打我的。最后，听见哥哥伤心地对我说：找妈妈去。让妈妈来。

我跳起来，就朝外跑，想快把妈妈找来，结束哥哥的痛苦。我一路跑着，流着泪。当我跟妈妈从几公里外回到了哥哥的教室时，哥哥已经起来了，他坐在墙角哭泣。康定儿已经不见了。他一伙儿的人还在旁边玩儿，母亲看着哥哥，然后又走到最大的孩子保军面前，说希望他以后能保护一下我哥哥，不要再让别人打。那孩子并不理会母亲，他只是顽皮地笑着。

许多年过去了，这件事成了我的一块心病，我多次从梦中被那个场景叫醒，我想象着自己无数次的勇敢的举动：找一块砖砸向康定儿的脑袋。拿一把刀捅他的眼睛。拿一个榔头狠击他的额头，或者就干脆冲过去，抱着他的脑袋，然后和哥哥一起把他摁倒在地，一定要把他脸上的血打出来……

这一切我都没有做，我是一个软弱的人，在最重要的时候，我没有冲上去，我因为怕死而被他们吓坏了，更何况是不会死的呀。康定儿以后照样跟我们在同一个学校，直到毕业，各奔东西。许多年来，我像是一个心理有疾病的人一样，一次次地想象着报复康定儿的计划，可是从来没有实现。我对哥哥充满愧疚，我对自己充满蔑视。那个哥哥惨叫的场面时时地走到我的眼前，有时不仅仅是在梦里，我把这件事对不同的朋友说起过，每次说的时候，都会浑身发抖，就像童年的大雨再次从天山上奔涌过来。

哥哥说：康定儿死了。我看着他，希望他再多说几句，可是他的语气平常。我终于忍不住了，说：那天我没有冲上去帮你，我对不起你。哥哥的脸上立即充满了疑问：什么事？你说的什么？你和康定儿怎么了？

我看着哥哥才明白，这件折磨了我一生的事情，他早就忘记了。

长笛——韩国良、李学全和我

在长篇小说《关关雎鸠》里，我忍不住地用文字描写了一段长笛曲，巴赫的作品，帕胡迪演奏的，我充满了激动，尽量用那些有色彩的文字，还把曲调的感受跟北京郊外的田野联系在一起。许多朋友都知道，我小时候吹过长笛。2005年是我一生中最幸福的时光，因为写了长篇小说《英格力士》，我回到了文学的场景里，那是多么阳光明媚的日子，文学让我感觉到一个人的内心是可以有欢乐和幸福的。于是，非常渴望吹长笛。朋友从美国给我买了一支925银质的长笛，眼前的雅马哈乐器通体都是由银子制成的。我拿着那支银质长笛，开始在网上搜寻一个长笛老师，电脑屏幕上有一个出现最多的名字：韩国良——中央乐团长笛首席、中央音乐学院长笛教授。

眼前充满了白色的雪野，1980年我走在北京的冰天雪地里，二十岁的我想找到那个叫李学全的人，他也是中央乐团长笛首席，与今天的韩国良一样，是全中国长笛少年心中的偶像，我渴望成为他的学生，在他身边听听他的音色，看看他的口形，感受他的呼吸，还要看看他的口风是大是小。想成为李学全学生的人真是太多了，我从新疆来到了北京，最终无缘。幸运的是，朋友给我找到了北京军区的黄家峰先生，据说是李学全的大徒弟。他吹莫扎特G大调的第二乐章至今似乎还从八大处传过来。许多年没有见他了，想想也快八十岁了吧？能够到韩国良那儿上一节长笛课，成了我的愿望。我拿着新买的长笛开始天天在家里练习。幻想着有一天，能带着自己的长笛去见见韩国良。一个偶然的机会，我听了一场长笛音乐会，演奏者全是韩国良妻子的学生。那是终生难忘的：小女孩儿们吹得太好了。她们的声音完全不是我所熟悉的长笛声音，她们吹的莫扎特让我想起了自己永远没有达到的中庸、平和、华丽、贵气。那个晚上，四十五岁的我，听着她们以及她们的长笛，想着自己永远改不完的毛病，羞愧无比，决定不去见韩国良了。

2005年春天，我骑车走进了鲍家街43号，在书店里，我头一次看到了李学全的照片，并知道他已经死了。我瞬间就被感伤浸泡了，童年、少年、青年时代的情绪一起涌过来，抬头看看中央音乐学院上空的蓝天，又一次感觉到了委屈。就是那天，我买了李学全、韩国良教学和演奏的DVD。走在校园里，看到了几个小孩儿夹着长笛朝礼堂走，我内心欢乐起来，问他们长笛多少钱买的，最便宜的都是六七万。想起自己的少年时光，百灵长笛145元钱，星海长笛165元钱，现在这些品牌还在吗？又问他们去哪儿，他们说礼堂有排练。谁的排练？韩国良的。我的心跳动起来，永远看不见李学全了，却可以在今天看看韩国良，听听他的排练。在紧张的心跳中，我跟着孩子们走进了音乐学院礼堂，看见了韩国良还有一个老外，以后我知道了他是英国长笛家保罗·艾蒙·戴维斯，他们两个人手中都拿着长笛。在我狂乱的心跳中，他们开始演奏了，《匈牙利田园幻想曲》和《阳光灿烂照天山》我曾经是那么熟悉，里边充满华彩，当我还是一个少年时，天天渴望吹奏它们，却被老师批评，老师希望我继续吹奏莫扎特的D大调，而不要吹这些浪漫派们过于华美的东西，我只好自己在家里看着谱子慢慢摸索。现在听着韩国良的演奏，视线有些模糊了。2005年7月，韩国良又操持了北京国际长笛艺术节，来了许多国外的大师，天天音乐会，总是在现场的我渐渐知道了什么是正确的长笛声音。以后，只要是有韩国良的演出，我总是设法去现场，远远地听着他的演奏，这是一种无边无际的享受。当然，我知道我们之间的距离无比遥远。不见面了，只是默默地追随，去听去享受一辈子吧。2012年5月里的一天，在美国洛杉矶，在朋友的朋友家里吃饭时，竟然见到了韩国良。那天，我们喝了很多加利福尼亚的红酒。过多的饮酒，让我暂时摆脱了自己的羞愧，一个曾经的长笛少年在那天，对着韩国良说了许许多多，可以想象积蓄了三十多年的语言是多么汹涌，那种热爱是多么的诚实、纯净。说到李学全时，好像在说着自己的一个亲人，就好像当年的王刚真的跟他学过长笛。韩国良也喝了很多的酒，对我说：2012年8月15日，你在北京一定要来找我，我们要举办第二届国际长笛艺术节，我们还要举办纪念李学全八十寿辰的音乐会。那个晚上，红酒让我的眼前一片红彤彤：2005年7月18

日，在中央音乐学院礼堂，八百多支长笛在韩国良的指挥下，共同吹奏着莫扎特的行板，无论如何也想象不出这么多长笛共吹一曲的效果，那是韩国良举办的第一届长笛节，莫扎特和长笛，还有那些热爱长笛的人们共同吹出了如同河流一样的莫扎特，在他身后是暖洋洋的红葡萄酒和红太阳。

爸爸的
信仰

爸爸的
信仰

巴黎的忧郁

巴黎的忧郁是我今天的忧郁。没有去巴黎时就对巴黎很熟悉了。当然是从文学开始或者终结，不用在百度上做任何功课，那个文学的巴黎就浮现在眼前。巴尔扎克和高老头他们共同的美丽的女儿。从外省渐渐走来的吕西安。儿子，如果允许自恋的爸爸再对你自恋地说句话：那个于连，他的精神世界与爸爸是多么相通，多么相像。他和我们一样热爱女人，或者说我们和他一样热爱女人。女人为他带来温暖，《红与黑》里，那个充满青春充满野心充满理想的于连简直就是爸爸的楷模，他陪伴我度过了青春年少时那么黑暗凄美的时光。

儿子，《茶花女》现在又涌到眼前，不知道是小说，还是歌剧。眼前家里收藏的CD，有那么多歌剧女高音的封面照片，她们许多人都唱过作品里的女主角，玛格丽特，玛格丽特，她总是生活在巴黎中心区，无论是生前富贵，还是死后寂寞，巴黎的老城区都被她的歌声覆盖。

前年正在给学生上电影剧本写作课，突然，收到下边全体学生送的礼物，一套《追忆逝水年华》，手捧那四本沉重又充满巴黎味道的纸质书籍，眼泪竟然流出来，不是被逝去的岁月打动，而是回到逝水年华——关于法国文学的浪漫，关于巴黎浪漫的法国。我不是好老师，他们未必是好学生，但是，那个晚上，那个教室里，法国人普鲁斯特把巴黎的年华带来，我又把巴黎带走，一直带到了天山北坡的雪山下边，带到那条吉木萨尔的新地沟里。我在今年秋天树叶金黄的时候，又回到了那条沟里，一边修改长篇小说《喀什噶尔》，一边读着《追忆逝水年华》。那时感觉天空清澈，白云渺渺，那时只知巴黎浪漫，不知巴黎也会忧郁。

巴黎就是法国，法国就是巴黎。我们太遥远了，无法把它分清，也不愿意分清。

儿子，那年还真的去了巴黎。圣诞夜晚，不愿意与同伴一起去红磨坊，而是选择在寒冷的天空下独自徘徊巴黎旧城，老城，古城，玛格丽特的居所周围。路过一个餐厅，里边人很多，看见有生蚝，那是不是莫泊桑笔下《我的叔叔于勒》里的牡蛎？外边非常寒冷，却仍然要把这些海味放在冰里。看着巴黎人吃得津津有味，欢乐开心，年味十足，于是也要来一大盘学着他们挤出柠檬汁吃生蚝。还学着巴黎人喝了一杯他们的白葡萄酒，真的好味道，特别是留在那贝壳里的汁水，学着巴黎人喝下去，眼前亮了，巴黎的夜晚也亮了。

巴黎的葡萄酒和巴黎的生蚝让爸爸走在巴黎老城时有些微微

晃悠，冷风吹来却因为走在巴黎的街道竟然内心炽热。天空真的太亮了，所以非要走进巴黎那些特别僻静、特别黑暗的小街道，以为只有那里才是真正的巴黎。不知道走了多久，只知道巴黎的路很长，让我从少年时代一直走到中年。那时，从对面阴影里走出一个巴黎青年，即使是在夜晚，我也看到了他的阳光明媚。他朝着我笑，朝着我走来，朝着我说：晚上好。

他用英语，我也用英语说晚上好。

我们面对面地笑着，他问：从哪儿来？

我不说中国，我说：北京。

他说：北京？噢，中国，中国功夫。说着，他开始表演比划中国功夫。竟然，在那瞬间里，我身上所有的东西都被掏走了，只是我不知失窃，还在拼命回忆着英语单词，想跟他多聊几句。

他仍然对着我笑，然而，他发现没有现金，所有那些东西都不是他需要的。于是，他又把那些已经在手里的东西还给我，像是助理那样帮助我一一列举：一张明天塞纳河的船票，一张后天歌剧院的演出票，一块巴黎的石头，一块巴黎的手绢……

我在那时才意识到他是巴黎的小偷，他的反应太快了，我的反应太慢了。巴黎的小偷真的很像于连，也很像吕西安，更像拉斯蒂涅，那时他看着我，把所有的东西都还给了我，并对我说：对不起。

我在巴黎的黑夜里看着他，说：没关系。

他有些留恋地看着我，朝前方走了。

我也有些留恋地看着他，看着他走路。

突然，他回头对我说：圣诞快乐。

我也说：圣诞快乐。然后，看着他渐渐走远，一直消失在玛格丽特的居所深处。

儿子，巴黎很浪漫，很忧郁，不知道为什么，今天特别想在北京祝福巴黎一句：巴黎小偷你好。

爸爸的人性

那天爸爸在金融街喝完酒骑自行车回家，走到新华社旁边的急救中心的路口，差一点儿就被正好开出来的车撞了。吓得浑身是汗，酒也醒了。站在那儿，发愣。那辆车上当时坐了两个人，他们刹住车之后，也看着爸爸发愣。我们谁也没有要与对方争论评理的意思，只是感觉万幸，没有真的出事就是老天爷最大的恩赐。儿子，那时竟然最先想到的是你。没有想起爷爷，没有想起妈妈，只是想起了你。有种特别心疼你的感觉。如果出事了，你肯定会难过，那就非常对不起你。你现在还是一个应该自信欢乐的年龄，为父亲的意外哭泣，无论如何应该到四十岁之后，那样伤心和恐惧都会小得多。

现在回想起来，那天违规的是爸爸，因为他骑车逆行在人行道上，走到急救中心的大门时，仍然继续朝前走，那辆车本是正常行驶，他们本不应该想到会有人像爸爸这样突然从人行道上撞出来。所以，如果真的出了事情，爸爸应该负主要责任。想起来第一次去澳大利亚，看见那些骑车的人，全身披挂，脑袋上的头盔非常醒目。他们绝不会像我一样走在人行道上，而且酒后也绝不会骑自行车。如果有人在澳洲如同爸爸一样的教养，那一定会遭到耻笑，会遇到很多来自文明的冲撞和麻烦。

2011年3月中旬，爸爸也在纽约骑自行车，竟然能够像是一个真正的文明人一样，完全按照规则行驶。当时，爸爸感觉很吃惊，并且为自己的行为而略略有些激动：难道我真的在一夜之间就变得文明了？是一个守规则的人了？标准意识进入了血液？在美国生活了二十多年的黄多对我说，纽约骑车很危险，你必须严格走自行车道。可是，有许多地方跟北京一样，并没有自行车道，但是也没有人骑上人行道。而且，在纽约骑车一点儿也不危险，与在北京骑车相比，那儿简直就是最宁静的真空的地带。你从小骑车上学，知道那种感觉，汽车、行人、摩托、电动车、别的自行车如同蝗虫一样朝你压过来，而每一个中国人，都意识不到危险，眼不花，耳不乱，悠然自得，如入无人之境。可是，纽约人真的很胆小，北京人真的很胆大。规则使人胆小，混乱使人勇敢。这是当时掠过爸爸内心的一句话。

在哈德森ART OMI山里也总是喜欢骑自行车，走在美国22、23、21号公路上，望着森林、天空、草地、湖泊，眼泪会止不住地流出来，我怎么会来到这么美好的地方？那儿没有人，没有专门的自行车道，你只是在边缘骑，就像是一个像爸爸那样的作家文人总是在边缘说话一样，时时也会有汽车很快地开过来。你可以感觉到那些开车的人总是在让你，他们会在离你很远的时候就朝路中间绕，为的是离你尽可能远。

2011年5月，爸爸在旧金山的湾区骑自行车，从红木海岸到福斯特城，爸爸总是跟黄多一起骑车。我发现中国人在美国真的比美国人还要守规则。旧金山的许多地方都是骑车人的天堂，因为在绿树和草坪之间，有修理得特别讲究的自行车专用道。所有其他的交通动物，都被隔离开了，你感觉到它们离你很远，旧金山从来都是阳光灿烂，没有阴天，爸爸的心里也总是阳光明媚。即使这样，黄多先生也总是在一边提醒爸爸要注意安全，横穿马路时，他显得非常谨慎，无比仔细。那时爸爸感叹，中国人到了美国，真的不一样。于是爸爸也变得很不一样，听从黄多的每一句话，把完全没有危险也看作在危险的边缘。

美国人建立了他们的规则，面对美国人所拥有的一切，爸爸经常想，美国人是跟中国人一样的人吗？如果美国人是人，中国人就不是人，如果中国人是人，那美国人就一定不是人。有人说，只要是有了规则，中国人就会比美国人还美国人。问题是，在创立规则的过程中，像爸爸这样的人，他的人性就会起作用，让规则永远留在自家的纸上而无法变成现实。于是，又有了一个老问题，规则重要，还是人性重要？鸡生蛋，还是蛋生鸡？好的规则会使人性变好，问题是坏的人如何建立好的规则。

儿子，现在是春节，听说你在美国跟别的中国人一起包饺子，就在温馨的情绪中回想起那个可怕的晚上。爸爸作为一个读书人，一个“知识分子”，平时特别爱抨击周围的一切，从教育制度，到体制，尤其是喜欢批评中国人的素质。似乎北京城里的垃圾都是别人造成的，与爸爸无关。每当骑着自行车走在路上，就会忍不住地思考，中国人为什么会那么多？从城市到乡村，从沙漠到海边，为什么放眼望去全是白色垃圾？建筑样式为什么会被破坏？中国的乡村为什么不但失去了建筑样式，而且还永远不会完工？因为几乎每一栋房子都是搭起主体就糊上一层水泥，让那些砖块、沙子、钢筋永远放在新房的旁边。中国的每一条河流为什么都会流着滚滚的黑水？……

过去爸爸总是抨击别人，现在不得不重新考虑自己。

所有这些垃圾的产生，究竟是谁在犯罪呢？你看看爸爸在北京是怎么骑自行车的，你想想你跟你的同学们是怎么骑自行车的，就都知道了。

最近出版了新书《关关雎鸠》，有人说，是批评教育的，爸爸为了卖书，也说是思考、忧虑中国教育的。其实，爸爸开始时，不过是想写出一部如同欧洲电影那样明媚的爱情小说，里边有巴赫的长笛曲，有原野里透明的空气，有你特别熟悉的城墙和护城河边高高的柳树。爸爸希望表达自己的不安、困扰，希望能做一个慢下来的人，拒绝发展，厌烦新东西，其中包括乔布斯的那些东西。希望不要有那么多衣服、皮鞋，幻想只要拥有得少，天空、河流、空气就会干净。

所以，像爸爸这样的人是不配去说宪政的，原因是在一边骂一边说的过程中，那宪政也早已被说歪了。

爸爸的信仰

儿子，中国人的信仰就像餐桌上的南瓜，一夜之间就成了人人都需要的东西。首先是那些商人，他们不喜欢别人叫他们商人，而是说企业家。其实，商人和企业家究竟有什么不一样，爸爸这样的人，永远弄不懂，他们却非常计较。商人对于信仰的渴望是你完全无法想象的，这些年，如果你在国内出去走走，总会看到那些为了信仰痛心疾首的商人。据说，有的地产商人已经加入了什么什么教，据说他们加入了那个教之后，就已经一方面内心为了金钱和安危而焦虑，一方面又内敛平和，心静如水了。其次是那些小资知识分子，他们也是对于信仰缺失痛心疾首的人。贫穷、焦躁、火气十足，为了向上爬他们谈论信仰，为了挣钱他们谈论信仰，为了蔑视你我，也为了批评自己的民族，他们谈论信仰。信仰就不仅仅是南瓜，而是投枪、匕首，如果他们有权力的话，信仰就会拿来杀人。天天骂街的人，一夜之间，人人都有了信仰。你说信仰是不是很可怕?

再次，就是女人了。把女人单独列出来，有些奇怪，但是，女人浸泡在她的信仰中，真的有些独特。这些年，只要是进了庙，身边的女人们几乎没有不拜的，平时特点不一，知性的，不知性的，只要进了庙，就都跪下了。不知道这是为什么，她们内心孤独，她们缺少依靠，她们生来软弱，她们思维简单，她们比男人真实?或者说她们就是委屈的动物，无法在人间诉说，最终只能去庙里?

再就是某些官员了，他们有两种信仰：一个是马克思，另一个跟女人一样，也在庙里。马克思可以对别人说，庙里的信仰可以对自己说。有些名山大寺，到了信仰的大日子，普通人是要排队的，而那些有权力的人，可以走后门。连表达信仰都可以三六九等，都可以VIP，可见我们的信仰是多么灵活，就像中国人开车，扭来扭去的，我们实用主义的信仰多么香甜多么火。

爸爸是一个完全没有任何信仰的人，说来真的有些惶惶，一个活人、写作者、读书人、追求公平的人，他说他没有信仰，他说他完全没有信仰，你说，儿子，像爸爸这样的人有多么轻飘，今后不知道是上天堂，还是钻进了土里。甚至于不知道天堂和地狱的长相。没有信仰的人，也相信过一些东西，不知道能不能拿出来仿佛信仰一样地说一说。小的时候相信过暴力，因为暴力能让那些原本有尊严的人突然如同猪狗一样地趴在地上；以后相信过权力，因为权力能让身边所有的大人们都对他露出微笑；以后又相信过金钱，因为金钱不仅仅能买许多好吃的填满爸爸总是饥饿的胃，金钱也能买到暴力；权力，还能让国家强大，让中国人不再饿死。有许多年，爸爸总是对别人说，谁说中国人没有信仰？他们信仰金钱，谁说金钱就不是宗教？它能有效地把以为自己是羊的、是狼的人群驱赶着，让他们改变世界。爸爸那时还喜欢说，金钱比人更有理性、有智慧，它知道妥协和平衡！不知道为什么，总是有些智慧的、有信仰的人、强大的人，让我们看到流血、死亡。所以，一个民族，如果它的伟大信仰就是金钱，那又有什么错呢？

但是，儿子，在这个民族全体争夺金钱的过程中，环境被破坏了。在这个民族全体渴望金钱，并为金钱而哭泣的时候，并没有产生相应的公平，没有产生标准和规则，所以，爸爸这几年渐渐地又不认为自己相信金钱是了不起的发现了，更不要说，拿金钱当信仰了。

爸爸曾经问你在美国去过教堂吗，你说去过。有没有见到那些有信仰的人？你说见过。爸爸又问你，穷人有信仰，还是富人有信仰？你的回答有些让我吃惊，你竟然说，富有的人更会有信仰。有钱人要信仰，是他们的财产需要保护，贫穷的人要信仰，是因为他们的安危需要保护，革命者要信仰，是因为他们不怕流血和死亡吗？儿子，比尔·盖茨、巴菲特、乔布斯有没有信仰？不知道他们是不是跟眼下的中国人一样地喜欢谈论信仰？

爸爸生长在新疆乌鲁木齐市，在信仰伊斯兰教的人群中度过了自己的童年、少年、青年时代。知道吗，维吾尔族人永远不会往羊肉里注水，哈萨克族人也不会卖给你放了添加剂的牛奶，他们都是有信仰的民族。可惜你早已忘了新疆，忘了乌鲁木齐。

儿子，锅里的南瓜熟了，据说南瓜的法力无边，爸爸又要吃南瓜了。

爸爸和奶奶的忏悔

奶奶八十二岁了，她整天对爸爸说她不舒服，让爸爸无比厌烦。所有美感都丧失了，心中留下的只有最恶毒的情绪。奶奶现在经常忏悔，她说躺在床上彻夜难眠，就想起来往事。她说，爸爸很小的时候，就跟伯伯一起去给生病的爷爷买饺了，乌鲁木齐很冷，零下二十多摄氏度，去很远的百花村买回了饺子，那时是“文革”，饺子是高价的。奶奶把煮熟的饺子端上来时，只有爷爷一个人吃。其他生饺子要放到窗外冻着，留给爷爷以后吃。爸爸和伯伯都充满饥渴地望着爷爷吃，爷爷就只顾自己吃，他会偶尔给爸爸和伯伯一人吃一个。在吃那一个饺子的时候，爸爸的嗓子里如同畜生一样发出吭吭的声音。奶奶现在很后悔，她拼命谴责自己，为什么当时没有让自己的孩子也吃饺子。奶奶不止一次地说起过这些事情，爸爸从来回避，不谈。可是，此时此刻，由于奶奶的病痛折磨着爸爸，让当儿子的孝心已经丧失殆尽，奶奶再次提起了那年的饺子，爸爸就说：是呀，为什么不让我们吃饺子？你们真的没有钱吗？爷爷那时的工资是每月140多元，奶奶的工资是88元2角，饺子才5分钱一个，据说那时北京的四合院也就是七八百元，他们四五个月的工资就可以在北京买一个四合院了。为什么爷爷就自己吃，他跟奶奶当时心里想着什么？现在奶奶的忏悔没有一点点用，在爸爸看来这种忏悔真的很廉价。

除了饺子还有烧鸡，那永远让人心碎的烧鸡，奶奶早已忘记了：车厢里充满了烧鸡味，很难说清楚那种巨大的诱惑，饥饿的爸爸渴望吃上一只烧鸡，没有一只就半只，没有半只就一个腿，没有鸡腿就一块鸡肉，没有一块鸡肉就一块骨头。儿子，现在回忆起来似乎车厢里不少人都买了烧鸡，他们都在吃着，那个车站的黄昏是金黄色的，它有一个与烧鸡可以混淆的名字：宝鸡。那时还年轻的爷爷奶奶带着幼稚的爸爸和伯伯从乌鲁木齐出来，在火车上已经两天了。只买了一张卧铺票，主要是让爷爷睡觉，因为他身体不好。爸爸晚上从来都是钻到椅子底下睡觉。可是，没有烧鸡，爷爷奶奶没有买烧鸡。绝望的爸爸只能看着别人吃烧鸡。儿子，许多年都过去了，爸爸对于烧鸡有着特殊的感情，就像是没有腿的人渴望腿，没有权力的人渴望权力，没有金钱的人渴望金钱，没有灵魂的人渴望灵魂。

爸爸对你又怎样呢？儿子，你小时候爸爸为了省钱，每当带你坐地铁时，总是让你弯下腿，弯下腰，让你的个子不到一米二，那样你就不用买票了。其实，那时爸爸还总是吹牛，总是穿着一件大翻领的皮衣，想让外人觉得爸爸是个有钱人。这对你的内心构成伤害，这让爸爸想起来就不好意思。许多年过去了，我们经常提起那些坐地铁的旧时光，儿子，爸爸挺对不起你的，爸爸那时真的不知道，即使你当时很小，可是你也是一个要脸的孩子。

可是，奶奶真的有忏悔吗？每当爸爸问她，你为什么不能让我吃饺子，为什么不买烧鸡，你们有那么多钱，你们想用那些钱干什么？奶奶总是回答说：那时家家都是这样的。

可是，爸爸真的有忏悔吗？每当咱们说起坐地铁不买票的那些事情，爸爸总是说，咱们家为了买房子，高积累，低消费。就好像买房子，就不能为你买一张地铁票。

儿子，可见爸爸和奶奶都不是愿意真心认错、真心忏悔的人。不从心里认错，找各种理由开脱自己，找个替罪羊，赖老天爷，说是天灾人祸……所有这些，都是爸爸和奶奶的共同习惯，儿子，爸爸、奶奶在一个家里都是这样，如果，把一个更大的地方交给爸爸，爸爸就会是一个能认错的人吗？

儿子，现在烧鸡和饺子都不好吃了，因为渴望它们的年代已经过去了。以后看你了，你会对你的后代如何，会不会犯与奶奶和爸爸同样的错误？如果，也有错误，你会真心忏悔吗？儿子，从爸爸和奶奶的身上看，我们真的是一个吝啬血脉，所以，爸爸对你也有着几分质疑。对了儿子，还想补充一下，其实那些饺子奶奶也没有吃，而且，她一个都没有吃。儿子，奶奶现在躺在床上，她仍然在忏悔，爸爸讨厌她的忏悔。

爸爸和王实味

王实味死得惨，人人都知道，但是，王实味有毛病，许多人不知道。忘记了是谁回忆的，说当时在延安，那时青年，时尚的青年才俊许多都去了延安，蓝天白云下荷尔蒙在延河两岸爆发。王实味得了肺病，是不是结核，我说不清楚了，那些充满饥饿感觉的年轻人在大食堂里抢面条，总是让王实味抢在前边，这让众人反感。儿子，那时肺病是不治之症，你想呀，一个有肺病的人，人人都知道他有肺病，他经常抢在第一个，还用自己的筷子去抢那个大锅里的面条，别人还敢吃吗？恨他是自然，不恨，才是没有是非，没有感觉。

王实味有才吗？不知道。丁玲艾青他们肯定比爸爸更知道。《野百合花》一说是登在墙报上，一说是发表在延安的小报上。所以，王实味的名气是无法与当时去了延安的成名作家比的，所以，大家批判起他来，简直是太有话说，你是从北大来延安，可是延安的名校生多了，你没有作品，还牢骚满腹，大家都不说，你还在说，你的人格缺陷，人性弱点，你在我们这儿，真是连苍蝇都不如。所以，王实味最后被打死了，有人说是被石头砸死的。

爸爸与王实味并无直接关系，如果硬要找，他是湖南人，奶奶也是湖南人。但是，爸爸与王实味有关系，那就是与他一样，名气不如艾青和丁玲大，却毛病比他们多。

爸爸在天山脚下的一条沟里安静地写作《喀什噶尔》，总是在回忆青春时光。那是一个专制时代，爸爸受了很多委屈，是人生最惨的年月。当然会批判专制愚昧，但是身边的朋友帮助爸爸回忆起那时，说爸爸几乎触犯众怒。几乎身边的人都讨厌爸爸，可是他自己却全然不知。奶奶在爸爸上中学时，总是喜欢指着她的小儿子说人家只要一看见你这个样子，就会讨厌你，如果你再话多，那就更是让人厌恶。爸爸说话的腔调、语气、表情果真有那么可鄙视吗？以后爸爸换了若干不同的单位，从周围人看待自己的眼睛里，爸爸意识到奶奶说得对，经过思考，爸爸进一步发现，与王实味一样，爸爸身上有许多类似于他带着肺病可怕的传染菌抢面条的毛病。这些毛病我将写在小说《喀什噶尔》里，其实应该叫《我的喀什噶尔》，因为人人都知道那是一个很有特点的小城、古城，爸爸在那儿度过了四年，经历了人生最可怕的时光。那儿是一个封闭的环境，一群与爸爸年龄相仿的人共同生活在一个院墙内。与延安时期的年轻人一样，爸爸与这些人也是充满了荷尔蒙，那个叫王刚的十七岁到二十一岁的年轻人，没有表现出任何出类拔萃的地方，却习惯于自己的说话、行事方式，所以爸爸离开时一无所获，许多战友都保持了对于我的终生反感。只是那时已经到了1981年，中国有了一些变化，没有人用石头砸死爸爸，他们只是让我离开了喀什噶尔，并且，在档案里重重地写了几笔：思想意识差，要注意思想改造。

最近在看《曼德施塔姆夫人回忆录》，感觉不舒服。一方面那个女人的腔调我不喜欢，赞美自己、蔑视别人仅仅是这个夫人的毛病，还是许多夫人的毛病？人们往往喜欢批判斯大林时代，却不愿意批判自己的弱点。这类作品爸爸从二十二岁就开始读了，记得吗？多年来老是对你说的《肖斯塔科维奇回忆录》，里边也充满了对于专制和斯大林的反抗。苏联知识分子在反抗斯大林时，往往有美感，压抑和愤怒的激情里包含着诗情画意，乡愁，抒情，音乐性，还有大自然最美丽的奇观（最近这类美感似乎有些时尚）。肖氏的回忆录从二十二岁读到今天，连书都翻破了，抵抗强大的东西对于自己的压迫是爸爸一生中激情的发源地，委屈和忧伤也来自于那些背运的日子。

爸爸的朋友们说得对，所有个人悲剧不仅与时代和制度有关，也与个人性格弱点、毛病、品德更有直接关系。潘石屹喜欢说，人的最大美德是谦卑和合作精神。

可是，如果一个人既不谦卑，也不具有合作精神，他还像王实味那样得了肺病却去抢面条，如果他从此吃不上饭了，社会应该救济他吗？那他就该死吗？

王实味与爸爸的悲剧是个人的问题、时代与制度的问题，还是文化与文明的问题？如果可以让王实味不死，那以后很多人是不是都能活下去？最近看到六十多岁的一批人开始道歉了，他们打死了自己的老师，是因为那老师自身的毛病和弱点，还是学生们的兽性发作，或者说在一个可以随便打死人的时代，生者和死者都无话可说？

被放大的文化和火气

儿子，昨天晚上爸爸在梦中被吵醒了，是被中国城里的中国餐馆里碗盘碎裂的声音吵醒的，每一个在中国城吃过饭的人都有那种可怕的记忆。你正在吃饭，他们已经开始收拾旁边桌子了，那碗盘摔打的声音真是撕心裂肺，太尖厉了，太可怕了，那些生活在美国的中国人真的对碗盘有仇吗？真是恐惧回忆。此刻我坐在黑暗里陷入了关于美国的回忆。老实说，那次回来对美国有些失望，非常失望。第一次回来，就在内心说，绝不会再去美国，可是，又去了。5月份，你们那儿尽是晴天，在法学院为你拍照片和视频，带着你去吃川菜，被你带着去吃牛排，你告诉我说那是美国最好的十大牛排馆子之一，还有，跟着你去了湖边，好大的湖，比咱们北京阳台下的湖大多了。你当时查了ZILLOW，我们都知道了房价，不算太贵，并连续看了几户未来可以购买的房子。那是幸福的时光，因为与你在一起。为什么父亲与儿子在一起，就会觉得幸福，儿子与父亲在一起，就会感觉到累？不在这里探讨了。还是说美国吧，儿子，为了鼓励你，我说美国坏话不多，可是，像爸爸这种人，这样的性格，想忍住不说别人的坏话，又几乎是不可能的。美国真的不好吗？美国很好，只是跟爸爸这样的人没有关系。美国人不好吗？其实遇见的美国人，只要不是华人，都挺好的。儿子，我想，你今后留在了美国，成了美国华人，也一定会差不多，都是一样的种，一样的身体条件，一样的文化积累。曾经说过，如果中国人是人，美国人就不是人，如果美国人是人，中国人就不是人。此话极端，足以说明爸爸到今天都没有成熟，不像现代文学的作家，都是大家，早早就成熟了，而且，还有“民国范儿”。说美国真的很好，只是跟我们没有关系，这是一句深而通俗的话，这儿不多解释，让一代代的中国人去体会吧。不去美国，却喜欢美国红酒，这是矛盾，又无奈。说红酒老是有人说文化，挺讨厌，儿子，你在美国认识的酒友是不是也非常喜欢把红酒说成是文化呢？反正，中国人几乎人人都在说红酒文化了。红酒是什么？葡萄酒。葡萄酒是什么？葡萄做的酒。酒是什么？酒就是酒。喝少了不过瘾，喝多了会醉。拒绝把红酒说成文化，说明没有文化。现在是一个连垃圾都饱含着文化的时代，因为我们人人可以说，垃圾里有垃圾文化，不同民族产生的垃圾，又可产生只属于那个民族的垃圾文化。因为那种垃圾是那个民族特有的垃圾，所以，那个民族的特点在垃圾最能表现出来。于是，一个被垃圾淹没的民族一夜之间就特别喜欢说文化。什么东西进了中国，都会变异，红酒进入中国后，就变得特别有文化。听说，法国拉菲卖一万、两万、三万一瓶，于是许多文化男人，特别是那些文化女人，都说喝过拉菲。而且，好喝得不得了。她们就会用最有文化感觉的语言去说说拉菲。

纳帕和索诺玛是两条美国最著名的山谷，里边有世界上最好的葡萄园。我曾经两次去纳帕山谷，从早到晚都在喝他们的葡萄酒、红酒。当然，那酒是要付钱的，而且，并不便宜。索诺玛山谷与纳帕山谷平行，因为喜欢喝红酒，我曾经在索诺玛一个葡萄酒庄园里住过一晚上。儿子，你在美国也经常喝红酒，上回爸爸离开时留在你那儿的一瓶意大利红酒（就是那瓶原价30美元，打折后20美元的酒，葡萄品种我记不得了，不是赤霞珠，不是梅勒，不是马贝克，不是泽芬纳，就是那个很怪的品种，想不起来了），你现在喝了吗？当时在明尼阿波利斯的酒店门口，我要求你喝完了，一定要把感觉描述给我，现在想想自己当时没有喝，还舌头痒痒呢。不同的葡萄品种，总是有不同的风情，如同艳遇。

美国的红酒确实好，就像美国的制度一样，你知道它有缺点，可它的确是最好的。

8月份，你说要在美国四处走走，还会去旧金山，也会租车去纳帕，对于这条山谷，爸爸去过两次，里边的酒堡，也还有话可说，放在下次吧。你去纳帕自己去体会吧，看看那条山谷，是不是商业味很浓，是不是会流传名句，广告语：纳帕，一条极其吝啬的山谷。

不得不承认，人们对于红酒的态度是世俗的，也是势利的。头一口酒当然会有感觉，但是红酒背后的那些东西，命中注定要决定人们的感受。当然，喝了半瓶之后，被酒感动了，一切都会被放大，就如同中国人对于美国的态度，也如同美籍华人对于中国人的态度。被放大的一切都不正常，可是，不正常才是常态呀。哎呀，那种美国中餐馆里碗盘撕裂的声音又来了，这些中国人，为什么走到哪里都有那么大的火气？

儿子埋葬父亲

父亲死了十三年，我也学会了与死人沟通的方式，比如烧纸。我每次回到乌鲁木齐都喜欢在墓地里转圈，不是为了与死人对话，而是想看看又有谁死了。记得那年我下了飞机，进了家门，发现我童年时就极恋的那个家已经成为灵堂了。灵堂是什么？就是停尸房，今天也许停的是你的尸体，明天也许就是我的。那天停的是我爸爸的。即使爸爸的尸体放在医院，可是那天曾经充满我童年、少年、青年成长气息的家里真的全都是死亡的味道。

爸爸怎么会死呢？这是我当时想不通的事情。父亲的遗像摆在那儿，冲着我笑。母亲瘫倒在床上。哥哥上来紧紧地抱着我痛哭。在北京机场时，哥哥还骗我，说父亲还在医院抢救，可能有希望。其实，那时父亲已经死了。天黑了，世界末日到了。我们家从此完了。晚上，我对母亲说，就我们家四个人，爸爸、妈妈、哥哥和我找个地方在一起，最后送别爸爸。我是一个浪漫的人，觉得父亲的死，其实只是我们这四个人的事情。母亲不同意，她说要开一个很大的会，要让很多人知道。而且，要给爸爸身上盖上党旗。看起来，儿子这次要为父亲办丧事了，不管这个儿子曾经是多么不肯负责任，今天他跑不了。要召来父亲生前所有的熟人、朋友、同学、战友，要租火葬场的大房间，要安排很多细节。几乎崩溃的我做这些事情时，是需要耐力的。记得工会主席说最好要个小房间，来不了这么多人，否则下不来台。我竟然生气了，说一定要大房间。谢天谢地，父亲人缘比我强多了，那天真的来了很多人，大房间里都几乎站不下了。花圈很多。在最后的告别时，由我来讲话，为父亲送终。我专门思考了悼词，用我低沉的声音，带着深刻的表情和感情，诉说着我可怜的父亲。我知道自己是想把来参加葬礼的人说哭了，让他们跟我一样难过。许多人真的哭了，我很高兴。我真的像演员。我从小就幻想有一天能成为这个圈子的中心人物，让大家都关注我，想不到是以父亲的死为代价的。以后，我经常想，在这个世界上有多少儿子跟我一样，把父亲的死当作自己的舞台，充分展示自己的才华和语言天分呢？直到要把父亲推进去烧掉时，我才忘了一切，痛哭起来。我跟哥哥分别拉着父亲的两只手，不肯让别人把父亲推进去。回想起来，那时我的哭泣是真实的，自己痛哭，周围的一切果然都不存在了。

第一次烧纸是画家孙广新先生陪着我一起去的。他是我从少年时共同成长的最好的朋友。他在大街上看见我戴着孝，立即有几分兴奋地喜悦了一下，然后又掩饰了这种喜悦，装着沉痛地说：你爸爸？我点头，然后，我笑起来，说：笑，笑，你他妈的笑。他也笑了，说：谁他妈的笑了，你他妈的才笑了呢。我们站在乌鲁木齐大街说了半天话，约好他陪着我去燕儿窝烧第一次纸。过去，我哪里懂要烧纸呢？我是一个充满反叛的人，我热爱约翰·列侬，却从没有对父亲表白过爱，我认为约翰·列侬有信仰，而我真的不知道父亲是不是有信仰。可是，今天我要为父亲烧纸。我相信现实中柔情的眼睛，相信秋风抚摸我头发时的呼吸，我真的不信这个，烧纸？有用吗？父亲真的知道吗？那五十亿的钱果真能为父亲买东西吗？我们的身后是树林，那是我童年时最欢乐的地方。我们面前是火焰，是烧的纸钱。孙广新陪着我，我们认真地烧着。我当时觉得有些不好意思，就对广新说把这件西服也扔进去。那是我最好的西装，我当时嫌热脱在一边。广新一愣，看看那西装，意识到我是在开玩笑之后，他也笑起来。我们互相看着对方的笑脸，都意识到对方的脸上也写着死亡二字。

儿子迪迪也总是跟着我一起烧纸。每年要烧的时候真多呀。父亲的生日、忌日、鬼节、清明……我在父亲生前真的给过他多少钱吗？可是现在为什么要烧这么多纸钱呢？儿子跟着我在北京的许多地方为父亲烧过纸。我有些疼他，怕他恐惧，不喜欢他沾染上这种东西。我宁愿他热爱约翰·列侬，让他的成长充满快乐。死亡？这是多么不应该老是提醒他的东西。可是，要烧的纸太多了，它已经形成了习惯，成了像是要听马勒音乐一样日常的事情了。

前几年回去给父亲买了墓地。然后，把他的骨灰盒放在了里边。这次是真的埋葬父亲了。儿子埋葬父亲，这是应该做的事吧。任何儿子都脱体于他的父亲。任何父亲也都要被自己的儿子埋葬。父亲刚死时，我以为我也不想活了。我以为末日到了。可是，这些年我又经历了很多欢乐。丝毫没有因为父亲的死亡而耽搁什么。我曾经想过要为父亲写篇文章，可是每每看到其他的作家在写自己父亲时的那种表情，我都会恶心。他们那么讴歌自己的父亲，让我很不好意思抬起头来看自己的同行。当他们美化自己的家庭和所有家庭成员的人品时，我都会从心里觉得人类真是没有希望。可是，作为一个作家，竟然无法概括自己父亲的一生，甚至总是觉得对父亲不了解，也经常让我感觉对不起那个生养我的人。我很难梦见父亲，甚至在这些年里，都没有在梦里与他对过话。只有一次，我在天山上滑雪，摔倒了，我躺在厚厚的雪野里，望着暖暖的红太阳，那时我爸爸出现了，他看着我说，你也老了，还这么疯狂。

父亲死时，能想到自己真的愧对于自己的儿子吗？儿子疯狂时，会想着自己对不起父亲吗？这需要多少亲情，多少自省和忏悔？

2011年6月26日是父亲死去十三周年的日子，他那个已经不那么疯狂的儿子闲着无聊，却忘了那个日子。在他正犹豫着是否出门喝酒的时候，突然，接到了一条短信，是父亲的孙子，儿子的儿子迪迪发来的：

今天6月26日，给爷爷买纸了吗？

海边的日瓦戈医生

日瓦戈医生，几乎在你成长的年月从没有对你说起。不是不想说，而是认为不应该说，儿子，你们喜欢法国、德国、美国，很难喜欢俄国。没有对你说过《安娜·卡列尼娜》，却为你推荐了《教父》。第一次让你认真看的一部电影，还记得吗？《蝇王》，儿童们在荒岛上相互残杀的那部，那是你上初一？以后让你看了意大利的《天堂电影院》，甚至奥地利的《狗日子》，却一直没有提醒你去看看《日瓦戈医生》，俄国不重要吗？苏联不重要吗？《日瓦戈医生》不知道看了多少遍，却又到海边来读小说。那是1987年版的，近800页，却只有3元3角人民币。为什么非要到海边来看？爸爸身上真的沾上了那种做作的灰尘。在北京的灰天灰地里，在总是没有阳光的阳台上，爸爸渴望在海南的海边，在有海水和绿树的地方去读《日瓦戈医生》。你在美国，却突然想对你说说俄国。你或许已经有些美国化了，但是，俄国——苏联——却总是让爸爸忧伤。想起来了，你其实并没有完全与俄国绝缘，拉赫玛尼诺夫是你熟悉的作曲家，他的第三钢琴协奏曲，你那么喜欢，经常听，而且上次回来时，还专门让爸爸听第一乐章那个慢句子，你当时带着那么大的激情在表达自己的感动，简直不像是一个在美国学法律的孩子，更不像是一个有了纽约律师资格的人。噢，爸爸有些可笑了，律师就不是人吗？

《日瓦戈医生》不一样，这些年，只要爸爸感觉受到了伤害，就会在它里边寻找抚摸和安慰，一种强大力量把爸爸压迫得太久了，如果爸爸渴望内心哭泣时，也总是会沉浸在这部作品里。什么人会比爸爸这样的人更痛苦呢？体验日瓦戈的内心时爸爸想，什么人会比爸爸更幸福（因为内心深处一次次涌出春光明媚的渴望）呢？俄国人充满情感的叙事让爸爸有了做人的骄傲，因为我理解日瓦戈的浪漫与激动，我与他是一样的人。儿子，告诉你一个秘密：爸爸觉得自己与日瓦戈或者帕斯捷尔纳克是一样的人，有时是诗人、是作曲家、是内心有着痛感的人，有时是革命者，是公知，是永远知道批判自己、也善于批判社会的人。咱们家在海边的房子写着你的名字，那是爸爸留给你的东西，永远不要卖。今天突然想对你说说《日瓦戈医生》，那也是传授给你的遗物，是爸爸最喜欢的东西，那里承载着爸爸的愤怒、仇恨，但更有与日瓦戈一样宽广而又软弱的爱。爸爸这样的人最没有用了，对这个世界几乎产生不了什么影响，但爸爸有着与日瓦戈一样的委屈经历与道德思考。所以，爸爸能去一次次地重新走近日瓦戈，在这个匆忙的现世中。别人都忘了他，爸爸却每天都在重温。儿子，爸爸在海湾的沙滩上读书，时时看看大海，其实这儿的蓝色海水一点儿不比迈阿密差，沙子的质感还要更好些。这儿没人，海边上一整天有时仅仅是爸爸一个人，对了，是两个人，另一个就是日瓦戈医生。久违了的蓝天白云，即使是多云，你透过那些云层被撕开的大口子，还是能看见蓝蓝的天哪。不对你具体描述这本书了，反正里边讲的所有事情都在今天的中国重新上映，旧俄罗斯的美感与忧虑今天仍然在中国弥漫，时代的更替果然有那么乐观吗……儿子，爸爸此时此刻是那么迷茫、卑微、弱小，完全丧失了激情。经常感叹自己的生活没有美感，对旧俄罗斯知识分子的生活画面充满向往。爸爸最近总是告诉自己和别人，这三十年是中国有史以来最好的三十年，可是，我为什么那么那么的痛苦？

日瓦戈医生究竟是一个什么样的人？他的慈悲和关怀以及庸常和软弱，他的摇摆和坚定，他对于血腥的恐慌，他对于强权的排斥，帕斯捷尔纳克跟你一样，从小学过钢琴，他的母亲甚至是斯克里亚宾的女学生。儿子，今天奇迹发生了：你留给爸爸的iPad里竟然有那么多音乐，莫扎特、拉威尔、勃拉姆斯、肖斯塔科维奇……爸爸从来没有要求你听这些东西，只是自己多年来每天都听，爸爸在这些声音里渐渐变老，你却长大了。然后呢，你又把它们装满了你反叛的青春期，今天又留给了爸爸，让我在海边意外地用那个索尼耳机把它们充满了全部的、孤独的海边世界。儿子，我刚从海里上来，海水清凉让我患高血压的头脑像二十岁时那么晴朗。那时你的QQ音乐让《拉拉之歌》从天而降，她是《日瓦戈医生》里的女主角，大卫·里恩的电影里最动听的音乐就属于她的美丽，你是什么时候下载的，我为什么一点儿也不知道？

假如你遇到丹麦国际文学节

儿子，是你们美国好，还是他们欧洲好？当然是他们欧洲好。爸爸刚从哥本哈根回来，昨天还在吃他们的奶酪。这块卖到七十多丹麦克朗的奶酪有臭鸡蛋的味道。就着奶酪喝红酒是很大的享受，可是，这块哥本哈根的奶酪真是不敢恭维，它几乎可以改变任何红酒的味道。都试了，法国的、澳大利亚的、智利的。

现在回忆哥本哈根是一座有些破旧的小城市。街道不宽，行走方便，两边小商店的橱窗甚至有烟斗、烟丝、雪茄，还有皮鞋、西装。这样的街道舒适、甜美，流连其中如同匍匐在白皮肤女人的怀中，是欧洲的白皮肤女人，可不是你们美国的。买了一个八十年前的旧照相机，德国产的，竟然还能拍照，现在手机已经把任何照相机都消灭了，看着这个里边还装着一个黑白胶卷的德国货，有些心酸，想起来爸爸十七岁那年，开始学照相，用爷爷买的上海货，看着一本照相书，天天在乌鲁木齐河边寻找灵感。还买了一个五十年前产自英国的望远镜，早就想买一个这样的东西了，特别是在北京看歌剧、舞剧，甚至听音乐会的时候，真的想仔细看看台上那些人的脸。爸爸十四岁上台演奏长笛，有时候还必须化妆，不知道坐在下边的人想不想看我们的脸。你上中小学时老是被迫听爸爸音响里那些歌剧，普契尼、比才、柴可夫斯基的，你当时可能奇怪，一个正常人怎么会喜欢这样的人声呢？把嗓子弄成这种状态发出的声音果真好听？现在好了，8月份梅塔要带着米兰歌剧院到天津演出，去看时带上这个伦敦老玩意儿，不仅听声音，还要看口形。对了，还在跳蚤市场买了一款产自丹麦本土的牛皮包，老头说是当地校长用的，里边装着书，因为他要给学生上课。校长今天去哪儿了？学生今天去哪儿了？棕黄色的包跟着爸爸来中国了，岁月可能让女人可怕却让这个皮包美丽，想把这个包送你，今后无论去哪儿，都带上校长、学生、爸爸，带上岁月，还有旧旧的丹麦哥本哈根。

酒店附近有红酒，那是一个半地下的红酒屋，橱窗里很大的橡木桶很远就看得到。说起来你都不信，一瓶波尔多列级庄的酒才200元人民币左右，喝着口感真好。因为酒店档次太低，文学节主席订的酒店，那种酒店当然不会有高脚杯，卖红酒的老板就给爸爸借了一个，说好走时还他。一共七天，每天一瓶法国酒，省下的钱（按北京的价格）可能都够路费了。旁边是家牛排店，比你们美国麦尼斯的要薄，端上来时是用平底的黑铁锅，牛排还在滋滋响着，口感不错，汁水很足，肉质很嫩，一份才180多元人民币，再配一杯可能是意大利的红葡萄酒（因为偏酸），多花50多元人民币，真是比北京便宜许多。

真是惭愧，其实爸爸是去参加丹麦国际文学节的，组委会主席伊万看过《英格力士》的英文版，他是一个眼睛明亮的人，很漂亮的男人，才五十二岁就有孙子了。是他后任妻子带来的孙子。伊万带着我们坐地铁，坐公交，长途跋涉去演讲。唯独没有车。哥本哈根的天空就这样蓝的吧？在哥本哈根大学演讲，下边坐着几个老人，你跟他们说中国的“文革”以及爸爸的忏悔，你想想那滋味。华人商会主席、副主席先是两人抬石头（AA制）请我们吃了饭，然后带我去华人协会演讲，哟，一群中国大妈已经坐在那儿了。她们看着我，我看着她们。伊万代替她们提问：在中国你与自己的读者如何交流？我说我在书店有两次看见读者买我的书，一个似乎瞎了一只眼睛，一个是瘸子。还有一次与喜欢我书的读者见了面，交谈中我渐渐意识到她神经的确有些问题。

儿子，其实爸爸对于哥本哈根的文学很有感情，十七岁那年在西藏阿里狮泉河买了《安徒生童话》，当时躺在西藏蓝天下的草滩上被深深打动。后记说这个一生不走运的作家老了，他偶然走进了戏院，上边正在演出他的作品，他看着看着老泪纵横。

你说你最近去了纳帕山谷

你说你最近去了纳帕山谷，我可以想象：租了白色的车，还敞着篷，纳帕的路很好，美国加州蓝天白云，你又开得飞快。其实很为你担心，爸爸是一个非常自私的人，年轻时，爸爸以为自己除了爱自己以外，不会爱这个世界上任何人。有一段时间，爸爸很为自己的极端自我，或者自私感到骄傲。随着年龄的增长，我明白了，其实我也跟许多人一样，除了爱自己以外，还爱很多人，其中最重要的是你。你受了爸爸的影响，喜欢红酒，不认为它是文化，不认为它是奢侈品，只是喜欢喝两口，也会喝。

美国的跑车安全吗？你租它的时候有没有仔细检查？纳帕山谷的路不太宽，周末时上那儿去喝葡萄酒的人又很多，你不会太放肆吧？知道你跟爸爸一样，其实是一个胆小的人，但酒后经常也会变得疯狂。你会在每个酒庄都喝吗？整个纳帕山谷处处是酒庄，只要进去几家，你说不定就醉了。

纳帕山谷是美国加州最大的葡萄产区，我去过两次，第一次去，印象还算可以。进了酒庄，只需要交10美元，就可以品尝他们的四种酒，从最差的开始喝，最好的往往是80美元，甚至100美元一瓶。有了经验时，总是愿意一开始就喝最好的，那时舌头没有麻木，整个口腔非常敏感，对于各种滋味都能细细分辨，真的好享受。

第二次去印象就变得糟糕了，整个纳帕山谷充满了商业性，就跟去了丽江或者国内的任何一个旅游点一样，充满了好奇的参观者充斥在每一个酒庄里，他们脸上的表情像是你在中学时参加家长会的女家长们一样，他们不是来喝酒的，而是来朝圣的。如果烧点香，那就如同走进了旅游景点的庙。

记得第一次是可以续杯的，喝完了，你可以让他给你再倒些，能喝的还会给你多倒。第二次，就没有这样的好运气了。首先，价格涨了，过去品尝费10元，现在最少也要20元（是美元）。而且，他们只给你倒一点点酒，那个量只是平常饮酒时一口的五分之一。实在是太少了。我对那个酒庄服务的推销者说：多点儿，多点儿。他说：不可以。陪在身边的朋友是一个在美国生活了二十多年的中国人，他说：你应该说，请给我多倒点儿。于是，我学着他的声调说：请给我多来点儿。那个卖酒者仍然说：不可以。我看看身边的朋友，感觉到有些失望。朋友不但没有感觉到酒庄有什么不好，反而对我说：多点儿，多点儿，你就知道多点儿，你付了20美元，还真想把本儿全都喝回去呀——

我有些愤怒，也有些委屈，感觉到自己肮脏，给加入美国籍的老朋友丢人了。爸爸其实特别渴望美国文明，从十多岁时，就喜欢对别人说如果这是在美国，那会如何如何。第一次在美国生活了四个月，学会了进餐厅要先在门口等待领位，在任何公共场合要小声说话，红灯时一定要等待，对陌生人也要说你好……可是，入了美国籍的老朋友却总是喜欢不停地批评我，即使我再爱美国，也会心生恶感。首先厌恶自己一身毛病，然后又厌恶别人也是一身毛病，不过是另一种毛病。那天晚上，住在索诺玛的葡萄酒庄，吃饭时，花了300美元，竟然才两种菜。说话声音已经很小了，朋友要求还要更小，只是听到身边的美国白人们哈哈地谈笑风生，只是感觉到除了我们这桌，身边的任何一桌人都在大声喧哗。那时想起中国，别人倒酒时你总要说：少点儿，少点儿。

其实，儿子，爸爸两次去美国，感觉到最无法适应的不是黑人、墨西哥人，更不是那些白人，而是华人。曾经与许多人探讨过，为什么中国人在美国生活多年后，就会变成那样？哪样？那样，就是那样！有人总结说，他们的安全感自尊心都没有了，仅存的一点儿权利，就是批评自己的同胞没有教养。儿子，爸爸怎么可以在纳帕找美国人要酒喝呢？真的很没有教养，有个人原因，也有种族原因。不怕你笑话，爸爸作为一个中国人年轻时也有梦，那个梦其实是美国梦。而且，一点儿也不可笑，一个中国人的中国梦里边的全部内容是美国梦。

儿子，爸爸仍然在为你开车担心，当然，更担心的是：你也会变成那样一个美籍华人。唉，儿子，在美国久了，你肯定会跟他们一样，没法不一样。

从美国回来后，与朋友吃饭，不到300美元，看着满桌的菜，回想美国，就感慨：你看你看，一桌好菜。朋友纠正说：不，是一桌一桌的好菜。

笑面虎

你给那个从纽约来的美国室友起了外号，叫他笑面虎。爸爸见他的时候，看见他真的在笑。地地道道的美国人，犹太人，据说美国很多资源都被犹太人掌握，他们的创造力让美国当今的很多丰功伟绩都姓“犹”。连每天必看的《纽约时报》都被他们掌控着。本来你是要到纽约上学的，福特汉姆录取了你，台湾人叫它佛罕大学。我当时还很高兴，那学校就在中央公园旁边，紧挨着林肯中心。爸爸听音乐会、看歌剧都在那儿。在斯坦福当研究员的康拉对爸爸说，那个学校是犹太人的学校，庞大的校友群落，毕业在纽约找工作也容易。他还说犹太人比中国人强，中国人会照死了欺负自己的同胞，而犹太人虽然精明，可是如果你真有能力，他会看到的，他不会亏待你。爸爸当时就希望你去上这个犹太人的学校。希望你每天穿梭在纽约第五大道、第七大道，在林肯中心，在中央公园，在时代广场、卡内基音乐厅，在茱莉亚音乐学院。可是，最终你却选择了明大的法学院。唉，你离开了犹太人的学校，却成了犹太人的室友。你看你看犹太人的脸。

儿子，你肯定记得为了你能融入美国，咱们真的仔细设计过。为了能租上你现在住的这套公寓，我们付出了更多。在明尼阿波利斯，许多地方的屋子，或许每月只要花400美元就行。可是，考虑到明尼苏达可怕的气候，夏天会把人热死，四十多摄氏度的高温，冬天会把人冻死，零下四十摄氏度的低温，再加上每天要下一米深的雪，有车也没法儿开。吓死我们了，为了避开"丁克烫"，一个布满酒吧的街区，那儿黑人多，那儿有人抢劫，为了让你能节省宝贵的时间，法学院学生都是从早到晚地读法律典籍，为了你能跟真正的美国人在一起，避开那些跟你一样的中国人，我们花850美元，为你租了这所公寓。唉，对于黑人的恐惧，躲避黑人的意愿是从哪里来的？是从天上掉下来的吗？是爸爸这样的人头脑里天生固有的吗？前年在旧金山，爸爸对朋友说，如果当年美国人把黑人又用船送回非洲，那美国又会如何？朋友当即批评了爸爸，你们这些中国人还挺种族歧视的？爸爸当时就脸红了，知道在美国又犯错误了。不过内心也委屈，你们政治正确，那你们为什么不跟黑人住一起呢？黑人街区乱，不安全，让人恐惧，这是事实。儿子，其实中国人毛病多，不跟黑人一起住，不跟墨西哥人一起住，不跟中国人一起住……如果有可能，他们不跟任何人一起住。

命运有巧合，在你还没有去明尼阿波利斯之前，爸爸就去了明大法学院，那天从"当烫"坐公交车，刚下车，就站在了这所公寓旁边。我问一个女孩儿，明大法学院在哪儿？她们笑了，指着你公寓旁的一座红楼说，这就是法学院呀。让你爸想起当年刚到北京时，在天桥问老北京，师傅，天桥在哪儿？老北京笑，说嘿——站在天桥找天桥。眼下的法学院紧挨着公寓。最多五十米，有五十米吗？

儿子，你的室友叫什么名字？爸爸忘了，第一次听你给他起的外号，就感觉到传神。很形象、准确，当然，爸爸知道“笑面虎”不仅仅是你的室友，而是一切美国白人。他们文明，没有仇恨与恶感，懂规则，天生的普世价值，却不跟你交朋友。儿子，说来忧伤，咱们本来的意愿，是要融入美国社会，跟美国的白人交朋友的，对吗？选择一个美国白人当室友，是我们最大的愿望。你想跟他谈谈你与女朋友，谈谈让你担忧的中国，谈谈美国的物价、奥巴马和麦尼斯的牛排。当然，你姥姥去世时，你内心难过，也很想让他听听自己对于姥姥的回忆，可是，他没有兴趣，最多只是说了句：SORRY。

在爸爸的记忆中，美国人不是这样，爸爸在西北大学，在北京漂泊的日子里，在酒吧，在三里屯，在北京的许多地方，对了，在那些翻译人群中……都遇到过美国人，并与他们交谈。他们总是非常有兴趣地听着你诉说中国，以及中国人的故事。那是不是另外一群美国人？他们有德国人的后代，有英国人的后代，有荷兰人的后代，也有犹太人的后代，他们真的表现出了对中国的巨大关心。他们不是笑面虎，而是可以交朋友的美国人。真的吗？也许那时错了：他们来到中国，正渴望了解中国。他们是少数。他们的利益要求他们去认真地听听中国人在说什么。利益？多么以偏概全的两个大字！

你叫那些笑面虎的人，是美国人，美国人的概念复杂说不清，你就说他们是多数族裔。那些让少数族裔感觉到不安的人群。显然你在美国属于少数族裔，仅仅因为你嘴里出现了多数与少数还有族裔这样的词汇，爸爸心里就有些心疼，怕你吃亏，更怕你像爸爸当年流浪北京时那样受侮辱，爸爸这一生最痛恨的是户口制度，你呢？

昨天晚上接到了你的短信，告诉爸爸说你的室友名叫 Seth Nadler（塞斯·纳德勒）。我的面前再次出现了他那美国白人灿烂的微笑。儿子，笑总是美好的。在美国爸爸问路，只要是白人，总是笑着回答你，只要是中国人，就不理你，遇到的多了，就开始怀疑中国人的身体也许太差了，体内没有热量，缺少激情，就没有笑容，那种阴沉多么可怕。笑面虎？多好的概括，美国人真是笑着的老虎。骂美国人，成本最低，你要是去打他，那就是找死了。笑面虎不肯与你谈心，那你们就谈天气吧。中国与美国笑呵呵地看着对方，各自想着心事，如同两种不同的动物，共同享受着阳光雨露，儿子，我们别太贪了，这就是最好的世间图景。

与成功者反方向

1

那个叫作王刚的作家终于来到了雪山下，他是为了躲避官场。儿子，你当然知道他就是爸爸。他不看马，不看羊，也不看雪地里枯萎的花，他的眼里什么都没有，只看到那个离他很远的雪峰。他当时很激动，听不到身边的人在说话，总是感觉到其他人也许都不存在，只有像神一样的自己和那个像人一样的山峰才活着。山峰上有雪，所以叫雪峰，懒得去追究博格达是啥意思，从小就听大人说，然后早就忘记了，再说，你知道了博格达峰的意思，你就可以跟它一样不死吗？

从小生长在新疆乌鲁木齐市，天天在博格达峰注视下玩耍，走过南门，走过二道桥，看着那儿卖维吾尔人的帽子、鞋子、大衣，还有乐器和小刀。汗腾格里大门外边小广场上卖烤羊肠、烤羊肉、烤羊塞（此按国际音标读sei）皮、烤羊腰子、烤包子，还卖格瓦斯。眼下站在山谷里，看着远方才知道，原来博格达峰在吉木萨尔也能看到。那个叫作王刚的人面对博格达雪峰时，开始有些自作多情，他激动了，他忘我了，他骄傲了，他狂妄了，他竟然感觉到自己是一个成功的人了。那时，他被成功的激情驱动着，顺自家的缓坡而下走到了河谷里，在湍急的河边他踩踏着石头，然后在一摊缓静的水面上他看到了自己的脸，一张在新疆生长了二十多年，又阔别新疆二十多年的脸，他以天山雪融化的清水为镜，仔细研究那张脸，有才子气、铜臭气、权贵气，他由于过于自恋，竟然还从自己的脸上发现了帝王气。一个作家来到了新地沟的河边，他先看雪山，又在缓静的河水里看到了自己的脸。这河与天地合流，与人脸相对，它究竟是一条什么河？不知道。他老了，或者说他提前预感到自己有些老了，老人不再提问题，他把自己的目光从博格达雪山那儿移回来，他把心灵从北京移回新疆，他把思绪从西单移到新地沟，然后，他把人生仅存的好奇心留给了自己那张脸：

那是一个成功男人的脸吗？

2

那个叫作王刚的作家早就知道自己是一个失败的男人了。只是在别的地方他还不愿意承认，当面对博格达雪山这样的灵魂时，他才在新疆的河流中发现了一面镜子。

为什么只有到了天山脚下这样的地方，他面对雪山、面对河流、面对天空才会重新审视自己这张被岁月几乎摧残得有些变形、有些丑陋的脸？为什么只有面对故乡的河山大川他才会那么直接地提出如此猖獗、如此狭隘的问题：

你是一个成功的男人吗？

儿子，那个作家王刚总有些不好意思承认自己是一个作家。特别是与那些成功的人一起吃饭时，别人介绍，这是作家，他有什么作品，他就会脸红。好些年了，那时脸红不爱照镜子，一个脸红的男人在镜子里看到自己在脸红，那不是失败再加上失败又是什么？作家是失败的代名词吗？作家是一面背运的旗帜吗？作家就那么直不起腰来吗？作家这个词汇真的是在骂王刚吗？

3

这个国家的男人们面对权力，几乎成了狗急跳墙的道士。你在每一张作家们的餐桌上，在每一个研究学问的会议上，在每一群左派右派的普世价值观的表达中，在每一个朋友圈中，总是被一道道官阶、一层层职位推搡着、拥挤着、压迫着，这个国家的男人们真神了，他们可以把任何谈话都变成官场升迁的对话，“省部级、厅局级、县处级、常委”堵在你的耳膜上。爸爸面对无处不在的官场，总是感觉到自己成了被冰冻的阳物，别说硬了，小都小了许多。

儿子，越来越怕聚会了，每一场聚会似乎都是官员的狂欢，每一个场合，都肯定是官场。

4

儿子，站在雪山下自家的院落里，爸爸的眼睛真的瞎了，因为他看不见任何官场了。只有大自然的风声、水声和云彩的流动声，没有了“省部级、厅局级、县处级、常委”的呢喃，儿子，你不知道孤独地走在雪山脚下是多么幸福。儿子，你不愿意回新疆来看看，也许爸爸真该用语言描绘一下家门口的雪山，可是，一个声音在我的体内高叫着，面对如此复杂的自然你竟然还说自己是作家？面对博格达这样的雪山你竟然还敢说你们人类曾经产生过长寿的人？

马云向东，爸爸就要向西，姜文向北，爸爸当然要向南，权力者向上，爸爸就向下，总之要与这些成功者反方向。儿子，在天山的雪野里思考失败，爸爸很幸福，也为你祝福。

因为音乐，我们才不是敌人

最近听埃尔加非常多，春天里友人在朋友圈里发了他《爱的致意》，走在北京街头随意听着，竟然流出眼泪。儿子，真的应该与你说说音乐了，爸爸小时吹过长笛，热爱那些忧伤的音乐，北京最大的意义就是音乐厅，你从小弹钢琴，现在也喜欢去现场听音乐会，这让爸爸欣慰。

前些天麦斯基又来北京，他在国家大剧院音乐厅演奏埃尔加的大提琴协奏曲，爸爸当然在现场。那是一首非常著名的曲子，它压抑、感伤、悲愤。国内有人说麦斯基的坏话，非要拿他和杜普蕾比——不喜欢这样的人。

与麦斯基合作的乐队从德国来，班贝格交响乐团。巧得很，今年春节前，爸爸正好小住巴伐利亚小镇利希腾费尔斯，班贝格离那儿很近，一座小城，游玩时看见了水上的市政厅很小，纳税人有福了。爸爸的出版人沙敦如说你听说过这儿的交响乐团吗，爸爸摇头，她声音提高了，那可是世界一流乐团呀。

爸爸在洱海边喝多了，也是在这个春天里的晚上，看见你在朋友圈里转了杜普蕾演奏的埃尔加大提琴协奏曲，当时酒醒了一半，开始为你担心，回想起当年看的欧洲电影《她比烟花寂寞》，主要是讲杜普蕾女士的大提琴生活和她的命运。电影十分忧伤，看后对自己绝望，对人生也绝望。那天在大理洱海边细细听你转发的埃尔加《e小调大提琴协奏曲》，感觉到杜普蕾真的很好，难怪你爱听，难怪那些发烧友听了她之后，排斥麦斯基，也排斥马友友。匈牙利大提琴家斯塔克（发烧友们喜欢用他演奏的巴赫试音响），有次乘车听见广播里正播放大提琴，就说：谁演奏的？回答说是杜普蕾。斯塔克说："像这样演奏，她肯定活不长久。"杜普蕾真很短命，她死得早，死得悲苦，但是她的琴声留下来抚慰我们这些经常感到绝望的人。

儿子，你小的时候爸爸经常对你说起《傅雷家书》，他给当年逃到国外的儿子傅聪写过很多信，让爸爸受影响，总是喜欢问自己你也会给儿子写信吗。据说杜普蕾十六岁时钢琴家傅聪就认识她了！他多少还是杜普蕾和丈夫巴伦博伊姆的红娘，因为杜普蕾"还是在我家经我介绍而认识巴伦博伊姆的"！儿子，喜欢音乐的人也喜欢听到这样的"雅"事，杜普蕾死后，她用的那把戴维杜夫 Stradivari 大提琴，竟然最后落在了祖宗是中国人的大提琴家马友友手上，他现在拉的那把琴就是杜普蕾用过的，留下的。唉，儿子，杜女士的死真是让人叹息不止，她逝世三个月后指挥梅塔（家里那张唱片的封面上有他，棕色皮肤，好像是印度人，他指挥过柴可夫斯基的《罗密欧与朱丽叶》）在纪念杜女士的音乐会上担任指挥，才一半时，就泪水如注，无法继续“不堪回首的第一主题又在我耳边响起，杜普蕾献给自己的宿命之歌”。梅塔那天宣布说：以后不再指挥埃尔加。

也许没有埃尔加创造的大提琴协奏曲，杜普蕾的生死就没有那么灿烂，他写得光辉，她演奏得光辉，他们都如同天上的月亮一样，早就不在这个活人的世界上了，却总是用自己的情感、意境，思考……在夜晚抚慰我们的灵魂。儿子，音乐会告诉你很多，可是它真的没有说教，幸亏你从小接触了音乐，我们才不是敌人。

没有见过埃尔加，可是情感相通，音乐厅里麦斯基把一个忧伤的埃尔加再次推到眼前，爸爸与他共同回忆往事，埃尔加的往事：这首大提琴协奏曲是埃尔加献给去世的妻子艾丽丝·罗伯茨的。苏轼说：十年生死两茫茫。人们活着在一起，有许多甜美时光，却总是要分别死去。据说《e小调大提琴协奏曲》也是埃尔加献给妻子的安魂曲，安魂曲很多人都写，大都肃穆庄严平静，让人从容面对死亡，像埃尔加这么如怨如诉的安魂曲还是会让人那么不想死，好像他也年轻，你我也年轻，他在年轻时遇到了艾丽丝·罗伯茨，他在外地，她为他写了一首小诗，埃尔加为艾丽丝那首小诗写了让我们有时会流泪的《爱的致意》。这首小品爸爸在年轻时就听，还用长笛演奏，那时遇见刚听音乐没有几天的发烧友，总是喜欢说自己只听一流作曲家。埃尔加是几流呢？谁是一流的呢？他们说只有巴赫。当时，才二十多岁的爸爸气愤得浑身发抖。儿子，听爸爸的，不管埃尔加是几流的（他们真无聊），下载一首埃尔加的《爱的致意》发给所有你认识的女孩子，最好在明年情人节那天，你会在她们心里加分的……

云游山水的人是失败者

爸爸来到了海边，看见了比前年去年都要干净的海水，内心突然充实。昨天晚上，独自下海游泳，借月光一次次地捧着海水看，发现确实是清水，透亮的水。那时感觉到了幸福，也感觉到自己是一个成功的男人。路过昌黎县城时，决定买些鱼。这儿你不需要自己带秤，他们卖鱼的还没有像黄金海岸那样任何时候都会骗人。当爸爸两个手拎着沉重的鱼虾走向汽车时，烈日像是沙漠的风一样，狠狠地打击着爸爸已经是黑色的脸，如果这时让别人看见了那脸上的汗水，是丢人还是不丢人，是成功还是不成功？

儿子，爸爸像你这么大的时候曾经叹息爷爷不争气，他认为爷爷的身体不应该这么不好，不应该老是在家里待着，不应该说，干不动了。爷爷瘦弱，个子矮小，而且他作为多年的处级也应该提拔到厅局级了。看不出五十多岁的爷爷是不是着急，二十多岁的爸爸真着急了。爸爸悄悄去找了爷爷的朋友，说他应该帮忙让爷爷去兵团，到那儿就能提到厅局级。那位老人先是吃惊然后笑了，他多年来是爷爷的领导，说去兵团是最后一步，不用着急。以后有一天，已经是厅局级的爷爷冷着脸对爸爸说大人的事情你小孩子少管。三十多年来，这算是爸爸最丢人的事情，特别是在青春期，随着年龄大了，这事反而不觉得丢人，还可以对别人说了。儿子，你说，是不是越老越不要脸？

许多人都比爸爸成功，这个世界上衡量成功的标准有三个，首先当然是权力了，这个国家的男人面对权力，全部都成了被冰冻的小鸡鸡（你小时候就这样称呼男人的生殖器），那些拥有重权的人在历史上的某些时候（应该说许多时候），他们想杀咱们这样的人都不需要自己动手。其次当然是钱了。潘石屹张欣夫妇比爸爸挣的钱多，远远地望着他们，你不得不学着安慰自己，你得尽力控制自己的渴望——国家对他们苛以重税。第三当然是名了，冯小刚与爸爸认识合作近二十年，无论挣钱还是名气都比爸爸大得多。爸爸与他合作《月亮背面》，那部长篇小说里边写了爸爸渴望挣钱却彻底失败的经历。最后片子被禁了，爸爸几乎被打垮。春天在海南，喝了他四瓶玛歌红酒。玛歌红酒让爸爸感觉到幸福，却发现冯小刚一点儿也不感觉幸福。爸爸喜欢红酒，往往一买就是一百瓶。这是幸福的。可是，儿子，爸爸也喜欢女人，能不能一买就是一百个？有些幸福你永远得不到。其实，爸爸知道自己的失败，前边说的三种成功标准曾经那么渴望达到，此生却无缘分了。

2013年春天，爸爸与画画的朋友一起去了吉木萨尔的新地乡，进山以后不到五分钟，看到了雪山，儿子，在爸爸与妈妈出生的乌鲁木齐，看见雪山是每天出门的景色。那天看见雪山不一样，可怕的北京当然看不见，乌鲁木齐也看不见，很多高楼和烟雾让雪山消失了。我们下了坡，在草地上喝茶。躺在草地上，听见了水声，流水声，爸爸起身朝着声音走去，才几米远就是一条小溪，那水清澈见底。爸爸抬头看，几棵大树后边，密林里竟然有一片被雪山照耀的废墟，当时想一定要把那片废墟买来，重新盖一个院子。现在院子早已盖好，房间里甚至有HIFI音响。爸爸秋天、冬天、春天、夏天都在那儿住过，每天早上开门就看见了童年时的雪山，那时爸爸又觉得自己是一个很成功的男人。北京天空是黑的，乌鲁木齐看不见博格达雪峰，那就去吉木萨尔！旅游者说吉木萨尔的大有乡、新地乡很像比利时，我在冬天独自爬上了花儿沟的雪山顶，像卡拉扬传记片的瑞士。带上了长笛、烟斗，从北京运了很多红酒，上一次折过的书页重新打开继续看，上一次没有听完的巴拉基列夫继续听，当然还有继续要写的小说。儿子，说来不好意思，爸爸甚至厌恶新闻，不是与自己没有关系，而是它们过于重复。儿子，说来不好意思，在没有人读小说的时代，爸爸竟然是个写小说的，并且对此充满野心和理想。

云游山水的人是失败者，从古代就是这样了。云游山水的人在享受自己的失败，从古代就是这样了。

儿子，那天爸爸对你说当年总是感觉爷爷不太争气，你笑了。我们当时交换了目光，彼此都知道里边的含义。不说了，你懂的。

在美国学习法律的孩子

你上星期给妈妈打电话，说电脑丢了。是在你们明尼苏达大学法学院图书馆里丢的，你说你只是去抽了支烟，回到自己的座位后，发现电脑就没有了。那是个苹果，与iPad一样，是乔布斯时代的东西，是你去读书后，在美国买的，你总是用它与我们视频。你丢电脑时已经很晚，学校放假，只有你们法学院的学生还在埋头苦读，为了通过纽约的律师资格，你们全都在拼命，呵，你们这群可怜的，在美国学习法律的孩了呀——

可是，你怀疑是一个索马里黑人偷的，爸爸心里就有些沉，都说咱们中国人出去之后，往往是种族歧视最厉害的。你们这些熬夜的法律硕士LLM有欧洲来的，有美国本土的，他们都是白人，有几个中国大陆人，还有中国香港、台湾，泰国的，所有这些人你都不怀疑，却怀疑索马里的黑人，真的是他们吗？当时为你选择学校，总是希望避开黑人，圣路易斯华盛顿大学也是不错的学校，法学院也好，可是那个地方黑人极多，社会很乱，犯罪率高。当我带着这种担心与长期生活在美国的老朋友商量时，他们对我很反感，对我身上的种族主义表现出强烈的厌恶：你们这些中国人还没见过什么呢，就表现出这么强烈的种族歧视！其实，他也是中国人，只是在美国生活了二十年加入了美国籍。爸爸当时觉得委屈，我是不了解美国种族的，无论黑人、白人，只是在网上看了那些美国华人留的帖子，还有与他们平时交流时留下的印象。奥巴马当选总统后，有人给爸爸写信说：黑人上台，美国完了。去年在美国四个月，去了很多华人的家，我发现这些喜欢中国人扎堆的华裔们，他们几乎反感任何人，不愿意与黑人、墨西哥人住在一起，不愿意与印度人住在一起，不愿意与台湾人、香港人住在一起，不愿意与犹太人住在一起，不愿意与从北京刚去的中国人住在一起。美国文明、美国梦让他们变得那么小心翼翼，偶尔有脾气时也往往是冲着我们这些从国内去的“亲人们”。所以，我想，如果你有种族歧视的话，那一定是受了爸爸的影响，而爸爸又受了那些在美国生活多年的老朋友华人的影响。儿子，咱们真的是一对“拧巴”的父子：为了避开圣路易斯华盛顿的黑人，就选择了明尼阿波利斯，那儿是荷兰人的后裔，白人的天下，美国第三宜居城市，黑人与别的地方相比算是少的。因为他们告诉我许多新英格兰地区的城市几乎都被黑人占领了，在那些城市的DOWN TOWN，地铁口、公交站，古老的公寓门前，全是无所事事的黑人呀！好了，现在好了，你在白人地区丢了电脑，却……又在怀疑黑人？

我5月份去明尼阿波利斯时头一次看到了那个电脑，你很喜欢，我不熟悉苹果系统，所以在你的公寓里，也只是随便摸摸，没有兴趣。你说了你在美国有些背运，先是外婆去世，然后又是那个要表示效忠美国的司法考试，别人都是满分，你却得了零分，爸爸知道你与任何其他90后一样，是实用主义者。面对效忠美国的大是大非问题，为什么会得零分呢？爸爸以为像你我一样的知识分子总是实用主义的，面对时尚和强大的力量，总是低头。你要拿纽约律师资格，就要通过那个考试，难道你还真的会在这个裉节儿上表现自己的民族自尊不成？我不信你会这么有种，爸爸不是一个有种的人，你是爸爸的种，所以，不会有这样的骨气。最后知道了原因，是考试用的笔出了问题，你用了一支国产笔，墨迹不清，美国电脑不认，所以得了零分。看来不是你在背叛美国，而是祖国的笔以其质量差在背叛美国的同时又背叛你。然后，其他人都不需要通过审查，只有你，需要祖国的司法部门提供证明才能去考纽约律师资格，爸爸为此给国家司法部、北京司法局都打了电话。现在你又丢了电脑，所以你说在美国有些背运。今年5月，爸爸去了海明威生活的小岛：KEY WEST（小岛上全是白人），看到了那本英文的《老人与海》，人们都说主人公老头儿背运了，可是，他最后抓了一条大鱼。儿子，你讨厌文学，对海明威也没有兴趣，可是爸爸还是想告诉你：以为自己背运的人往往会抓到大鱼。

听说你已经为了丢失的电脑去了两次警察局，爸爸眉头舒展了，你想呀好儿子，他们在美国二十年了，还没有去过警察局呢，警察局是了解一个国家最好的地方。你真想要了解一个国家吗？那就去看看那个国家的警察吧。听说你还想起诉你们法学院，爸爸更高兴了，律师的生涯就得从起诉开始，你学习美国的法律，就得起诉美国的法学院LAW SCHOOL哟，当然，最好你们院长是白人！

这孩子将来是要死的

今年6月26日你又提醒我那是爷爷的忌日，你的原话是：应该去给爷爷买纸了。每到由你强调这个日子时，爸爸总会想得很多。爷爷死了很多年了，记得葬礼那天，你与跟你同一个爷爷的哥哥在爷爷的尸体旁边玩得特别开心，仿佛那不是死人事情。

今年7月18日我在海边，你又发来信息，祝老爸生日快乐。如同给我打了强心针，让爸爸我面前迷茫的大海以及迷茫的人生突然出现了亮色。内心顿时变得强大，好像青春的激动又在瞬间流入了我的血液。还没有告诉你，家里在北戴河黄金海岸的阳台上又新买了长长的藤椅，可以躺在上边看大海了。儿子，当一个人随时随地都能面对大海的时候，他的人生感觉特别没有希望。爸爸此时此刻就是这么失望地看着大海，很孤独，很伤感。然后，就特别渴望给奶奶打个电话。已经是黄昏了，海面上的雾气渐渐消散，目光透过那片树木和红色的屋顶能够看到很远的小船，海面上浪花不大，远处的海水是静止的，然后，爸爸在电话里看到了奶奶，她的声音显得很年轻，但是，她完全忘记了爸爸的生日。在爸爸小时候，她是不会忘记这个日子的，那时还在幼儿园，也是7月18日，很晚了，奶奶都没有来。阿姨问爸爸为什么不睡觉，五岁的爸爸顽强地坐在床上告诉她还没有吃奶奶送来的生日鸡蛋。不知道过了多久，奶奶出现了，她的手绢里装着煮熟的鸡蛋，据奶奶以后无数次地描述说爸爸当时低着头吃完了所有那些鸡蛋，然后倒头就睡着了。今年5月1日爸爸回乌鲁木齐为奶奶过了八十周岁生日，但是奶奶现在已经想不起来爸爸的生日了。儿子，每一个母亲最终都会忘记儿子生日的，这是迟早的事情。特别想告诉你的是：爸爸在自己生日那天特别想给奶奶打个电话，奶奶很老了，爸爸都有些老了，儿子生日时仍然想给母亲打电话，你说奇怪不奇怪？

其实，爸爸三十岁就很不希望过生日了，多一次生日，死亡就会离得更近些。生日总是跟死亡联系在一起的，爸爸敏感、情绪化，这样的人往往更加容易对衰老、生命终结恐惧。希望别人忘记自己的生日，也希望自己忘记自己的生日……曾经有多少次真心表达过类似想法。但是，生日还要过，躲也躲不掉，就如同躲不过衰老与死亡。人其实很软弱，爸爸在三十岁那年一颗重要的牙掉了，四十岁时颈椎开始疼痛，四十五岁时，血压开始高，五十岁照镜子时，感觉到应该安分守己，有时下电梯，看着镜子里的自己，那张别人也许不觉得，只有自己才能深刻察觉到有些浮肿的脸，爸爸会对自己说：你这个老骗子。儿子，我们究竟有多老我们自己知道吗？是不是如同他们说的，人心永远不会老？

爸爸在少年时曾经想过不能超过三十岁，那太老了。也许到了三十岁时，就自杀，可是今天，已经过了五十岁了，还这么无耻地活着。爸爸曾经有过许多愿望，都没有实现。每年面对蜡烛许愿时内心都混乱而躁动，但是现在内心的愿望却异常清楚：不求此生能有公平正义，只是想重新看见蓝天，还有清澈的河水。春天在乌鲁木齐北面看见了儿时的雪山，走在山下的河滩与草坡上，竟然看见了一条干净的溪流，竟然会那么感动，几乎毫不犹豫就租了山下的十五亩土地，因为童年时所有关于乌鲁木齐的记忆都在雪山下的树丛里发现了。想回到少年的童话里，想回到母亲的照顾中，爸爸是不是过于贪婪了？儿子，你把这些日子都记得那么清楚，是不是感觉到很累？一个男人在一生中究竟要记住多少日子才能说合格？我们能不能不记住这些日子？如果我们有意识地忽略所有那些日子，那么，人类是不是会有些变化？

所有那些日子都是渴求吉利的日子，无论是生日还是满月，全世界人都一样，只有鲁迅例外：一家人家生了一个男孩，合家高兴透顶了。满月的时候，抱出来给客人看——大概自然是想得一点好兆头。“一个说：‘这孩子将来要发财的。’他于是得到一番感谢。

“一个说：‘这孩了将来要做官的。’他于是收回几句恭维。

“一个说：‘这孩子将来是要死的。’他于是得到一顿大家合力的痛打。”

儿子，只有你今天对老爸说生日快乐。老爸？我真有那么老吗？

北京
有云有天
的日子

北京大雾

儿子，透过北京的大雾，爸爸似乎看见了正在美国走路的你，本来还沉浸在你刚刚通过纽约律师资格的喜悦中，你们的说法是："过了纽约巴儿。"儿子，你可能很难想象美国纽约的律师资格对于爸爸这类人内心所唤起的幸福感受，妈妈把这个好消息告诉我之后，我内心狂喜，给不少朋友都打了电话。记得你出国前曾经对你说：儿子，花钱送你去美国，是去买东西的，要把美国法学院的硕士和纽约律师证买回来。现在好了，都买上了，钱没白花，物有所值。

儿子，爸爸此时此刻正在咳嗽，你听得见吗？北京大雾，还有霾，PM2.5已经超过了1000，所有的北京人都在咳嗽。而在爸爸的想象中，你仍走在明尼阿波利斯的街道上，阳光灿烂，蓝天白云，从"当烫（down town）"正回学校，"麦尼斯"的牛排让你浑身发热，在纽约的喜悦、压抑、寂寞使你头脑更加清醒。你呼吸着美国清甜的空气，让自己的身姿更加舒展，就像你过去对爸爸说的，早晨，你会在密西西比河畔跑步，那儿都是跑步的人，天空蓝得让人伤心，深呼吸，再深深的呼吸没有一点点顾虑。儿子，呼吸怎么会有负担呢？人生来就是要呼吸的呀，呼吸成了可怕的东西，呼吸渐渐开始要人命了，如果一呼吸就要咳嗽，那就说明病了。爸爸病了，北京肮脏的空气让许多人跟爸爸一样病了，不对，是北京病了。你在网上搜一下，那首歌《北京北京》，原来是你告诉我汪峰唱的，现在这版不知道是谁在唱：大雾弥漫在这里的每一条街道空气污染指数竟然不断爆表除了仙境般的楼阁把你我围绕我依稀看到了满街满眼的口罩谁在雾里寻找谁在雾里呼吸谁在雾里活着又在雾里死去谁在雾里奔波谁在雾里哭泣谁在雾里挣扎谁在雾里窒息北京北京……

儿子，北京病了，爸爸却无能为力。身边的朋友说：我们这一代人享受了物质的极大繁荣，也必须承受环境的极度破坏。只要治理环境，就会有人饿死。发展和环境是完全对立的，中国十四亿人，只有把阳光、空气、纯净的河流当作最无价值的东西去践踏，才会让中国人过上好日子。仿佛抛弃蓝天白云最便宜，可以不计成本。去年春天，爸爸在北京大学外国语学院与澳大利亚环保作家蒂姆·富兰纳瑞（Tim Flannery）对谈。据说蒂姆·富兰纳瑞自身经历丰富，除了作家的身份，他同时还是一名科学家和探险家。因其长期关注环境保护问题，蒂姆在2007年被授予澳大利亚年度人物称号。他一见面就问爸爸是不是中国国家的环保政策制定人，爸爸当时笑了，笑得那么渺小、卑微、单薄。那天北大的民主楼里坐满了大学生，窗外浓烟滚滚，报告厅内却在想象明媚的天空以及春和景明，蒂姆说“澳大利亚人都很热爱大自然，我们痛恨那些破坏环境的人”。对于环境保护的投入可谓空前，“袋鼠、考拉能够快乐生活”，爸爸说我们最好不要开窗户，我在家从来都不开窗户，我觉得我很光荣。我看见了蒂姆就想起了在澳大利亚见过的那些幸福的考拉，只是中国人在滚滚的浓烟中比考拉和蒂姆更快乐。当时北京大学的孩子们都笑了，只是爸爸开始问：我已经五六年不太开车了，你们能够保证如果今后留在北京工作就绝不买车吗？女孩子们愿意在今后，无论自己多有钱，一年只买一双新皮鞋吗？他们全都沉默着。凭什么？你们已经开够车了，我们还没有摸过呢。北大外语学院的学生没有把我轰下台，使我有机会继续吓唬蒂姆了：中国人没有想象力，你们有，互联网、汽车、飞机都是你们发明的，我们只能跟在你们身后享受，现在你们还有可能发明出不拥堵、不污染的汽车吗？要知道，十四亿中国人一人开着一辆汽车的时代很快就要来了，那时，我们黄皮肤的中国人，开着十四亿辆汽车漂洋过海，一直走到澳大利亚，你们还会觉得那只是中国人自己的事情吗？人类永远在争吵，让美国和欧洲人开车，而中国人不开，似乎不公平。在挪威，人们为了减少排放而争吵，为全球变暖而争吵，为发展和保护而争吵，为中国究竟是穷国还是富国而争吵……

儿子，爸爸咳嗽得很难受，还是要祝贺你的纽约律师资格。据说潘石屹家已经拥有了无论安装和使用都极其昂贵的空气净化器，不知道比他更有权力的那些人家安了没有，爸爸舍不得。

让肖邦的声音站在前边来

北京的春天到了，明尼阿波利斯也是春天了吗？在春天里去鲍家街43号买肖邦的CD应该是件浪漫的事情。爸爸当年在鲍家街是混出了名的。吃在作曲系，住在作曲系，听音乐会，骑自行车，散步、聊天、说理想，全都在作曲系。爸爸从来没有敢考过作曲系，甚至连理论系也没有考过。能在那儿混是当年最好的两个朋友都在作曲系。一个是黄多，他曾经是中国第一个作曲博士，以后去了美国，改了行，所以你没有听到过作曲家黄多的名字。一个是许之俊，是国家歌剧院的常任指挥，也早就不作曲了。只有爸爸，现在进了音乐学院，偶尔还会有人说，你是作曲系的吧？

鲁宾斯坦弹的肖邦是你最喜欢的，上个世纪1994年时，爸爸在地摊上买过两张他的盗版碟，录音极好。现在快二十年了，仍然是你的最爱。

记得那年，你到北京来，妈妈去银川开会，爸爸自己带着你。咱们借住在护国寺，从百花深处钻出去，就是新街口那条著名的音响街。那些年，发烧音响正是好时光，整个一条街都是音响，有国外进来的，有国产的，每天带着才五岁的你，天天闲逛在发烧街上。肖邦你就是那个时候熟悉的，鲁宾斯坦的肖邦你也是在那个时候熟悉的。其实很多人都弹过肖邦，录音很多，记不过来。但是，你我二人，或许只知道鲁宾斯坦弹肖邦了。

书架上就有《傅雷家书》，从来没有给你推荐过。书里边肯定有傅雷对他儿子说过的那些肖邦的话，爸爸曾经看过，现在忘了。不想让你听傅雷说肖邦的话，也不想让你听任何人说肖邦的话。

现在你听肖邦也快十八年了，很高兴你没有去查肖邦的生平，没有去看那些肖邦以外的人对他的评价。十八年来，你只是在听，有时在音乐会上，有时在音响里。昨天你在北京听，今天你在美国听。你只是在听音乐本身，没有去听那些附加在音乐上的文字。

那首《夜曲》，肖邦的《夜曲》，你是已经长在肉里了吗？从小学习钢琴时，弹了这首。以后，不想弹琴了，为了使指头不过早地退化，能够留下一点儿弹过钢琴的影子，也会让你每天放学回来草草弹几首曲子。其中就有这首《夜曲》。以后，爸爸用长笛也吹过《夜曲》，过一会儿还想吹吹，降E大调的，音区特别适合。一直没有对你说过乔治·桑，也没有对你说过肖邦是多么爱国。其实，有电影，有文字，有诗歌，都是说这事的，只是爸爸反感这些音乐之外的东西，就没有对你说过。

现在说音乐的人渐渐多起来了。他们总是“说”呀“说”的。他们喜欢说作曲家的思想、生平，还有别人对于作曲家的评价。另外，他们还喜欢说，有哪些人弹过肖邦，不同的版本，不同的演奏家，还是那些故事。他们在说起演奏家时，又会形容那些演奏家的风格，语言变得贫乏，文字变得干枯，为了改变弱势，他们会强行去寻找那些有色彩的词汇，所以，你仅仅是看到了那些人搜索枯肠得来的词汇，而看不到躲在语言背后的肖邦了。而且，这些总是站在肖邦前边的人，甚至连五线谱都不认识，更不要说去看看钢琴谱或者总谱了。只有这些人才最喜欢说，一流的巴赫，二流的穆索尔斯基（不喜欢他们强行对作曲家分流）。

有一张唱片，买了很久，也听了很久，终于忍不住地去查了查这个作曲家，梅特纳，知道了他是俄罗斯人，生活在巴黎，又怎么样？有一个作曲家，知道了很久，才有意识地去买了张他的唱片回来听，一听就放不下：格拉祖诺夫。有一首黑管协奏曲，真的很好听，有点儿现代，有点儿抒情，昨天才看了看，他是英国的芬济。还有一个人，也是听了很久，才知道他就是卡巴列夫斯基。音乐就是这样，你听了很久，不知道他是谁，只知道音乐本身给你的感受。

所以，看一个人是不是真的熟悉音乐，不是看他对于一流的作曲家（比如巴赫）同一首曲子的版本知道多少，而是要看他对那些“三流”“四流”作曲家的作品有没有真心喜欢过。

这次给你买的鲁宾斯坦弹的肖邦是原版，不是两张，是十一张，一个大套盒，印刷很漂亮，当礼物送给你。才买回来就听妈妈说，你在美国，竟然比爸爸早一天时间下载了这套肖邦。老子和儿子不约而同地让肖邦走到我们的前边，真是奇妙。关于这一大套肖邦，还是不要说什么，听吧。听肖邦时说那么多，一般是跟女孩子调情时，才会愿意那样的。如果你听肖邦，不是为了调情，那就别说了，听就行了。

火车向着北京开，呜——

1

那个房间里充满着照片般的效果图，那是一列豪华火车的内部。而那时，正是《天下无贼》剧本写作的痛苦期，有很多问题还没有解决。我每天待在冯小刚工作室里，写累了就会站在墙边看看这种豪华如五星级般的火车。中国可能没有这样的火车，我怕它不真实。当把这种想法告诉冯小刚时，他说我们可以把它做成这样。中国的火车也可以是这样的。

《天下无贼》是一个劝人向善的庸常故事，现在中国的电影里，那种比《天下无贼》的故事要恶心一千倍的也是大有人在。以后，当有人拿世界上最大师的电影跟它比的时候，我总是觉得这些人没安好心，或者太傻瓜，因为他们不知道当代中国人讲故事的起点有多低。他们也不知道自己有多低，也许和《天下无贼》的故事一样低，却不看自己，光那样看我们。

谁让你是一个写故事的人？那总是要招人骂的。这道理我也懂，可是每当因为《天下无贼》的剧本问题真挨骂的时候，心里却总是不服气。而且，也会说我们是一群戴着镣铐跳舞的人，我们的智力水平本不是这样，我们对于人性的看法也本不是这样，我们写出这样的东西，是一种时代的误会，中国电影像现在这样，也是误会。

中国的贼是不是太多了？是不是应该把这故事放到上个世纪的三四十年代？为什么要把这么些个贼放到火车里，放到铁路上？

所有这些问题都会困扰我们，所有那些人都是一个写故事人的领导：公安部、电影局、铁道部。

应该说总是在回答这些问题的时候，剧本才能艰难地前行。总之，那辆豪华的天下无贼列车，在剧本阶段，在冯小刚工作室，在我总是担心剧本又一次被枪毙的心境里，沿着我们的故事线索，像虚弱的人走在丛林中一样，怀着随时被杀的危险，缓缓上路了。

为什么要把这些贼放在铁路上，而不把他们放在百货公司里或者机关、大学，或者就是普通的大街上？

火车是流动的，它是不稳定的，充满青春因素和喧哗的。而贼们也是一样。他们在火车上，有时会更有创意，是那种我们和贼共同的创意，火车让他们有活力，更猖狂，更有创新精神。当一列车厢半车贼时，假定性让人愉快，所有那些沉重的东西，都会变得轻松起来。刘德华和刘若英在火车里渐渐完成着他们灵魂的救赎，而一辆豪华列车正在走向成熟。葛优葛大爷与刘德华正在列车顶上你死我活。刘若英哄那个傻子的鸡蛋却永远地留在了铁路旁。

我多么希望掏钱买票的白领女性们把它看成不是一个普通的鸡蛋，而是一个意味深长的做作的鸡蛋。

2

四岁那年，我第一次坐火车，我和那些贼一样的，在列车内，在铁路上，充满青春朝气。尽管那时我才四岁，青春期还没有来临，可是我真的很青春，很阳光，很得意，很猖狂。车厢内塞满了人，人像牲畜一样地挤在一起，空气极其污秽，阳光很是灿烂，我四岁童年的火车里，人们都在受难，我却无比狂欢。天生童年多动症的我，会来回地在座位上、过道里、厕所门口、水房这些地方撒欢。就像骏马在草原上，政治家在议会里，演员在舞台上，妓女在妓院内，海归派在峰会论坛中。

那真是在九曲黄河的上游，在东去列车的窗口，是从乌鲁木齐去北京的戈壁滩上，是贺敬之激情地朗读自己诗歌的岁月，我和哥哥跟爸爸妈妈一起去北京。

父亲因为体弱多病，而独自坐在卧铺车厢。我与母亲和哥哥坐在垃圾堆般的硬座上。

母亲总是极其疲惫，也是很烦躁，大人们总是休息不好，他们随时都会发疯的。母亲少小离开地主家庭，独自跑到新疆，现在生下我们，她头一次跟她的丈夫及两个儿子回老家，本应该狂欢、兴奋。可是，火车太恶劣了，它让母亲生不如死。而我，天黑之后，可以睡在母亲的腿上，那儿柔软，让我内心平静如水，让我把火车当家，有安全感。

对面有个很美丽的小女孩，由于厕所长时间地打不开，其实很有可能有人待在里边睡觉，小女孩痛苦地哭泣，最后，她就蹲在我们面前撒尿，当时我们彼此看着对方的眼睛，我这一生都没有再看到那么美丽的眼睛。尽管如此，我仍然一次次地翻过人头，像是阳光越过沙漠。

对面有一个抱着孩子的女人，她总是在不停地给孩子喂奶，她总是毫无顾忌地把自己瘦小的乳房露在我们面前，就如同我们每个人都是导演和制片人。孩子从来不哭，就像是一个死孩子，你只有从那女人的面部上才能感到她像是很有快感。我看我跟这个女人真是这个火车里最幸福的人。就像是去电影院去看陈红和陈凯歌的电影一样的幸福。我不知道那是不是我的关于性教育的第一课，反正那是真的乳房，火车行走在铁路上的乳房。

我穿过人群，经过一节节的车厢和餐车，最后来到了卧铺。我看到父亲正跟其他人兴高采烈地聊天。他不像母亲，他睡好了。我于是在他面前像动物园里的猴子一样拉着栏杆上下爬着，跟父亲聊天的人看着我说，你别这样，能不能静一下，我都晕了。到了中午时，母亲带着哥哥一起来了。哥哥睡在了别人的床上，母亲很快地躺在了父亲的床上，睡着了。当时，看着母亲极度疲惫的脸，我的内心有点儿难过。拿一句过时的话说，像许多男孩子一样，我也有恋母情结。

3

北京渣子。

这词汇当时在乌鲁木齐很流行。是指一些从北京发配新疆的人。而我，第一次见到真正的北京渣子是在火车上，那是在我十岁的火车。这次是父亲要回北京治病。母亲没有来，我跟哥哥一起上路。父亲仍在卧铺，我和哥哥在硬座。在吐鲁番车站，上来了两个北京人。他们坐在了我们身边。说他们是北京人，首先是语言，那时还没有话语权这样的词汇。他们说着美丽的北京土话，像日后我在北京遇到的大妈和王朔一样。

时光久远，他们好像一个叫焦贝儿，一个叫周朝霞。脸都像锅底一样黑。半个小时后，我们成为朋友。焦贝儿喜欢念顺口溜，说：你那儿东方红，我就太阳升。你那中国就出了个毛泽东。他又说他是当年宣武的大哥。他的手下捅死过两个人。他们当年经常去中央芭蕾舞团门口拍婆子。我问他什么是拍婆子。他说就是谈恋爱。我问他什么是谈恋爱。他说就是跟女人说话。我问都说些啥。他说那能告诉你呀。周朝霞是个知识分子。他戴眼镜。不吹牛。我问他们为什么要来新疆。他说是罗瑞卿要把北京建成水晶宫一样的城市，就把我们赶出来了，我们先是在天堂河，然后从黄村火车站上车，来到新疆。那是遥远的1970年，那是我第一次听到了黄村这个地名。二十三年后，我在北京买的第一套房子，就在黄村。以后我的老板被判刑后，就一直被关在天堂河。周朝霞说话压抑，像是一个天生的劳改犯。他总是喜欢长时间地望着窗外，什么也不说。现在想不起原因了，那天他竟跟我提到了鲁迅，他说路本是没有的，走的人多了就有了路，他还说于无声处听惊雷。又说你长大了应该多读些鲁迅。我当时总感到这个人有些神经病。我其实是想说，第一次知道鲁迅是由北京渣子周朝霞在火车上告诉我的。那是在吐鲁番和哈密之间。在满目苍茫之中，鲁迅这个名字反复地进入了我的耳中，像是火车发出的鸣笛，有些刺耳，但是印象深刻。十岁的我远远不像四岁那么猖狂，我发现自己总是随着年龄增大而变得和顺一些。那个晚上我睡得很早，趴在桌子上就沉入梦中。以后哥哥对我说周朝霞一直让我躺在他的腿上，就像是当年我妈一样。半夜，突然一阵喊叫，把我惊醒。我看到眼前站着铁路警察，他们把焦贝儿和周朝霞拉起来，朝外边拖。还说你们想逃跑，做梦。周朝霞和焦贝儿两人很平静，很像电影中的革命者，他们缓慢地拿起自己的东西。那时我已经站起来，看着他们。当他们走到门口时，我还跟着。焦贝儿笑着说：你那东方红，我就太阳升。周朝霞看着我这个少年，说永别了。长大以后，我知道了，他们是逃亡的北京渣子，他们不想待在吐鲁番的艾丁湖，他们越过了火焰山，他们回北京。他们可能是在酒泉下的车。果真与他们永别了。以后一生也没有再见到他们。多年后，我去专门关押北京渣子的地方采访。那时他们已经可以像正常人一样地在新疆生活了。没有人知道焦贝儿，也没有人知道周朝霞。那火车在黑色的夜中不停地走，铁轨与车轮的摩擦声老是在嘀咕着：鲁迅，鲁迅。

4

火车到了宝鸡，身后是一片群山。那个女孩儿靠在电线杆旁，问我说：你看，我像夏子吗？今天的人可能已经不太知道这个夏子是谁了，可是当年的人没有不爱她的。她是栗原小卷。是那个最美的日本女人。她在《望乡》里演女记者。那时的十九岁的人不可能不知道她，而我那年就是十九岁。

说起来，你们会认为今天的我有些吹牛。与你接触的女人果真有那么漂亮？她真的很漂亮。她真的像夏子。像那个永远永远的日本女人。

乌鲁木齐刚下过一场雪，整个火车站全是白色的。我在上火车前，看到了那个女孩子。她正打开车窗，探出头来，向送她的人告别。一切都像是日本电影里演的那样。她让我内心充满难过。这样的女孩子怎么会让我看到，我是那么无望呀。我们肯定生活在两个世界里。

火车开了，我发现她就坐在我的旁边。她看看我，正对我笑。她如此平易近人，让我一时不知道该怎么办。她真是在对我笑吗？我也对她笑笑。我们认识了。

那是在火车上难忘的四天四夜。我是头一次有了自己的卧铺，我知道了她的名字，叫雷风。她告诉我她叫雷风时，我们都笑了。我告诉她我叫王刚时，我们也笑了。所有的事都那么好笑。幸福的下午直到晚上熄灯我几乎都不知道是怎么度过的。只是内心充满感恩。首先感恩卧铺，然后感恩雷风的美丽。我老是怕你们说我吹牛。说她没有我说的那么像日本女人夏子。唉，让我怎么对你们说呢。在那年的火车上，我真的那么有运气。晚上，我感到头一次浑身发烧。内心狂风暴雨一样。我躺在中铺上，我意识到了已经是深夜。周围的人肯定都已经睡着了。她与我之间就隔着一张木板，她躺在相邻的铺位上。我甚至是无意识地伸出了自己的手，我盼望着能摸上她的头，或者是脚。我受不了。有的事比理想更伟大，当我的手刚伸出去，就被另外一只手抓住了。两只手紧紧抓着，就像天山上的青松根连着根，就像是贫下中农心连着心。火车拼命朝着北京跑着。这一次我终于有了卧铺，而且，有了雷风。她就是日本电影《生死恋》中的那个夏子。她自己知道自己像，于是她把头发也留成那样，我们以后都管那种发型叫作望乡一号、望乡二号。雷风当然是望乡一号。白天我们装着若无其事，就像普通人一样，她会让我吃她带的咸菜。如果身边没有熟人，她甚至非要让我用她的杯子喝水。到了深夜，她伸出手，我也伸出手，我们就那么彼此紧握着。一直握着，从深夜，到黎明。我们的手感人至深，就像舒婷的诗里写的“每一阵风过，我们都相互致意”。那时的我还不到二十岁，真的容易得到满足，手和手的表演就可以完成全部人类的欲望。四天的火车过得太快了，我从来没有感到过火车会走那么快。她是黑龙江的，她马上就要回黑龙江了。我们恋恋不舍，却要分别了。肯定是暂时分别。我们当时都读过张洁的小说，爱是不能忘记的。我把她送上了另一列火车，她走了。我安静下来，暴风雨刮走了，留下青春伤感的我。她说她回去就要面对她的男朋友。她会给我写信的。那时铁路正无限延伸。火车窗口又探出她美丽的脸，就像是在乌鲁木齐火车站时一样美丽。可是，她要走了，我们每天夜里紧握的那只手，正向我招摇，我内心难过无比。我们不会永别吧？以后似乎通过几封信。她信中说了她们排演了新的话剧，其中好像有莎士比亚的。以后就没有了音信。多年以后，我在北京上学。同窗王清雪跟她竟是一个话剧团的。他说：你知道雷风？我说见过。在新疆见过。他说：你觉得那人怎么样？我说不熟悉。他说：那个泼妇。

5

看贾樟柯的《站台》。

开始就是几个人用椅子学着火车，旁边是笛子伴奏。然后，大家一起呜。呜。

《天下无贼》和《站台》中是两种不同的火车。它们表达了不同的情趣。你们喜欢哪种火车？

我当然喜欢《站台》的。因为我生长在垃圾堆里，只对贾樟柯的火车有感情。

在北京有云有天的时候

儿子，在北京有云有天的时候就会想你。不是爸爸老了，而是你老了。当然，爸爸知道你才二十五岁，爸爸肯定记得你的生日，只是想说，北京难得看见云彩和天空，是那种像草原上的人们看得见的云彩和草原上的人们看得见的天空。此时此刻，爸爸在阳台上喝酒抽烟斗，看云看天看你。在二十多岁、三十多岁，甚至四十多岁的时候，只要发呆，就会想女人，现在呢，就只是想念你了。二十五岁了，你呀你，我的儿子，你还会发展吗？据说中国很难发展了，你还能发展吗？不知道你是什么感觉，反正爸爸我，在二十五岁的时候，就已经感受自己的老态龙钟了。与许多人完全相反，他们喜欢说虽然身体老了，心不老，自己有一颗年轻的心，爸爸是心早老了，希望还有着年轻的身体。现在，你独自开车，独自去感受法律问题，独自与中国人和外国人打交道，可是，你还会记得吗，在你年轻的时候，爸爸为你到老师那儿撒谎、请假。为了让你少做作业、不做作业，爸爸简直成了一个癞皮狗，去见你的老师，说你病了，吃了不适应的东西，吃了地沟油，吃了过多的有毒素的猪排、牛排 、鸡排、羊排，还吃了过多的鱼头泡饼，那鱼在肮脏发臭腐烂的水里欢乐地生长，就跟童年的你一样。在爸爸充满谎言的请假条里享受闲暇，不知道爸爸面对你的小学、中学、大学老师撒谎时，会不会脸红，反正爸爸这样的人，说假话成性，说真话脸红，那可是从少年青春时候就已经开始了。那时，爸爸瞒着爷爷奶奶为自己请假，为了逃学撒谎成性，所以爸爸不相信诚实的人，也看不见自己身边有诚实的人。从小爸爸身边就全都是道德高尚的人，他们，她们——特别是那些女孩子们喜欢说自己从来不撒谎，爸爸因为她们美丽，身上充满芬芳，就原谅她们说假话。儿子，爸爸从小面对美丽，就会丧失原则，那时总会透过女孩子们干净、青春的脸和头发看到了一个晴朗的天空。那时，童年爸爸、少年爸爸、青年爸爸想哭、想笑，想发疯。

最近听音乐喜欢用家里那台旧的iPad 1，天哪你竟然留下了五百多首作品在里边。听到王菲时，回忆起你对我的教育：爸爸酷爱欧洲古典音乐所以蔑视王菲，你当时说肯定有问题，你如果蔑视王菲的格调，那为什么又会喜欢邓丽君呢？儿子，这些音乐作品简直就是你的成长史，流行歌曲、电影音乐、欧洲古典音乐，爸爸开车时喜欢一首首地听，那时就会看到你小时候的模样，想起你给我带来的快乐和幸福。里边还有你早恋、童恋、少年恋、青春恋的痕迹，想起了偶尔从我眼前晃过的那些与你欢笑的女孩儿。儿子，爸爸曾经对你说过西装是中国男人的大忌，可是，这两年却是你教导爸爸穿西装。那些年爸爸常住酒店，当然懂得穿西装，留下了老款的阿玛尼、杰尼亚、都彭，可是在美国定制西装时，你却以一个律师的眼光严格要求爸爸的肩、腰和长度，让爸爸突然意识到过去那些西装都太大了，过去放弃定制买成衣是错误的。前天爸爸把那些旧西装都扔到了别墅二楼衣帽间，让它们与为你请假撒过的谎一起留在美好的回忆里。儿子，似乎北京今年的蓝天、云朵比去年多了，尽管前两天雾霾又是400多，可是今天很好呀，暖暖的阳光洒在红酒上，让爸爸感觉到心不老，身体也不老。这一年，老是躲在天山脚下的花儿沟里，看着院里院外树下的小溪流水和从北朝南望过去的雪山，在那儿真的很寂寞，几乎跟你在明尼阿波利斯时一样寂寞，那时你在法学院曾经说，我他妈自己在这儿孤苦伶仃的。所以爸爸现在回到北京，不那么喜欢说北京脏了，北京挺好的，离开北京时又开始像当年那样舍不得。儿子，今天读英国金融时报网，有人用中文说2014年中国会超过美国成为第一大经济体。真是恍恍惚惚，喝了半瓶之后，突然又想起了唯一参加过的家长会，那时你高中要毕业了，为了讨好你的班主任，爸爸也凑过去与她搭讪，想表达对于你将要参加高考的重视。是一个春天，北京也是有云有天，爸爸虽然心情好，却仍然糊涂，老师看着爸爸的眼睛，希望从作家王刚的嘴里说出有价值的话，爸爸却说：老师，高考是几月几号？此刻用那时你的常用语言形容：我去（学你说话），老师当场晕倒。

鲍家街
43号的
尤金娜

鲍家街
43号的
尤金娜

鲍家街43号的尤金娜

她是由肖斯塔科维奇介绍我认识的，那是一本在中央音乐学院买的书：《见证》。每到春天，我都特别想听尤金娜弹钢琴，似乎又看见了年轻时尤金娜飘扬在鲍家街的长裙子。斯特拉文斯基访问苏联时，尤金娜穿着运动鞋去参加招待会，当时在场的人十分吃惊。这是一个隆重的场面，人们都穿着礼服，但是尤金娜却对别人说，让斯特拉文斯基看看苏联的先锋派是怎么生活的。

尤金娜弹什么作品都与众不同，她的无数崇拜者非常着迷。她的许多处理方式令很多作曲大师不理解，当有人问她为什么这样处理时，她说我就是这么感觉的。

肖斯塔科维奇说，他年轻的时候经常把自己的作品拿给尤金娜看，他非常着急地想知道尤金娜的意见，但是尤金娜在那个时候对肖氏的作品不是特别热心，她主要对西方的代表着最新技法的钢琴作品感兴趣。

尤金娜是一个非常古怪的人，当别人问她，你信上帝吗？尤金娜说我信。青春期的肖斯塔科维奇在列宁格勒火车站碰见了尤金娜。尤金娜上去跟他打招呼，问他去哪儿，肖氏说去莫斯科，尤金娜说太好了，太巧了，我在莫斯科有一个音乐会，但是我突然不想去了，现在麻烦你代我去开这场音乐会，你去弹吧。

尤金娜这样的话当然把肖氏吓了一大跳，他怎么能代替得了她呢，别人是等着要听尤金娜，而不是肖斯塔科维奇。在尤金娜看来穆索尔斯基是一个纯宗教的作曲家，这和很多人的看法不一样。

她有时会在她的作品音乐会里突然朗诵一首帕斯捷尔纳克（《日瓦戈医生》的作者）的诗歌，而且恰恰是在帕氏的作品被查禁的时候。她做这种事情经常是在弹巴赫和弹贝多芬之间。同时代的人回忆说：尤金娜的钢琴弹得太美了，以至于人人为她着迷，可是人人却又害怕她，尤其是音乐家协会的领导。

她去找音乐家协会的领导，说我的房间小得可怜，既不能工作又不能休息。由于她的名声，领导签了申请书，还为她找了很多大人物，花了很多时间和精力。然而尤金娜弄到房子之后没多久，又去找这位领导，对他说你能不能再给我一套房子。对方说你已经有了一套房子为什么还要一套，尤金娜说我把那套房子给一个可怜的老太婆了。

尤金娜在音乐学院时，该音乐学院院长收到了很多告尤金娜状的信。在这些信中，尤金娜被说成是在政治上危险的敌对分子，当别人又问她，你是不是让你的学生也信上帝？她说是。如果是其他人这样说，早就完蛋了。然而尤金娜却没有遭到厄运，日丹诺夫骂阿赫玛托娃，骂左琴科，然而他却从来没有骂过尤金娜，是因为她的虔诚吗？斯大林在人生最后的时期经常住在他的乡间别墅，常常连续几天不让任何人见他，在别墅里听收音机。斯大林非常喜欢音乐，有的时候突然对别人说你们应该演奏贝多芬第九交响曲，你们尤其应该唱他那首著名的《欢乐颂》。斯大林在他几天不见人的时候，突然给电台的领导打电话问他们有没有莫扎特《第二十三钢琴协奏曲》的唱片。他说前几天听到电台播过，是尤金娜演奏的。电台的人吓坏了，他们对斯大林说：有，有这张唱片。斯大林说那你们给我送来吧。可是实际上是没有这张唱片的。音乐会是实况转播的，但是他们不敢对斯大林说没有。斯大林要求他们把尤金娜演奏莫扎特的唱片在第二天送到他的别墅。整个录音棚慌了，整个电台慌了。当天晚上他们把尤金娜和管弦乐队叫去，准备录制唱片。当时所有人都吓得发抖，只有一个人不发抖，那就是尤金娜。她平静地弹奏莫扎特。当时的指挥吓得脑子都乱了，人们不得不把指挥送回家，然后又请来了第二位。第二位战战兢兢地把乐队又搞乱了，而且越来越糊涂，人们又把第二位送回家。第三位来了之后，才总算是录完了音。这张唱片是音乐史上独一无二的，当第二天早晨的阳光照进了录音棚的时候，总算是录好了。他们把这唯一的一张唱片送给了斯大林。不久，尤金娜收到了斯大林给她的两万卢布。当时的卢布非常值钱，两万卢布相当于八万到十万美元。尤金娜不领情。她给斯大林写了一封信，说：谢谢你的帮助，约瑟夫……今天开始我将日夜为你祈祷，求主原谅你在国家和人民面前犯下的大罪，主是仁慈的，他一定会原谅你，我把你送给我的钱如数送给了我所参加的教会。尤金娜把这封自取灭亡的信寄给了斯大林。据说斯大林读了这封信之后一句话也没有说，所有的人，在他身边的克格勃，那些文化官员，都在等着，只要斯大林皱一下眉头，他们就明白了。他们已经准备好去抓尤金娜，并且想把尤金娜置于死地。但是斯大林一言不发，默默地把信放在一边。

斯大林于1953年的春天在他的别墅里死去，被发现已经死了的时候，人们看见他唱机还开着，唱机上放着的唱片就是尤金娜演奏的，莫扎特的那首协奏曲。这是斯大林听到的最后的音乐。

大海和大提琴

1

许多人都知道我生长在新疆乌鲁木齐，那儿没有海。那儿被这个世界上最著名的两大沙漠夹裹着，塔克拉玛干、古尔班通古特是那么浩渺。你从小听到的歌往往是塔里木，无人烟，茫茫的沙漠戈壁滩。大人们当时都说沙漠是海变的，可是，真正的大海是什么样子，我们这些沙漠里的孩子是永远也无法想象的。

直到有一天，我们家隔壁来了个新邻居，他姓都，那是一个很怪的姓，你可以姓王、姓李、姓赵，甚至可以姓谭，一个人为什么会姓“都”呢？这是一个孩子永远无法考察的，可是，这个大人他就姓都。他是从北京来的，是一个文艺团体的领导，他那时背运了，于是被迫来到了我们新疆维吾尔自治区乌鲁木齐市，并且跟我做了邻居。

大约是1969年，那时的孩子们总是欢乐的，而大人们却是忧愁的。忧愁的大人们有的唉声叹气过后就相互对骂，有的自杀，有的在外边被打了却回到家里来哭泣。只有这位姓都的大人，我从来没有听他骂过人，也没有听他哭过。两年很快就过去了，喧闹的生活又归于平静。有一天，那是阳光充足的午后，从他的房间里竟然传出来一种奇异的声音，舒缓而低沉。我悄悄地伏在他的门外听了一会儿，忍不住地敲开了他的门，那是我头一次看见的大提琴。以后，跟他熟悉了，我总是喜欢站在一旁听他拉这把琴。因为琴声总是让我浮想联翩。记得那又是一节地理课，老师已经是第一百次地告诉我们沙漠是海变的。我下课路过瓜棚，又习惯性地偷了一个甜瓜。听见了琴声，就走进了他的房间。我把偷来的瓜送给他，突然问他：你见过大海吗？他说：你家买瓜了？我说：偷的。他当时笑了，说：我从小在山东牟平长大，那儿有大海，有养马岛，还有大苹果，跟你偷的瓜一样甜。我又问他：海真的是蓝色吗？他摇头，说：海的颜色是会变的，很丰富。我说：那海究竟是什么颜色？他说你听听海是什么颜色。然后，他开始拉琴了。在他房间里回响的音乐中，海洋的味道果然出现了，阳光闪烁，天空时时晴朗又时时阴沉，海水的颜色不停地变化。当他发现我听得入迷时，就说：我拉的是勃拉姆斯的奏鸣曲，我眼前出现的全都是牟平的海。我听你有的时候吹笛子，你的音乐感觉不错，我帮你找个老师吧？

2

我因为学会了吹长笛，竟然变得柔情。一生都对大海的颜色充满好奇。2009年，我开着车从舟山群岛一路看海，经过了日照、乳山，然后朝牟平驶来。那天有些激动，我再次想起了童年里那个拉着琴的大人，他很老了，他还活着吗？是他告诉我大海的颜色，牟平的大苹果，他姓都，那是一个很奇怪的姓氏。我的车走在山间的路上，两边全是树林，那时牟平的大苹果出现了，大片密密麻麻的果树林像海水一样朝我涌来。我停下车，走进果园。见四周没有人，内心竟然狂跳起来，想偷偷拿几个牟平的苹果。三十多年过去了，我再也没有偷过瓜。我紧张地大喘着气，摘了三个苹果，当犹豫着想摘第四个时，听见有人朝我喊叫着。我没有像童年时一样地跑，只是把手插入裤兜里攥着钱等待着。果农有三十多岁，他说：大哥想吃苹果了？从哪儿来？我的脸当时就红了，掏出一百块钱，说：我买。北京来的。他开始为我摘苹果，先是装满了我的后备箱，然后，又装满了我的后座。我们的人民币果真是世界上坚挺的货币。难怪全世界都要求我们的人民币升值。最后，果农找了我二十块钱，说：想吃再来。

3

2010年初夏，我终于看见了牟平的大海。因为读书节，竟然住在了养马岛上，我从童年就知道这个岛是秦始皇养马的地方。

晚上，我缓慢地出去散步，终于到了海边，那可是牟平的大海呀！我身后是养马岛的灯光，我前方是无边的海水。海风让我愁，海浪让我忧，大海里无边的音响让我再次想起了那把大提琴，那是我人生最初的勃拉姆斯和他们的音乐，我面对大海泪如雨下。牟平的海，那是我童年中唯一的海，因为海里始终有那把大提琴富有颜色的声音飘出来。

4

从牟平回北京后，我专门查阅了那个让我童年时无比奇怪的“都”姓氏：山东烟台牟平区姜格庄镇北头村绝大部分村民姓“都”（dū），这是一个鲜为人知而又有着特殊来历的姓氏。北头村“都”氏始祖为元初蒙古人必里海，以“都”为姓则是明太祖朱元璋所赐。据说，其他各地姓“都”的人都是先后从这个村子走出去的。北头村“都”氏延续至今已近二十代、六百多年了。

把李德伦留下来

拜托了，你们这些未来世界的主人，我把中国交响乐的历史命运托付给你们了。

永恒的阳春三月

李德伦死后没有多久，我才知道斯特恩也死了，而且他死在李德伦之前。从那时起，不再有人争论他们究竟谁更大师，人们也不再需要渲染他们那次最后的演出是绝响了，死去原知万事空，可是那些活着的人们却忍不住怀着感激之情，回想着这两个男人的白头发，他们满是皱纹的脸，他们充满疲倦却仍有光辉闪烁的眼睛，他们最后的生命都是那么老，可是他们却那么善于煽动起我们的激情，让我们内心充满各种富有美感的语言，让我们内心洋溢着在音乐声中永恒的阳春三月。

1979年的我正天天吹着莫扎特的长笛协奏曲，是D大调的那首，直到现在我都能清楚地记起乐谱在我眼前的图像以及它相对应的声音，可是我已经看不清那个吹着长笛的少年的面目，因为他的莫扎特吹得很猛烈，声音过大，尽管他的老师们不断地说要平和、中庸，要有贵族的典雅，可是你让那个少年到哪里去找这样的莫扎特呢？但是，李德伦的表情却能透过时间清楚地映现。那是因为有一部纪录片叫《从毛泽东到莫扎特》，1979年小提琴家斯特恩曾经访问北京，艾伦·米勒拍摄了此片，获得了奥斯卡金像奖。斯特恩与李德伦的对话就是从那个时候的莫扎特开始的。

几乎在所有中国人的记忆中，那都是一个政治的时代，可是在我的记忆中，那是莫扎特的时代，是李德伦和那些令人想起来就热血沸腾的“文革”交响的时代。不是如人们所说的“就像在中国与世界之间打开了一扇窗户，使世界了解了中国，也让中国了解了世界”，而是，莫扎特的音乐和他的灵魂来到了中国，他力大无比的情感世界一下子就把我们这些从小就面对音乐百感交集的孩子抱在了他的怀里。李德伦与斯特恩的合作演出无疑是轰动的，否则不会有奥斯卡获奖的纪录片，否则中国人不会记住他二十年。昨天，我再次听着那首《莫扎特第三小提琴协奏曲》，我希望我伤感的怀旧跟当年的李德伦一样，我们就从记忆深处的莫扎特开始。

为了让李德伦和斯特恩二十年后再次合作莫扎特，北京国际音乐节音乐总监余隆于1998年专程到美国纽约拜访了小提琴大师斯特恩。斯特恩幽默地说：You want people to know how old we are!（“你是想让大家知道我们俩有多老了!”）确实很老，真的很老了，老得让人产生种种疑问，这场音乐会真的能开吗？以后的画面是这样了：当李德伦坐着轮椅出现在侧幕时，机灵的斯特恩立即发现了，他抓起提琴，边拉边走向李德伦。当他们那么近地相互凝神时，他们都意识到了对方是真正的老人。然后就是老人们的演出了：余隆把坐在轮椅上的李德伦推出侧幕。谭利华、李心草从另一侧跑过来，三个人合力，把体重二百多斤的李德伦扶上指挥台。在掌声、欢呼声中李德伦艰难地转过身来，礼貌地向观众致谢，他一生中无数次地做过的动作，在今天真得显得费力。

斯特恩走上台来，他有些兴奋地走向指挥台，两位老人的手再一次紧紧地握在一起。斯特恩又站上了指挥台和李德伦拥抱着。他们面对观众，像孩子一样地抱在了一起，并用“抱在一起”这样最简单也最强烈的语言表达了他们内心的冲动。在场的许多人都哭了。

和二十年前完全不一样，莫扎特已经深入人心，中国音乐人已经不再需要斯特恩再对他们说莫扎特是个天才了。非常熟悉的《莫扎特第三小提琴协奏曲》响起来。两位老人再一次拥抱时，人们才意识到演出可能要结束了。我们无数次地听到过音乐会上的掌声，但是我们只有一次在音乐会上体会过那样的感动。

斯特恩拉住李德伦的手，高高举过头顶。望着这么多热情的中国观众，斯特恩一次又一次地把献给他的鲜花抛向观众。李德伦坐在轮椅上抛不动，斯特恩接过鲜花替他抛出去。

在后台，斯特恩看到一头汗水的李德伦来到了自己面前，他们又紧紧地抱在了一起。斯特恩老泪纵横，不断地叮嘱李德伦要保重身体。然而，人们很难想到灵巧的斯特恩竟然死在李德伦之前，他们离世的时间仅仅相差一个月。然而，他们共同把莫扎特是谁告诉我们，这期间中国向前走了二十年。

李德伦正望着李德伦

我曾经在教室里向李德伦提过这样的问题：当纪录片《钢琴协奏曲黄河》中出现了《东方红》的旋律和毛泽东画像时，我们都看到作为指挥的你哭了。你为什么哭？

那个教室是一个让我们这些当时的青春作家（或者青春写作者）们倍感压抑的地方，四面的墙上都挂着巨大的黑白画像，也许是黑白照片：托尔斯泰、雨果、巴尔扎克、鲁迅、高尔基……应该说所有这些人都让我们感到那山是爬不完的，你可以去爬，但是，哼，累死你。你仍然是一个渺小的人，你的所有野心只能让你显得更加可笑。

李德伦可能知道我们是一群什么样的人，在他的眼睛里可以反射出那些人的面目，就像在水中会出现倒影一样，在作家们的教室里也会出现期待。李德伦的眼睛里突然出现了忧伤，那是我永远难忘的眼神，许多年后，我在小说《英格力士》里，多次提到了那样忧伤的眼神，他沉默着，先是看看我，然后开始看四面墙和墙上的人头。从那些人的眼神中一定也映出了李德伦。李德伦正望着李德伦。

李德伦说：你们大概还不知道我善于演戏，严格地说我曾非常认真地演过戏，先是在舞台上，以后是在生活中。

听不出他的口气里有多少自嘲的成分，声音不大，却让我听得清清楚楚。那是在1987年5月，那是一个晴天，那天除了有许多人的目光以外，还有阳光照在李德伦的脸上。你很容易就看清楚他脸上的变化，还有他那令人永远难忘的眼神。

人为什么要演戏，为什么经常活得跟演员一样。其实，这是我从小就注意到的问题。开始，我以为只有孩子们才演戏，渐渐我发现了，在更多的时候，大人们才更像是演员。但是，这一切除了与文学有关（你可以借此写出复杂的人物性格）以外，还与音乐、交响乐、中国的交响乐、李德伦的交响乐有关吗？

在我对于李德伦的采访札记中，我发现那是1990年，那肯定是春天，因为我记得很清楚，那是吃春饼的日子。我跟李德伦谈了几个小时之后，就到了吃饭的时间，记得屋里很亮，春饼也很好吃。当他开始用一把钳子夹开坚硬的核桃并专心致志地吃着时，我问他喜欢哪些作曲家。他回答说："柴可夫斯基、肖斯塔科维奇、贝多芬、勃拉姆斯。"最后，他想了想，又说："另一位我也非常喜欢，普罗科菲耶夫。"就是那天，在李德伦的书房兼客厅，他的嘴里出现了普罗科菲耶夫的名字，当说起普罗的《第七交响乐》又称"青春交响曲"时，李德伦的眼里闪烁出奇异的光芒，他说："你简直无法想象一个人在他临死时，竟写出那样的洋溢着青春激情的音乐。"

那天李德伦家很温暖，由于1990年与1989年完全不一样，真的是个和平的年，也由于我们都熟悉的普罗科菲耶夫的"青春交响曲”。李德伦能认真地回答我这样一个年轻人的问题，于是我感激春天来了，春天真的来了。而在那个十六年前的从春天到秋天半年的时间中，我留下了一本厚厚的采访札记。应该说1990年还正是我们这些人的语言处于极度夸张的年代：“有人说与李德伦在一起，你会觉得人的生命本来就该很长，然而，他却说他有些老了，他会对任何一个像我这样的年轻人说，我已经七十三岁了。时光的确是无情而冷漠的东西，它会让一个人在进入晚年的同时，却让一部历史刚刚开始，并显得很年轻。这部历史叫作中华人民共和国的交响音乐史，这个人的名字叫李德伦。”

历史就是历史

1917年6月6日，李德伦在北京前门外鹞儿胡同的一个有钱有势的回族家庭出生了。

李德伦的父亲喜欢京剧，与著名的京剧演员余叔岩是忘年交，与马连良、杨小楼是好朋友，还认了“猴王”李少春为干儿子。李德伦的大伯父是一个军阀，以后当了汉奸，曾帮助日本人把末代皇帝溥仪转移。二伯父是冀东有名的大地主，人称“李二大人”。父亲行三，少年出外读书，后来成为北京的一个官僚。

1923年，他随父母从北平回到故乡河北丰润县，进小学五年级插班。人称他为“五少爷。”

1930年，他考上北师大附中，那时他爱好十分广泛，他喜欢读托尔斯泰、巴尔扎克、雨果的作品，喜欢鲁迅的文章，也喜欢听贝多芬和柴可夫斯基的交响乐，他还参加了美术小组，不停地写生作画，显示了他在美术方面的才能。他读了“绘画技巧”，又读了“音乐入门”。当时北平帅府园附近有一个专为洋人办的“燕声”电台，每天播放几小时的西洋古典音乐，星期六晚上还放一部歌剧的录音。李德伦听着就上了瘾。只要外国音乐家来北平演出他总是去看，这使他成了逃学的孩子。当他头一次看到电影中的音乐指挥身穿黑色燕尾服，举起那根小棒棒时，他几乎惊呆了，音乐就是从那儿流出来的吗？

与此相对的是，他也在上学途中看到了另外的场景。清晨，在胡同口倒毙于路边的尸体，在前门城楼下，在火车站前，那些衣衫褴褛、逃荒要饭的穷苦人，那些皮包骨头、涕饥号寒的婴儿，抽泣伤心的母亲……

李德伦无疑是一个热血青年，一个对于那个时代和他的家庭来说的不安分的破坏者。根据他家庭的情况，他完全可以走这样两条路：从官从政，像父亲一样成为显赫的国民党或其他旧势力的官员；单单纯纯地学习音乐，或其他艺术门类，成为一个经历简单的艺术家。

但是没有，他成了学运的积极参加者，共产党的小助手。他是一个勇敢的小小革命家。

在1935年的“一二·九”运动中，他成了参加者、协助组织者和冲锋陷阵者。

12月16日，学生运动仍在继续，一群被打得头破血流的学生拥进了李德伦所在的师大附中的校门，为首的是邓力群。他登上操场的指挥台，边哭着边控诉了国民党的腐败，他演说的是一个老话题：我们爱国有何罪？

李德伦被感动了，他使出全身的力量高呼救国的口号，并与另几个同学一起，自告奋勇地打开了学校操场的西便门，带领广大同学冲开了警察的封锁线，在与警察搏斗时，他受伤了。

我突然发现我的双手正在书写一位职业革命家的传记，毫无办法，这是李德伦的真实故事。

1936年春天，他参加了“民先”——中华民族解放先锋队。同年春天，他加入了中国共产党，他成了一名地下工作者。1939年初，党的地下组织被破坏，李德伦没能及时撤到天津，失去了奔向解放区的机会，在孤独、无奈、彷徨中，他回到了音乐的、艺术的怀抱。1945年，他考进了上海国立音专（即现在的上海音乐学院）。

我问李德伦这是否天意，如果那次共产党的地下组织没有被国民党破坏，那么也许在这个世界上就会多一个县长、局长、地委副书记、副部长，或者多一个革命烈士，而没有“李德伦”这个人了。

他没有正面回答，只是说：玩笑就是玩笑。历史就是历史。

波希米亚人

许多年后，当李德伦有些老了，在一个春光明媚的日子里，他望着窗外迷蒙的却又耀眼而懒洋洋的太阳，忽然想起了年轻时听说的一个姓全的小提琴家，他水平很高，饭店里的外国人常请他去演奏。以后日本人占领了北京，他竟然没有办法维持自己的生命，饿死在街头。

一个动乱的社会是不需要艺术的。

他在1990年春天的那个下午，对我说：“我认为除了音乐而外，我干不了别的。我怕动乱。”李德伦的态度使我想起了索尔仁尼琴与肖斯塔科维奇，两人原来曾是亲密的朋友，前者作为文学家中的持不同政见者，向来要求的是政治行动；后者作为一个作曲家考虑的却是自我反省和表达一种与生俱来的痛苦。肖氏拒绝在持不同政见者的政治性声明上签字，被认为是机会主义者。

在李德伦的记忆中，交响乐在中国的发展曾走过这样的一条路。

清朝开始时，从不搞洋乐。义和团失败，西太后从西安回到北京，从盲目排外变为崇洋。她去沈阳上坟，在一个叫北仓的地方休息，袁世凯拉来了由法国人训练的军乐队为她演奏，奏的却是《马赛曲》，结果老佛爷非常高兴，于是给这个中国最早的洋乐队赏了不少银子。

那时，北京一个洋财东家里也养了乐队，搞了些中国孩子去训练，规模很小。

到了“五四”时期，肖友梅在蔡元培的支持下办了“北京大学音乐传习所”，他们的目的就是要在中国成立管弦乐队，结果一共搞了十几个人，弹钢琴的还是一个俄国佬儿，也很快垮了。在台湾出的一本书刊上曾登载过一张照片，几位穿长袍马褂、扎裹腿、戴瓜皮帽的中国人，手拿西洋乐器，一副纯洁而朴实的模样。

那时上海外国租界中，有个上海工部局，是洋人的上海市政府，也建立了一个乐队，说是三管编制但乐器很少。尽管水平较高，但是与中国老百姓毫无关系，演奏员是外国人，听众也是外国人，华人与狗，不得入内。

1937年，成立了“上海管弦乐团”，这是最早的中国人自己的管弦乐团。但几个月后，“八·一三”日本人进占上海，乐队垮了。可怜的音乐家们大部分跑到重庆，又成立了“中华交响乐团”，排练了些曲子，水平很低，最终因“战时经费紧张”而苟延残喘。直到解放后，才回到北京，重新加强，才变为现在由许之俊先生指挥的那个中央歌剧院。

朋友曾经问我：没有欧洲的产业革命是否就没有交响乐？他又问：那实际上交响乐就是机器轰鸣的声音？

每一个来到上海音乐学院的人，都立刻会注意到肖友梅的铜像。他曾是孙中山的朋友，同盟会时期掩护过孙中山。孙中山当大总统时，他是大总统秘书，以后换成了袁世凯，他一气之下，弃官从乐，去德国留学，成为一个音乐家。

从“北京大学音乐传习所”到“上海音乐学院”到“国立上海音乐专科学校”，李德伦走过了一条曲折的路。

李德伦入学时，肖友梅是李德伦的校长。李德伦的主科是大提琴。

李德伦忘不了1940年初夏，他从辅仁大学回到家里，他悄悄把母亲拉到自己房间，那时他已决定终止自己在辅仁大学历史系的学业。他郑重地说："妈，我要走了。"母亲只问了一句："去哪里？""到上海，考音乐。"李德伦想想又说，"我就不跟爸爸讲了，妈，你老人家多多保重吧！"

母亲心里明白，父亲是绝不会允许自己这个聪明、争气的儿子去搞音乐的。她默默走向自己的房间，拿出了所有的钱，全部给了心爱的儿子。

在上海音专，李德伦一年就完成了初级班三年的课程，中高级班六年的课程，他也只用了五年，在课外，还兼学作曲。

由于父亲的不走运，他家庭的经济情况发生了变化。从1943年起，他每天要用三四个小时去挣饭吃，过起了半工半读的生活。他曾在一个剧团乐队中当演奏员，有时临时也做做指挥。还和陈传熙等几个意气相投的同学共同折腾起"中国青年交响乐团"，李德伦大提琴、韩中杰吹长笛、马思聪拉小提琴，"我们演奏古典音乐进行爱国主义宣传"。

李德伦演戏的生涯也就是从那个时候开始的。起初，他在黄佐临领导的"苦干剧团"担任配音和大提琴演奏。他结识了黄宗英、刘琼、黄宗江、石挥、张伐、白文、孙道临、冯喆等人。太平洋战争爆发后，他们一起困守在上海"孤岛"。

据当时上海音专的教务主任陈洪老先生回忆，李德伦是"上音"的高才生，他与陈洪都租居于法租界一所公寓中，互为邻居。上海那时物价昂贵，生活朝不保夕。李德伦整日饥肠辘辘，面有菜色，狼狈自不必说。

当时外国电影进不了上海，国产电影数量不多，话剧走红。

一出戏往往能演一两个月。话剧需要音乐配音，就为李德伦们创造了谋生的机会。

他参与的第一个话剧是《杨贵妃》，演唐明皇的是刘琼。李德伦是大提琴手，坐在乐池正中。舞台上的唐明皇到了马嵬坡的破庙中，也是饥肠辘辘。太监送上一块面包，皇帝看是一块黑面包，便大喝一声：这怎么能吃？随手往地上一扔。有一次演出中，恰好扔在李德伦的谱架上，他见面包从天而降，喜出望外，赶忙捡进背包里。第二天。他们叮咛刘琼每次演这场戏时，都要使劲对准他扔，以便他能顺手拿到。

刘琼照办了。

另一次演出《梁上君子》，让李德伦扮演巡长，有一段向律师夫人献殷勤的戏。巡长必须亲手为夫人送上一杯冰淇淋，每晚临场前，李德伦总是把冰淇淋吃掉一半，把剩下的一半球体面向观众。他这种淘气行为常惹得台上演员忍俊不禁。

虽然那时大家很穷，但关系十分融洽，有钱一起用，没钱就一块饿肚子，过着流浪艺人式的生活。李德伦戏称这段日子为“波西米亚人的生活”。

李德伦说他自己“曾认真地演过戏”是有根据的。在《牛郎织女》这部戏中，他扮演“老牛”的角色，他在台上驮着牛郎一步步穿过舞台，一进后台，就立刻抬起身把牛头道具放在一旁。然后，快步走进乐池。指挥演奏，一会儿又重新戴上牛头到舞台上，再次充当“老牛”。

由于他演戏认真，待人宽厚，很快成了剧团中的活跃人物，成了一个“好演员”。

李德伦是怎样成为一个指挥的？我像许多中国人一样曾关心过这个问题。

1941年，他与“苦干剧团”正式签订合同，成为那儿的成员。1943年夏天，乐队指挥郭元同与被大家称作小妹的黄宗英（以后成为赵丹的妻子）回北平结婚。拜了天地未入洞房，郭元同心内膜炎突然发作，送进医院仍未能救活。小妹黄宗英把他葬在西山，守墓一年。“苦干剧团”专派人赶到北平，劝了很久，才使她回到上海。

“苦干”没有指挥了，一时又请不到人，李德伦便自告奋勇，愿意试试。他指挥的第一部戏是《福尔摩斯》。

那天，应该是难忘的。帷幕拉开，丹妮演贵族夫人，白文演华生医生，乐曲基本选世界名曲，诸如《天方夜谭》《威廉·退尔序曲》之类，演奏员也大都是从工部局乐队请来的。小提琴首席是苏联人费德龙，还有马思宏、陈传熙、司徒海城兄弟，可谓好手云集，所以虽然李德伦初出茅庐，但第一次拿起指挥棒就很顺利。

这使人想起了大名鼎鼎的托斯卡尼尼，这位美国指挥也曾是一位拉大提琴的，由于偶然的变故，他像李德伦一样地操起了指挥棒。拉大提琴转为指挥的大师似乎还不少，例如日本人小泽征尔，还有那位从苏联叛逃到法国的罗斯托波维奇等等，是否拉大琴的特别适合改行当指挥？

《福尔摩斯》之后，李德伦继续指挥了《梁上君子》《乱世英雄》《麦克白斯》《钦差大臣》《机器人》《袁世凯》《林冲》等

“苦干”当年的名剧。

1946年，李德伦从国立音专毕业，在上海广播电台工作，从事音乐编辑。这时，组织上派人和他取得了联系，并要他写一份自传以考虑恢复党籍的问题。

他兴奋不已，整整六年了，他像一个孤独的流浪者。他连夜写好自传揣在身上，准备去找当地组织。恰好这时一位好友来访，两人从饭馆到住处亲热地聚了一天。分手后李德伦才发现那份自传遗失了。在当时的环境中，这有可能会给李德伦带来杀身之祸，他只好立即把情况向组织汇报，党组织同意他迅速转移到香港。

李德伦考虑再三，向欧阳山尊提出：“我想去延安，不知行不行？”

对方回答说：“这事我也做不了主，我先请示一下吧！”

李德伦的要求被反映给当时正在上海工作的周恩来。

周恩来一听很高兴，说：“延安刚成立了一个管弦乐队，正需要这样的人，可以让他去延安。”

一天，李德伦接到一个电话，让他马上离开上海去南京。他谎称奔丧，去了南京，当他带着上海“周公馆”的介绍信敲响南京梅园新村的大门时，里边有人问：“谁呀？是李德伦同志吧？”

这称呼使李德伦像当年任何一位进步青年一样感到亲切、激动。那个时代的人，在今天也总还愿意把“同志”说成是“亲切而庄严的称呼”，是一个使他们能在当时流下激动热泪的称呼。

1946年11月11日，李德伦搭乘美国“军调处”最后一班飞机到达了延安。他成了共产党第一支交响乐队的第一个指挥。

你怎么会爱上李德伦的？

1990年5月2日，李德伦上午去苏联大使馆，因为他就要去苏联，作为国际柴可夫斯基音乐比赛的特别贵宾，下午他指挥中央乐团排练“柴可夫斯基第五交响乐”。约好我去看他排练。

李德伦提前五分钟到场，乐队就座，排练开始。他穿着那件灰色的旧毛衣指挥，一会儿他脱了毛衣，剩下毛背心，又过了一会儿他脱了毛背心，露出白衬衫，像所有的指挥那样，他不停地擦汗。他还会脱什么呢？我当时想。北京那年的5月挺凉，我穿着风衣。

排练顺利，最后为是否两天后去“海淀礼堂”走台有了一点儿“争议”：

一位演奏员说：“李大爷，海淀咱们闭着眼也走到了，干吗还走那个台？”

李德伦只是冲他笑笑。

休息时，我问李德伦：“还去海淀吗？”

“去，当然去。你去吗？你对走台不感兴趣？太枯燥？”

“我突然对你的爱情生活更感兴趣。”

“去找李珏吧。”

两天后，他们去海淀剧院走台，我去了李德伦家，与李珏聊起来。

她告诉我，她曾是中央音乐学院的小提琴教师，现已退休。

我问她："你怎么会爱上李德伦呢？"

她笑笑，白发下眼睛亮闪闪的，她说："在当时的情况下，"她说得平淡，又挺慢，因为她正在回想四十多年前的往事，"我喜欢李德伦在当时看来是极其自然的。他热情、大方，又博学，语言表达也不错，业务也优秀，所以我们很自然地走到了一起，他给我借过书，托尔斯泰……"李珏笑了，她说，"李德伦人特别好，许多人都喜欢他，愿意和他交往。"她想了想，又说，"但我当时不知道，他已经是一个共产党员。他与瞿希贤（著名女作曲家）等人很早就是地下党，他们带领我们搞学生运动，号召抗日救国……"

在提到李德伦的父亲时，李珏说："他父亲那人是个军阀，很糟糕。有一次我父亲曾与他同席吃饭，印象很不好。他张口骂人，语言粗俗，土气而又固执。"

"1946年他去延安，我们大家都很难过，他也很难过。"

"当时你哭了吗？"

"当然哭了。"

"他呢？"

"李德伦也哭了。"

李珏开心地笑起来。

也许，我应该换一个角度以第三人称来谈李德伦的妻子。

当时，在上海音专比李德伦高一级的小提琴专业，有一个天真、活泼、秀气的小女孩。她虽然班级高却比李德伦小六岁。

她就是李珏。她父亲是著名的永利公司驻上海的总经理，是个洋派人物，因此，她从小就有学习西洋音乐的良好条件。她思想进步，有很强的爱国热情，她相信只要大家努力，中国就能从黑暗走向光明。

由于她的工作能力和家庭背景，李德伦及其他同学都推荐她为校学生会主席。于是“李主席”就率领李德伦这样的地下党们搞起了学潮，在一次驱逐汉奸校长的学运中，当局查不出幕后的指使人，就把李珏开除了。

这使李德伦内疚难过。她为大家做出了牺牲，而她还只是一个柔弱、温顺的小姑娘。

他常去她家看她，那时她矛盾、苦闷与彷徨，很需要李德伦的安慰。

但她的父母反对女儿与这位回族的青年大提琴手来往。她父亲对李德伦印象不好，同时他家业毁了，只是个学艺术的穷学生又有什么前途。

但出身于底层的李珏的乳母很喜欢李德伦，在她的帮助下，李德伦经常在她家的厨房与她见面。有时她瞒着家人，悄悄跑到李德伦的住处与他会面。

爱情的机会就是这样产生的。在关键时候，总是有劳动人民来帮助。

1946年李德伦丢了档案资料，在焦灼中得到了周总理同意去延安的许可，他欣喜万分，很快去找了李珏。

她当时非常想与他一起去，但又有点儿顾虑，两人相商的结果是让李德伦先走，她依恋地对李德伦说："你先走吧，我会去找你的，会的，一定会的。"

当周恩来得知李德伦有个女朋友之后，就问他她为什么不跟你一起去延安。李德伦说，在没有人同意的情况下，那不就是"私奔"吗？

好记性的周恩来没有忘掉这一对恋人，在李德伦到延安几个月后，李珏在周恩来的直接关怀下，随中共代表团最后一批工作人员撤离了南京，到达延安。

临走时，单纯的李珏给父母留下一封信，她充满激情地说："爸爸、妈妈，上海太黑暗了，我要去的地方是一个无比光明的世界。我走了，你们别为我担心……"

1947年7月1日，李德伦与李珏在组织的帮助下结婚了。选定这个日子是否为了庆祝党的生日，我们不得而知。

1990年5月3日的那个下午，李德伦排练完回家，李珏正向我叙述着往事。两位白发苍苍的老人坐在我身边，一个在左，一个在右，共同讲述着他们的关于青春的故事。现在，现在距离他们讲故事的时间又过了十六年。

那个黄昏的情景现在还清晰：我跟着李德伦出发，陪他去给大学生作如何欣赏交响乐的讲座，现在应该叫论坛了，李德伦一个人的论坛。我们出了楼门，走了一段路，我回头看见李德伦的妻子李珏还站在楼门口，在夕阳下，整个天空在迷蒙的金色中发着光，李珏望着李德伦，从她的眼睛中，我真的能看到许多东西。

演奏者都是中国人

1949年北京解放前夕，中国共产党的交响乐队正风尘仆仆地从石家庄朝北京开进。几年来的行军、训练、演出，已经使这批人离艺术稍微近了，他们能够演奏莫扎特的《小夜曲》、贺绿汀的《森吉德玛》《晚会》等中外名曲。

在年轻的指挥李德伦的训练下，这些人多少有了一些基本乐理、和声、西洋音乐史等方面的常识，他们当时还不大清楚，未来的中国乐坛肯定是属于他们的。他们也不会知道由于他们从事的是音乐，尤其是西洋乐器本身也将会在未来的日子里给他们带来不幸和灾难。

当时，他们兴致勃勃，穿着粗布军服，满身油污，双肘还露着破棉絮。到达长辛店时，枪声还在像鞭炮一样响着。

他们走进清华大学的日子，离北京的最后解放还有四十天。清华大学是这些音乐家们的第一个落脚点。在清华园的教授与学生眼中，这批人显得陌生而又令人怀疑。那些被桐油擦得锃亮的乐器捧在他们手中的确显得非常不协调。

李德伦突然提高了声音："然而，在第一次联欢晚会结束之后，我们就扭转了清华人的印象。"

舞台很小，这些人站在上边显得拥挤。在李德伦的指挥下，演出开始。久经排练的莫扎特的《小夜曲》（又是莫扎特）一奏出来，清华大学的师生就呆了！他们又激动又觉得不可思议：“国民党在这里许多年，始终没建立起一支像样的乐团，而土八路里居然产生了洋乐队。”

“土八路”里出了个“洋乐队”。

这似乎有着某种宿命的成分，它肯定预示着在以后长达三十年的“土洋之争”，它也预示着李德伦们的苦难。

在李德伦的记忆中，延河是一条极普通而又平静的河，当夕阳西下，落日把河水染红时，河边就有些不同寻常的人散步，这些人几十年后都被写进了中国历史，从平凡和普通变得显赫而高贵。

“毛泽东就经常在河边遛弯儿。”李德伦用北京土话对我说，“经常还能看见朱德、刘少奇。”

1946年底，延安生活极为艰苦，但也就在这年的初夏，中国共产党中央委员会决定建立红色政权的第一个管弦乐团——中央管弦乐团。

我们无法考察这些在延安的国民党的反对派们成立这个管弦乐团的最初始的动机和目的，或许答案可以在毛泽东那篇著名的《在延安文艺座谈会上的讲话》中找到。

周恩来到上海、北京筹集乐器，朱德等人参加了乐团成立大会，团长是贺绿汀，李德伦担任乐团的指挥和教员。

这些乐器大概能凑齐双管乐队的编制，但是没有人会演奏。只好选了一批年轻的八路军士兵来学，他们连做梦也不会把自己与这些洋人的奢侈品联系在一起。李德伦是学习过西洋音乐而又能进行乐团训练的唯一的人。

他借着一本乐器法，边学边教，成了个“万能教员”。这促使他在无形中熟悉了各种乐器，为未来的指挥生涯做了准备。

李德伦从苏联回国后，被任命为中央乐团首席指挥。在苏联的日子里，他曾指挥过苏联国家交响乐团等二十多个交响乐团，每当站在指挥台上，眼前就会出现这样的幻景：那些演奏者都是中国人。

现在好了。全是中国人的乐团就在他眼前，他的机会来了，他可以施展抱负了。然而，“反右”开始了，“土、洋之争”开始了，“四清”“社教”开始了，“文革”开始了。

“也许中国的许多指挥家们都曾羡慕我的这个位置，在‘文革’前、‘文革’中的近二十年我都干了些什么呢？就是到现在为止，我在学校里的那点干货也还没有卖完啊！”

莫扎特、贝多芬显然不行了

“我的丈夫在坟墓里，我的儿子在监狱里。”这是阿赫玛托娃的诗句。

“那时，人人都在写告密信，作家写在稿纸上，画家写在画布上，而作曲家写在五线谱纸上。”说这话的是肖斯塔科维奇，他像李德伦一样心情颤抖地回忆着。

“也许只有中国人和苏联人才能最好地理解肖斯塔科维奇的《第十交响乐》《第十三交响乐》，往往不是技术上的原因，而是由于生活本身所决定的。”

说这话的是李德伦，他曾赴莫斯科音乐学院指挥系做研究生，指挥过苏联国家交响乐团、列宁格勒交响乐团等二十多个交响乐团。由于学业优秀，被誉为莫斯科音乐学院成立百年内培养的四位最优秀指挥之一。

江青被誉为“文化革命”的“旗手”。毛泽东的妻子，最终以自杀结束自己的生命。按照当时的宣传口径，是她亲手缔造了“八个样板戏”。当然，她又成为那些得宠的样板戏团的庇护神。现在我带着怀旧的激情回想属于江青的那个“文革”文化时代，那个“文革”交响的时代，与李德伦当时的深恶痛绝是那么不同。间离总是能发现美感吗？回首的温情与忧伤像水一样浸泡了我的心脏，让我对当年的音乐的想象充满了蓝天白云。

江青曾创造了一个时代，江青时代。

这个时代令许多人难忘。

那时，满大街都是背着提琴和长笛、黑管……各种乐器的孩子们，他们中有郭文景、谭盾、黄多、陈怡、刘索拉、叶小纲，他们走在大街上会引起人们的格外注意，那时的许多孩子都去了美国和欧洲，并成了真正的艺术家。那时，有许多天才的音响乐思，已经在他们的脚印中像风一样呼唤了。

然而，李德伦不这样认为。亲历者从来都是疼痛最深重的人。他没有忘记在那个庄严的纪录片《钢琴协奏曲黄河》中，当毛泽东的画像出现时，他热泪盈眶。他不愿意在指挥的时候演戏。那让他深感屈辱。

好像老舍没有自杀、傅雷没有寻死、《梁祝》没有被禁演、莫扎特和贝多芬没有被敌视……

1957年“反右”，李德伦他们回国后都要求参加。众所周知，他是一个能说而又善说的人，他的命运在等着他。然而，周恩来又一次救了他。上次是爱情，这次是政治：“留学生回国不参加运动，只进行正面教育。”

业务训练停业了，运动成了专业。但他却躲过了右派的陷阱。

1958年他幸运地指挥了“柴六”。

关于李德伦在1958年的“柴六”，白桦回忆道：“1958年初，我被宣判为资产阶级右派分子。在离开北京前，指挥家李德伦请我去听中央乐团演奏柴可夫斯基的《悲怆交响曲》。我是在绝望中去寻找‘悲怆’的，但我得到的却不仅是‘悲怆’。在慢板乐章停止之后，我哭了。哭泣着走上积雪的长安街，我真的意识到我是一个被紧紧拥抱的人世抛弃的孤儿，但我蒙眬间觉得还有另一个永不舍弃我的世界……”

紧接着“放卫星”又开始了，天天开会。有一个决定，中央乐团每年演出一千二百场，夜至三点排练打击乐，然后去农村搞文化运动给农民高唱歌曲。他们还得深翻土地，大炼钢铁……这就是中国国家交响乐团的“排练和演出”。

1959年为国庆十周年献礼，排了《贝多芬第九交响乐》，李德伦又回到了日思夜想的指挥台上，他眼前真是一群中国人，在《欢乐颂》的辉煌中，他感到前方是光明的。

然而反对右倾机会主义开始了。

“右派进攻是党外的，现在是搞党内的专家。”他真成了目标，幸而在关键时刻得到了团领导的保护，他这次受的难还能忍受，只是他渴望的音乐离他更加遥远了。

1960年又是三年自然灾害，在贫穷与饥饿的苦难中，乐团的艺术家们不得不停止业务活动，去节省或等待一口吃的。

1961年，给艺术家带来少许希望的“文艺八条”又被“千万不要忘记阶级斗争”“以小说反党是一大发明”的严厉之声压了下去。的确，小说可以反党，那么音乐反起党来岂不更阴损，因而就更是一大发明吗？

“土洋之争”又开始了。

当时流行的看法认为：交响乐是搞资产阶级的音乐，要改，必须彻底改。那些从小就开始学小提琴的人，三十岁时又开始改学二胡了，他们酸楚地管这叫“三十而立”。

在当时的领导人中，周恩来是少有的清醒者之一。他说，咱们国家没有几个交响乐队，起码要保住一个交响乐团不要受损失。

但在极大的社会压力下，这种声音显得微弱，有人说，在社会主义国家演外国的音乐是挖社会主义墙角。

1963年，在“音乐舞蹈座谈会”上，搞西洋艺术的人被贬低得一塌糊涂，几乎没有活路，有人甚至说：“以后洋的、土的不能平起平坐。”

周扬在总结时说：“谁说搞洋的、土的不能平起平坐？都是革命同志嘛，为什么要搞等级呢？”

李德伦实在忍不住了，就说："以后再开会，请搞民族音乐的同志先坐下，有座位我坐，没有座位我就坐地上。"

中央乐团的人没有活儿干了。他们无所事事，等待着一次次新的批评或者批判。

精力旺盛的李德伦想为乐团找个出路，许多搞西洋乐的人也在想着办法。

他们突然意识到是否能把自己的饭碗与"为工农兵服务"联系一起，与无产阶级政治连在一起，莫扎特贝多芬显然不行了。

李德伦突然意识到中国国家交响乐团可以搞革命歌曲大联奏。在改编上也不搞更多的发展，仅仅是来几个反复，搞搞简单的配器就演出。

老一代的乐团人大概都记得那个场面：当最后一支《大海航行靠舵手》奏完之后，乐队全体起立，高呼"毛主席万岁"，观众热烈掌声。

那是一个大搞京戏革命的年代。

江青突然让李德伦等人去看《沙家浜》，这是一个关于新四军和老乡联合一体打击汉奸的故事，其中有著名的阿庆嫂这一女强人形象。许多人都在试图写出"革命现代京戏"。

李德伦看后心想，江青为什么让他们看这出戏呢？显然是希望他们用西洋乐器结合中国的京戏。

这时的李德伦已经学乖了，为了中国的西洋音乐也为了自己这二者共同的生存，他也像当时的许多知识分子一样极力使自己的思想倾向朝着“革命”的一面去靠。

他们把戏中“芦荡”一段写成交响乐伴奏，让男高音的美声与京戏结合的方式唱郭建光，然后又加了辉煌的大合唱。

江青看过之后很满意，她高兴地做出让乐团国庆演出的决定。

乐团上下齐动员，调动一切积极因素，很快就把整个戏排了出来。

他们下农村演出，农民说，这样的戏我们听得懂。用李德伦的话说，他们于是得到了贫下中农的批准。

就是这出戏，以后有了个响亮的名字——“交响乐沙家浜”。

李德伦认为这是不通的，叫清唱剧，甚至大合唱都可以，但无论如何不能叫交响乐。

那是“文革”前夕，他正在陕西搞社教，准备一回到北京就给江青打电话，让她改名。但是刚下火车，李德伦就被挂了牌子，上边写着“反党分子李德伦”。他被关进了牛棚。“文化革命”真的开始了。

指挥指挥着指挥

谈到“文革”，李德伦的语气开始变得沉重，对于他来说，要重述那十年的故事显然不是一件轻松的事情。当我看到当年札记中的原话时，我对李德伦的描述让我自己都笑起来：“李德伦在很大程度上就应算是一位悲剧人物，一位不适合在滑稽剧中表演却又无可奈何地登台献艺的特殊演员，一位被政治力量所驱使的丑角，一位因含冤受屈而独自伤心落泪的浪漫派诗人……”

1966年，世界音乐已经发展到了令中国人几乎无法想象的程度。

中国国家交响乐团的指挥李德伦却无可奈何地产生了一个想法：他想修理自行车，以此作为自己在余生中谋生的手段。他与另一个著名指挥韩中杰一起私下商量，到街上去摆小摊。在“犁庭扫院”的运动中，他们漠然地享受着命运，他们乐观地认为反正自己饿不死。

李德伦被打成黑帮，关在一间屋子里，与他为伴的还有中央乐团团长李陵。李德伦有力气，可以在后台干粗活儿。他的人缘好，所以没挨过打。他扫地、倒垃圾、拾东西，肩宽体壮的他这次真成了一只“老牛”，与孤岛上海时不同的是，这次不是在有限的小舞台上扮演老牛，而是在现实生活中，他成了一个不折不扣的扮演老牛的形象。

他表演着自己，也扮演着别人可悲的命运。

一个仅想以修自行车为谋生手段的人，大概离音乐有着无限的距离。他变得麻木、平淡，甚至爽朗而超然了。他思索得很多，甚至思索了一切，诸如生与死、青春与衰老、美与丑、善与恶、希望与绝望、瞬间与永恒等等。但是他无论如何没有想到，恰恰在这样的时候，江青来救他一命了。

1968年9月18日，李德伦正在舞台上扫地，突然有人来通知他，去人民大会堂开会。

李德伦一愣，人民大会堂不是开“九大”的地方吗？怎么会突然与他又有了联系呢？

他见到了当时的团领导，他对李德伦说，我现在正式通知你，你被解放了。

没有特别的激动、眼泪、忧郁和委屈，李德伦当时所具有的只是服从，服从命令和命运。

那是个下雨天，李德伦为了抓紧时间赶到人民大会堂，就与另一个同伴坐上了一辆军用三轮摩托。在小礼堂里，他见到了不少熟人和一些在当时是很著名的人物：谢铁骊、钱浩亮、李希凡、钱江、刘长瑜、谭元寿、袁世海……

默默地等了一会儿，一群人走了进来，江青矫健地走在前边，她风度雍容大方，她自信手中拥有的权力。

她一进来就问：“李德伦来了吗？”

这在当时显然是一种规格，并能显示出她对李德伦的特别需要以及“久违了”的那种意思。

与江青一同到来的还有周总理、陈伯达、姚文元、康生等人。大家一起看了《红灯记》，然后，有人上台宣布了李德伦等人是好人，要保护他们。

江青当时也讲话表态说，李德伦是好人，应该让他回家，即使出身不好也不要紧，出身不是自己可以选择的。

总理说：“我的家庭出身也不好，但这不要作为包袱。李德伦、刘长瑜的家庭出身虽然不好，但是他们为革命努力工作，可以说是背叛了自己的反动家庭。钱江的家庭不好，但如果没有钱江的父亲，我和康生都活不到今天。”

康生在一边微微点头，并坦然地笑了。

这些领导人温暖的话语，使这批名人知识分子感动，李希凡忍不住哭起来。

就是在这样的情景中，李德伦结束了他两年的黑帮生涯，也就是从那天起，他又成了革命文艺战士。

江青需要李德伦这样的人，因为从《国际歌》之后，艺术上是一片空白。

于是就有了李德伦后边的故事。

尽管李德伦认为“交响乐沙家浜”这个名字有着极大的错误和可笑之处，就如同一个傻瓜在说“瓷器茶壶”一样，但事实上李德伦恢复工作后的第一项工作，就是要指挥这首“交响乐”。

他觉得既然要干，就得搞好一点。配器简直是太糟了，许多地方和声都不对头。有责任心的李德伦就组织了个小组，请作曲家施万春、吴祖强、罗忠镕等人对作品进行加工，但是还没工作几天，就有人向上汇报了，说：“李德伦在篡改样板戏。”

这在当时是不小的罪名。

其实李德伦本是好意，一方面他作为一位艺术家无法容忍那些错误，另一方面他把作品搞得好一些在客观上是对江青有好处的。

但是，连这样的举动在当时都不被允许，他的情绪随时都在受着干扰，尽管又是信得过的人了，可是他仍然在恐慌中度日。

后来，这个作品出版时，李德伦们仍然坚持着把错误的地方、不好的地方加以修改、调整，他们说自己所做的一切仅仅是“整理”，而且在整理完之后还得说，这个作品原来就是这样。这就是那时的中国音乐家，他们以自己的方式，为世人留下了这样的一本总谱：“交响乐沙家浜”。

1970年，法国总理访华。周恩来找李德伦，让他准备贝多芬的作品。中国人要把样板戏拿出去，就得让别人的东西进来。经过慎重的研究和考察之后，党中央英明的决策认为可以演演贝多芬的交响乐。

李德伦想，既然周恩来说了，就先不管江青了。他决定演奏“贝五”（《命运交响乐》）。当日程排满之后，他就打电话给于会泳，这位曾写过《杜鹃山》全剧音乐的作曲家不敢说不演。也许后人很难想象，一位能写出像《杜鹃山》这样优秀曲调的人，怎么可能对西方古典音乐抱着那么大的成见。

于会泳说：你们的质量保证不了，不能演！但因为周恩来的坚持，还是决定演。

李德伦被江青召去，于会泳也在。

江青问：“李德伦你觉得中国可不可以演交响乐？”

李德伦说：“可以。”

“演什么？”江青问。

“演贝多芬第五。”李德伦说。

于会泳说："不行，'贝五'是《命运交响乐》，是歌颂宿命论的。"

江青又问："还有别的吗？"

李德伦说："还可以演贝多芬第三交响乐，又称《英雄交响乐》。"

于会泳说："不行，'贝三'是歌颂拿破仑的，这个拿破仑搞封建复辟，很有些问题。"

李德伦不说话了，他只好沉默，在他对面都是领导，也都挺内行的，你还能多说什么。

于会泳看李德伦不吭气，就思考了一下说："我看可以演贝多芬第六交响乐，第六是《田园交响乐》，是写大自然的。"

江青表示同意。

人们大概都已知道了美国人基辛格的那次神秘的中国之行，但人们可能很难知道李德伦曾带着中央乐团为他在内部秘密地演奏过。

我们现在已经无法想象基辛格在听音乐时所露出的表情，也许他会被中国人对美国人的真诚而友好的态度感动。但是据李德伦说，那天演奏得一塌糊涂。

李德伦对江青说，外国作品一点儿都不练，业务都退光了，得练点儿吧！

在说这番话时，李德伦心情很复杂。他完全可以什么也不管，让美国人去嘲笑中国吧，这又不是他的事，他连人生都难以保障，丢脸又有什么？

但他是一个乐队指挥，是国家交响乐团的指挥，是一个一生都在追随着最高的音乐境界的人，所以他不愿沉默，他想再次为中国搞严肃音乐的人争取一次机会。尽管他很清楚他们所共同面临的社会环境、政治状况。

江青这次竟然点头同意李德伦的建议了，这使很多人都有些意外。是因为她也感到丢人了，还是因为早年的艺术生涯仍对她产生影响？

中央乐团又可以开始排练了，他们在李德伦的指挥下，一气练了十部交响乐。

仅仅是为了提高视奏能力，这似乎应该是音乐学院附小或者附中所解决的问题。有谁愿意相信曾有一段时间中国国家交响乐团的那批标志着炎黄子孙音乐最高水平的人，恰恰在小心翼翼地练习视奏能力呢？

那是一次重要的练习，尽管让现在音乐学院的学生感到幽默，尽管不少人早就淡忘了这件事，可十部交响乐——这无疑是天文数字。

但是，正当李德伦与他的伙伴们渐渐沉浸于某种虚幻的风景之中时，另外一件中国音乐史上的大事发生了。

1973年批判无标题音乐。

李德伦再次被闪了一下，他似乎有些不知所措，却又感到无比清醒。他已经是一个老“运动员”了，他总是在突变的政治风云中被迫保持着一种等待挨揍的架势。

无标题音乐。对于中国的广大读者来说，要一般地搞懂这个概念并不困难。而面对这类音乐作品发起一场运动，就不是一件简单的事，首先它有一个在当时来看是极为神秘的背景。

周恩来在离逝世前仅有几年的时间里，顶着巨大的压力，仍然主张与外国人进行文化交流，并明确表态说，外国的交响乐团可以到中国来。

1972年春天，周恩来总理在一个晚上特意把李德伦请到人民大会堂，谈到凌晨两三点，总理让他尽量搞一份情况说明，以便于发展交响乐事业。

1973年，从外国连续来了三个交响乐队，并且还来了一个土耳其的小提琴家。文艺界开始有新的松动，八个样板戏尽管不容怀疑，但更多的人已经开始把中国和外国加以比较了。

然而繁荣是表面的，周恩来本人开始受到攻击（尽管非常隐蔽），文化界的斗士们也勇敢地站出来无情抨击李德伦之流。

江青有一个批示："李德伦同志不要让我上当了。"

这"同志"二字也许多少会对李德伦有所安慰，然而《人民日报》连续几版的大块文章却来势凶猛，使愿意对外交流的人不堪一击。

李德伦被整得很厉害，有人说他搞"无标题音乐"是继"517工程"之后的，射向中央的一支毒箭。

一位作曲家在那时写出了《人民公社交响乐》，这样的标题可以保住他的性命或者饭碗。另一位作曲家想写一部钢琴协奏曲，怕无标题会遭到攻击，就起名为《红旗渠钢琴协奏曲》。上报文化部，得到的批示是：“同意写一部钢琴协奏曲《红旗渠》，但是要注意在这部协奏曲中一定要表现出跟走资派做斗争。”

李德伦在许多时候都无可奈何地被另外一位指挥“指挥”着。指挥指挥着指挥。在李德伦离世之前的一天，他突然对他的采访者说过这样的话：“普罗科菲耶夫是很有才的，但他写过语录歌。语录歌不是中国人发明的，是他发明的！殷承宗的演出不该禁，‘文革’结束他挨了批，1979年开始演出，是我指挥的。后来也准许浩亮演出了。于会泳自杀了，他很有才，绝对的中国民乐权威。他为京剧设计了好多新腔，和原来的任何京腔都不一样，但一听还是京腔，这就很了不起！‘十一大’给他作结论为‘坏人’，他吓得不得了就自杀了，要是活到现在，什么事都没有了。他是个艺人，不该拍马屁，参什么政！在希特勒当政的时候，作为德国人，富特文格勒、卡拉扬他们能不指挥吗？但富特文格勒同时也做了不少好事，保护了好多犹太音乐家。那时我不也得乖乖地演了样板戏吗？周作人怎么当的汉奸？有许多爱惜他的年轻人怕他当了汉奸，要成全他，想把他打死，结果这一枪把他打到汉奸那边去了！周作人的文章比好多人都有深度，这事难讲啊。”

1976年初，周恩来总理终于心情复杂地离开了这个世界。李德伦在深深的悲哀中以自己的心灵悼念这个人，他永远不会同意任何人从任何角度攻击周恩来，无论是当时的江青，还是今天的激进派。

12月，在中国沈阳出生的世界著名指挥家小泽征尔访问中国，他被郭淑珍演唱的《怀念周总理》而深深感动，这位女高音的表演毋宁说在唱歌，倒不如说是哭诉着表达了自己的丧父之情。

女歌唱家深深地触动了小泽，他对李德伦等人说：“像我这样的人，平时听的总是与此相反，即只重技术，其次才是表现力。这次令我很感动，连那位弹钢琴的女人都是一边弹一边哭泣。中国人是多么有激情。”

1976年阴郁的冬天让李德伦想起了1953年初次聆听肖斯塔科维奇《第十交响乐》的惶惑，这种惶惑又开始在心中弥漫。李德伦发现自己也与中国一起徘徊。

经过了人生最沉重、痛苦、沉闷的思索之后，他终于对肖氏的“第十”有了自己的结论，他仿佛突然明白了这位作曲大师的心境，以及从这部作品中所透出的无比丰富的、难以言说的东西。

在李德伦的记忆中，那是中国最黑暗的年代，没有真实的思想，没有真正的理论，没有情感和询问，没有语言，更没有音乐……中国完了。

而李德伦仍在看总谱，肖斯塔科维奇的、贝多芬的、柴可夫斯基的以及勃拉姆斯的、普罗科菲耶夫的，他认为仅仅是出于一种习惯了。

在当时的中国，不知有几个人在像他这样借着黑暗中的星光专心致志而又心情沉重地研读着总谱。他缓缓地翻动着发黄的纸页，在心里感受着由多重声部共同交织的音响。他懂得人就是为了痛苦和欢乐而生的，最优秀的人只有通过痛苦才能得到欢乐。尽管“命运”总是在扼住他的喉咙，尽管面对昨天他心情复杂，但是漫漫的长夜中他始终没有忘记：他是一个乐队指挥，而且也只能是乐队指挥。

第三遍铃声终于响了

1977年，中国政治生活发生了变化。

人们隐隐感到，这次似乎春天是真的来了，“解冻”这一特殊的社会现象仿佛也有可能在中国发生，被冷风包围的中国人尽管仍然穿着御寒的皮衣，但他们的肌肤正被某种与春天关联的气息滋润着，他们等了很久，他们渴望机会，那次与阳光相依的机会。

3月26日，是贝多芬这位被中国遗忘多年的作曲家逝世一百五十周年的日子。李德伦两个月前就在考虑着，计划一件事，他想抓住一次机会，为了自己，为了交响乐，也为了中国。

他对贺敬之说，我们应该纪念贝多芬，演奏他的交响乐。贺敬之说，是应该。要报文化部的临时领导小组。文化部讨论后，认为这是大事要通过中宣部，在李德伦、贺敬之、邓力群等人的积极促成下，中宣部通过，然后又报到了中央政治局，最后终于得到了批准。

中央政治局的批准。

中央乐团的人都记得演出前排练的那一个月，他们激动、亢奋，有时一天十五六个小时，但他们仍然苦练着，为了今天的辛苦他们已经等了多少日子？记不清了。

3月26日，在北京民族宫礼堂演奏贝多芬“第五”——《命运》，人们都是早早地来到了剧场，静静地等待着那一个光辉时刻的到来。

第三遍铃声终于响了。

李德伦在全场听众默默的注视下，身穿黑色的晚礼服走向中心，走向指挥台。明亮的灯光照着他满头的白发，那是时间无情的流逝，那是岁月煎熬人的蹉跎，那里有着中国交响乐的多少眼泪和悲伤……

李德伦面对观众深深地鞠了一躬，当抬起头时，他禁不住老泪纵横，场内安静极了，人们都看见了一位中国老指挥家的泪水。

李德伦缓缓地举起了指挥棒，在他坚定而把握性极强地向下一挥时……说句笑话吧：《命运》终于敲响了中国的大门。

由中国人演奏的“贝五”面向全国、面向全世界广播，3月27日，世界各大报纸都在显要的地位加以报道这一音乐界的大事件。专门研究中国政策的美国专家说：这一事件标志着中国的总体政策要发生一次大的变化。

这只手却疲倦了

《最后的春天》。

这首曲子是格里格所作的，它原取自于一幅画，那位姑娘要死了，她无可奈何地，却又是必然地要离开这个世界。窗外的春天是她在生命中所能看到的最后的风景了，无论天空、太阳、草丛……都不再属于她，尽管她还是春天的年龄，而她恰恰要在春天死去。

李德伦那时正站在北师大的礼堂舞台正中讲述着这首曲子，已经七十三岁的他把这个浪漫故事叙述得相当平静，他面对《最后的春天》描绘着中国交响乐未来的春天。

这儿是他的母校，李德伦曾在这个学校的历史系读过书，他人生的春天就是在这儿度过的。如今，对于一位七十三岁的老人来说，还有什么比讲述春天更遥远呢？

这些年他无数次地去过全国各地的大学，为他们这些今天的普通学生而明天有可能成为中国的统治者们讲述交响乐，讲述他所理解的柴可夫斯基的灵魂，讲普罗科菲耶夫和肖斯塔科维奇艰难而矛盾的生命。他像个单纯的少年那样，把希望寄托在这些人身上，因为他懂得，明天中国的任何事情都要由他们之中的人点头后才能去做。

拜托了，你们这些未来世界的主人，我把中国交响乐的历史命运托付给你们了。

尽管从李德伦的话语中我们找不见任何这样的句子，但他苍老的脸上深深的皱纹在隐隐呼唤着，那里有庄严，还有几分乞求……

一个老人的皱纹，一个老人的乞求。

台下的大学生们静静地听着他的讲述，他们热爱这个人，尽管对于他所讲述的一切都感到神秘，但是他们听得津津有味。他们在春天里想象着《最后的春天》，这其中巨大的差距叫他们激动不已。

只有老人面对春天才能如此宁静。

也只有老人面对《最后的春天》仍然能够平缓地讲述一个个浪漫的、充满着爱意与温情的故事。

就在那个阳光灿烂的下午，李德伦突然对我说：

我感到有些老了，我已经七十三了，身体也不太好，怕是指挥这碗饭吃不长了。

一缕阳光照在他的额头上，使他脸上的皱纹更加清晰，我注意地看了看他那只拿惯了指挥棒的手，此刻也正疲劳地搭在面前的写字台上。交响乐在中国总算有了一席之地，而这只手却疲倦了。

我说：“你还年轻。”

他摇头笑笑，面目慈祥。

沉默了一会儿，我们都没有说话。

我感到该告辞了，就对他说：“今晚我也想去航空学院听听你的演讲。”

他说："好。"

出门时，他送给我一张名片：那几乎是一张白色的卡片，除了家庭住址和电话号码外没有任何头衔，只有三个醒目的字：李德伦。

永恒的青春交响曲

然后，我在网上看到了李德伦的墓志铭，那是在我结束了那年采访的十六年之后——

"光阴如同音乐从指间淙淙流过。他把一生托付给了音乐，而音乐回报给他的，除了快乐和荣誉，还有痛苦和遗憾。他那双宽厚而有力的手是多么准确地把握着旋律，却常常无法掌握自己和音乐的命运。然而，只要举起那根纤细的指挥棒，音乐之外的一切喧嚣便归于寂静。"

于是透过墓碑的形象，我的眼前出现了当年由李德伦为我描述而出现的——1953年3月5日的画面：斯大林在那天死了，全世界的报纸铺天盖地："整个天空和大地都被哀悼斯大林的泪水浸泡透了。"但是，有一个叫李德伦的年轻人在报纸最不起眼的角落里，注意到了另一个人的死讯，这个人与斯大林是同年、同月、同日死——普罗科菲耶夫。花店里的鲜花全部献给了领袖斯大林的葬礼，作曲家的棺木上连一朵也没剩下；最后的告别仪式是在一个潮湿阴暗的地下室里。李德伦喜欢"普罗"并同情他的遭遇，更因为他在临死之前写了那部永恒的《青春交响曲》。

亚麻色头发的少女

儿子，你听过《亚麻色头发的少女》吗？肯定听过。为什么呢？因为，在你成长的过程中，爸爸曾经在家里用长笛吹过这首曲子，而且吹了无数次。还记得吗？2005年时，爸爸从美国买回了一支长笛，925银质的，那时爸爸甚至从鲍家街43号的书店买了伴奏带，让音响里庞大的乐队为自己伴奏，一遍遍地重复着《亚麻色头发的少女》。有个会用长笛吹奏《亚麻色头发少女》的父亲，有个特别喜欢《亚麻色头发少女》的父亲，是不是很好？是不是能让你越过爸爸那许多弱点、毛病，让你厌恶至极的地方，而有时能够感觉到幸运呢？是不是能让你意识到原来爸爸也跟你一样渴望柔情，而又多愁善感呢？儿子，两代人渐渐演化为天敌，但是，类似于《亚麻色头发的少女》这样富有情感的东西又往往会成为和平天使，让对立的双方领略另外一种景象，那里的色彩使人类的呼吸变得纯净。

德彪西写了这首作品，你可能没有太注意过他，爸爸还吹过他另外作品的一个开头——《牧神之午后》，因为那开头本身就是长笛演奏的。他的作品很多比如《大海》，人们说到他，就会又说起印象派，会想到塞尚那些人。你在音乐辞典上可以查到，在谷歌上随便一搜就会有一大堆，许多人都特别喜欢说这类“知识”。爸爸懒得对你说“知识”，多少年来都懒得对你说，因为过多扯这些，违反爸爸的天性，让爸爸这样的人感觉到痛苦。人们渴求知识，但是爸爸在相当多的时候讨厌知识，更讨厌那些仅仅拥有知识，并且还以此为荣的人。但是，知识与情感究竟是什么关系呢？你一定会这样问，你从小就这样问。爸爸投降了，好吧，必要的知识还是需要的，没有知识，情感也往往不那么高级、优雅。爸爸只是讨厌那些把知识作为概念，而根本没有用情感去怀抱它的人。总算说清楚了，可是，已经没有意思了，因为更加的不清楚了。

儿子，爸爸其实是有感而发，是情绪化了，2013年4月24号，对爸爸来说，是个特别重要的日子。因为我在那天晚上听了马泽尔指挥慕尼黑交响乐团的音乐会。从十八九岁开始，就在北京听音乐会了。那是上个世纪80年代初，北京下着雪，爸爸刚从遥远的新疆喀什噶尔来到北京，就踩着雪，朝红塔礼堂匆匆走去，因为那里有音乐会。从那个时候起，不知道听了多少音乐会，从红塔礼堂，到广播剧场、海淀剧院，到北京音乐厅中山音乐堂，到今天的国家大剧院。听音乐会是爸爸生活的一个部分，为什么要流浪在北京，为什么当时在寒风中挣扎也要留在北京，就是因为北京有音乐会。可是，那天的音乐会是二十多年来最好的，上个世纪80年代末听过马泽尔指挥，记忆中他没有那么出色呀，为什么这次那么好。曾经去过慕尼黑，喝过啤酒，却没有听过音乐会，不知道那里的交响乐团能好到这种程度。爸爸曾经说过，看一个乐队好坏，要看他们圆号吹的音头，木管一般都过得去。可是，慕尼黑交响乐团的木管却是那么璀璨，《罗密欧与朱丽叶》木管一出来，就像落日那样把国家大剧院音乐厅照亮了。

儿子，我们为什么感伤，为什么对于这个世界有时会非常留恋？很可能是因为有音乐、文学，否则，我们的内心不会那么冲动而复杂。那天的音乐会上还有一个中国人，跟你年龄差不多，他先是弹了贝多芬第四钢琴协奏曲，在返场时，就弹了这首让爸爸无比怀旧的《亚麻色头发的少女》，全场都惊呆了，他如此敏感、细腻，让钢琴成了有气息、有揉弦的乐器。他的演奏，让爸爸想起了所有这些年的感动和委屈。《亚麻色头发的少女》是一首如果你反复听，就会反复流泪，如果你经常听，就会经常流泪的作品。你可以在音乐网站上去搜，许多乐器都在演奏，长笛、小提琴、小号、吉他、钢琴、人声、大乐队都在演奏，难道听音乐就是为了哭吗？爸爸说了那么多眼泪。对了，爸爸现在对你说起这首《亚麻色头发的少女》就是想让你在读着那些美国的法律条文，反复思考着那些外国人的案例时，在音乐中去哭哭的，在音乐中哭泣对于一个法律人有好处。

还是不要用语言去形容音乐了，那很愚蠢。你还是去听听《亚麻色头发的少女》吧，今晚就听。如果可能，还应该记住一个中国钢琴家的名字：张昊辰。不是因为知识，而是他用《亚麻色头发的少女》给世界带来的感动。

抽烟斗的王刚

烟斗刚在我嘴上撅起来时，还有些不好意思。想起了丘吉尔，他抽烟斗，他年轻时说过一句话：如果人人都是小虫子的话，我希望自己是一个萤火虫。我小的时候也是这么自命不凡，觉得别人都会老，会死，而我不会。丘吉尔抽烟斗，成了他的公众形象。看见了烟斗就想起这些个伟大的人物——麦克阿瑟、福尔摩斯等等，更何况PIPE（烟斗）这个东西来自于西方。即使是美国的农民，据说他们也就认识八百个英语单词，可是，他们用玉米里边的核，稍做整修，再加上个通气的杆，就能做成一个烟斗。

我抽烟斗多一半是对于西方名人的崇拜，那些过于强大的东西总是给我们以暗示。比如，西方的政治民主，西方的文化优雅，西方的科技发达，西方女人的鼻子和屁股都特别美丽。这种事情究竟是如何进入我内心世界的？不光是我，还有我们。

买第一个烟斗是在云南昆明，刚从丽江出来，觉得失望而落寞，原本我是抽过烟的，强行不抽之后，开始发胖，血压也高起来，想不通里边的科学，就更相信是不抽烟让我得了病。这个烟斗是意大利人去美国生产的，造型充满了复古的意味。烟斗很大，我拿在手里像是一个爬山时的手杖，感觉倒有了依靠。抽第一口时没有感觉，第二口仍然没有感觉，可是，第三口一抽，就看见了天上的彩虹。

抽烟斗不往肺里吸，只是在嘴里打转，这让很多人心安理得，我也是一样，很快就感觉到了最好的方法。很多东西都需要悟性，拉小提琴，设计IT软件，指挥一场让人流血的战争，制造了一种美丽……无不如此，烟斗也是一样，你如果缺少聪明或者小聪明，那你也抽不好烟斗。

总之，烟斗是抽上了，照照镜子，觉得不难看。可是，难看与不难看究竟是什么说了算？还是西方说了算，现在任何东西都会有人说那是一种文化，烟斗也不例外，它也是一种文化。于是找来书看看，说来说去还是在说一些大人物们在抽烟斗。内心就更加不安起来。现在智慧的人们都开始表现出他们天生对于东方的感悟，而你现在却跟着那些个人去抽烟斗？

东方人究竟长得怎么样？他们扁平，他们的脸在现代的灯光下，从屏幕上看着就像是面团，而且是发面团。西方人呢？他们有轮廓，他们很立体，他们是美丽的。我们能摆脱这种看法吗？我们抽抽筋骨，焕发精神，打打太极拳，读读孔子，就真的能从内心自信，而且可以对全世界说：发面团也是美丽的，而且是最美丽的？

烟雾缭绕时，喜欢遐想。美丽来自于强大，强大的力量才有可能暗示。可是，丘吉尔暗示我了吗？今天我果真成了一个萤火虫？于是又回忆起让人感动的80年代，那时每个人面前都有抽烟斗的人：索尔·贝娄、福克纳、卡夫卡、马尔克斯、博尔赫斯。他们对我们没有动炮，也没有动枪，他们甚至于都没有跟我们直接说过话，可是，受到了强大暗示的我们完全被他们裹挟，于是，发出了跟他们一样的声音：信仰、民主、自由、宗教、政治、文化、赋格、语言实验，它们跟烟斗的烟雾一起缭绕。

这些年买了几支烟斗，有法国的、英国的，也有意大利的。今年9月在意大利罗马，几天时间进了好几个烟斗店，又买了几个。据店主告诉我说其中之一是一个死了二十五年的老人制作的，我仔细看了看，火焰纹冲天，深褐色的石楠根木质极佳，上边刻着老人的名字，岁月让它充满缠绵。我把烟斗装进了自己的口袋，内心感动，可是刚一出门，就开始怀疑讲故事的店主。我们听着故事长大，知道了丘吉尔和托尔斯泰，今天又听了一个新的故事，是真是假？更何况还有东西之争，土洋之争。

那些烟斗眼下就摆在我的茶几上，抽着抽着又会忘了那些喧嚣和相互争斗的言语。可是，突然又看见了挂在衣柜里的西装。“西装是中国男人的大忌”——这话是我的朋友少忠说的。他这一生吃喝玩乐，走南闯北，饱读杂书，不服不行。于是，对于烟斗再次质疑起来，眼前又出现了东方女人和西方女人的两种鼻子。

抽烟斗没有出路，不抽烟斗也没有出路。

最后四首歌

最后四首歌

最后四首歌

最后四首歌

从《英格力士》《福布斯咒语》到《月亮背面》

看了《英格力士》和《福布斯咒语》的人，最好能看看《月亮背面》。《英格力士》把一个孩子和大人的对话放在了“文革”这样的大背景下，《福布斯咒语》用七十万字塑造了冯石这样一个杰出人物的形象，而《月亮背面》把一对男女的关系放在了曾经震荡改变中国人内心的“圈地运动”之中。“文革”和“圈地运动”以及当今矛盾重重的社会现实哪个对中国未来产生的影响更大？我说不清。

春节前，我的好心情被破坏了。我看到了一个人提出了“北京准入制度”。就是说当这个制度真的执行了，那些卑微的人从此就没有权利进北京或者说他的权利要受到极大的限制。我当时本能地被气得浑身发抖。心里涌出的都是最极端的骂人的话。想起了自己当年在北京流浪的日子，想起了死尸一样的户口制度，突然又变得愤怒而好斗。北京的资源有限，据说现在已经有两千万人在这儿生活，据说，如果再来两千万人，那北京就会跟中国许多地方一样，也成为垃圾堆。这些道理我都知道，但我更知道它不该是保留万恶的户口制度的理由。我虽然有了北京户口，已经不能再说自己是一个老北漂了，但是，我等待着那一天，在户口制度被取消时，跟许多被解放的奴隶一起，找一个宽广的场合，去烧掉自己的北京户口本。

眼前出现了一双鞋。是意大利皮鞋。那年我终于有幸搬进了老板住过的房间。在他的床下有一双他没有带走的皮鞋，是很好的牌子，我很高兴地就穿上了，而且，还以此跟一些同龄人去吹牛。结果是因为老板有很严重的脚气，每天晚上老板要一边跟别人谈话，一边要不停地挠他奇痒无比的脚。结果是占了小便宜而窃喜的我也得了他的脚气。小说《月亮背面》里有类似的细节。电视剧《月亮背面》里却被改成了当老板把自己那双皮鞋给牟尼时，他却充满屈辱感，并对老板没好脸。我写影视剧本时是出了奇的好脾气。因为我非常能体会制片人和导演们的压力和紧张。所以，我总是按着他们的意思来，而几乎从不跟他们争论。可是当今天重新看这个改动的细节时，我的心却开始疼了。后悔自己当时没有跟导演争论，同意他把这个人在皮鞋面前处理得有些骨气和脾气。一个像我和牟尼那样的穷人还会有个性？人穷志不穷。其实，人穷怎么可能志不穷呢？说这话的人不是智力有毛病，就是品德有毛病。不是大脑进水了，就是灵魂进水了。

2004年的10月1日，我做了个梦，梦见了我的老板。他这个人手十分软，却十分温暖。在北京啼饥号寒的日子里，就是这双手为我打开了一扇门，让我这个穷读书人，这个来自外省的野心家看到了另一个丰富无比的世界。那个晚上我特别渴望他的那双柔软的手。第二天我开着车找遍了北京的监狱，最后终于找着了他被关的地方。他已经被判了无期徒刑，我却无法进去看他。只有三种人才被允许进去：他妻子、儿子和父母。两个月后，通过关系我终于见到了他。我们隔着玻璃，手拿电话，泪流满面。我只能反复说一句话：你怎么成了现在这个样子？当在监狱的操场上，我最后回头看着他时，发现他走路的姿势竟像个孩子那样，是跳着的。前些天有老朋友打电话告诉我说老板快出来了，我当时内心温柔，眼睛因感动而再次湿润。有人批评说我对《月亮背面》里的那群人批评不够，你只要看到我与老板见面时的面目就知道我为什么不能跟你一样批评。

我现在喜欢对别人说上个世纪90年代，是有梦的年代。那些渴望一夜暴富的青年男女小资产阶级知识分子们背着最简单的行囊就上了路。我就是他们中的一员，《月亮背面》就是类似于我跟老板这一类人的“在路上”。临近2011年元旦时，我隐约地又听见了从民营的大中小企业的喉咙中发出了鬼哭狼嚎。于是就想起了1993年那次从我和当时一些朋友身体里发出的鬼哭狼嚎。我们这样的可怜虫总是一代代地被繁殖。我想，《月亮背面》的意义还没有过去，只要不安分的人还做梦。不管是春梦，还是噩梦。

冯石先生

爸爸总是在清晨看着大海上的红太阳，又是5月，又是北戴河黄金海岸的沙滩上，这是一种重复的生活，人们重复自己，实在无奈。其实，沙滩也在重复自己，那个叫作王刚的作家他又在海边了。他在想象中看到了2008年5月的沙滩上，天天有一个男人在跑步，他每天早上写了一千字之后，就开始与他作品中的主人公冯石一起跑步。那时沙滩上几乎没有人，现在沙滩上也没有什么人。那时人们对博客充满激情，现在人们甚至连微博也快忘记了。儿子，我相信连你现在都很难想起长篇小说《福布斯咒语》，在这个世界上只有爸爸一个人还想念着它。现在想对你说：那是我人生中最重要的小说，它就是在这儿的海边写的。在这部小说里，有一个叫作冯石的商人，他是爸爸认真塑造的文学形象。中国人被金钱牵着走，走向富足，走向雾霾，一晃就过了三十年，文学上需要一个商人形象。爸爸那时还有文学野心，于是就写了《福布斯咒语》。儿子，海水无法映出我的倒影，只是沙滩上仍然留着爸爸的脚印，这些脚印像博客和微博一样，很快就被潮水带走。那时，沙滩上什么也不会留下。

不知道还有多少人记得冯石这个人，当时他刚出来的时候，有些国内的商人很怕他，讨厌他。他们生怕与他沾边，仿佛他是一个极其肮脏的角色。其实，我开始以为自己写了一个壮士，他的名字叫冯石。只是他的腕断了以后，腿又让人打断了，他的心还在挣扎时，生殖器又让人割了。他跟爸爸这样的人一样，从小就营养不良，骨头里边缺钙，在猪圈里生活太久，心灵还有些脏。他以为自己是英雄：从不惹事，绝不怕事。其实，他总是害怕，又惹事，又怕事。但是，他们像狗一样地在黑暗里叫唤着，朝前走着，金钱的味道总是被他们最早发现，于是他们有时会忘了恐惧，猖狂地冲向金钱，当他们与金钱站在一起时，眼前的很多地方被改变了。儿子，其实爸爸很感激冯石这样的人，没有他们，我怎么可能会在北戴河的海边唉声叹气呢？是他们在海边盖了房子，我在海边买了房子，我才能站在自己家的阳台上与毛泽东他们面对共同的大海，看见了“秦皇岛外打渔船”，还有海上的春暖花开。我们家从窗外能看到好的景色，全是因为冯石他们对于金钱的追逐。

《福布斯咒语》给冯石下了咒语，政治家不喜欢冯石，现实中的冯石也不喜欢文学中的冯石。因为冯石行贿，现实中的冯石就从不行贿。因为冯石恐惧，现实中的冯石就说他们内心非常安宁，绝不恐惧。因为冯石贪婪，现实中的冯石就说从不贪婪。因为冯石面对权力跪下了，现实中的冯石就说自己远离权力而且骨头很硬。因为冯石承认中国现实中那些让人伤心的地方有自己的罪恶，现实中的冯石们就永远正确。

儿子，其实爸爸特别渴望自己能成为与冯石一样的人，每当小说中冯石光鲜亮丽的时候，都是我最幸福的时候。无论他与政治结婚，与金钱结婚，还是与女人结婚，我都恍惚先上了一张大床，让自己的灵魂肉体与政治金钱女人相交融，达到高潮。边缘化的爸爸在北戴河海边创造冯石的生命时，曾经有过幸福的时光，因为没有想象力的爸爸在想象冯石时，曾经有过思想上狂欢的举动。海啊，在阳光下闪亮，兄弟们，当我死了，请把我沉入海心……海波静静地安歇了，云彩都各自去游荡……这是海涅的，还是歌德的诗？十七岁背诵下来，就是为了现在面对大海时内心涌动吗？2014年5月的某一天，有人在海边背诵海涅或者歌德的诗歌，这样的人现在已经不多了，如果没有被彻底边缘化，谁愿意在这样躁动的春天里背诵诗歌呢？儿子，爸爸是软弱且自私的人，又缺钙又缺少心灵鸡汤。如果没有被彻底边缘化，可能会非常愚蠢，之所以能在海岸的风中背诵诗歌，并且怀念冯石，那是因为他真正远离了权力、金钱和人群。

2014年5月，北戴河黄金海岸的沙滩上，有一个人在怀念冯石，是他生养了冯石，当他欣喜地发现微博已经快要丧失生命的时候，他开始考虑应该把长篇小说《福布斯咒语》改名为《冯石先生》。

朋友

什么是朋友？儿子，你问我，什么是朋友？那个总是希望你去死，却又在你的葬礼上哭的人，那就是朋友。已经忘了莎士比亚怎么说，也忘了托尔斯泰怎么说，反正，爸爸就这么说。

你说过你跟朋友的事情。还记得你在中学的时候，有一个孩子在打篮球的时候死了，你们以后好几年每到春天，在他死去的那个春光明媚的时节都去北京郊区他的墓上看看。也记得你的朋友，他考上了外地的大学，你在他离开北京时，专门到火车站送他。那时，火车要开了，你终于赶到了，就如同电影里演的，你看到了眼睛很亮，却有几分忧愁，还有几分激情的朋友。你说，你与朋友穿上了崔健式的黄色老军装，戴上那种有五角星的黄军帽，背着黄挎包，在工体外边卖荧光棒，崔健的演唱会要开始了，你们的钱还没有挣回来，那时你是高一吗？朋友在回忆中，有些类似于旧照片，色彩变异，光亮失去，却有形，甚至于有味道。朋友有些像是记忆中的饺子汤，有些烫，却仍然很快地喝完了，里边有醋，有油花，还有很多的水。

你在美国的朋友不少，也似乎不断地告诉我，我却记不住一个，你们在FACEBOOK上相识，也很快会在那东西上相忘。以后，回到中国了，没有了FACEBOOK，也许就懒得联系？

爸爸有朋友吗？怎么会没有？爸爸真有朋友吗？真不好说。有的人，心地善良，说话没有味道，彼此话越来越少，不知道算不算朋友。有的人，相谈甚欢，却总是在背后说你的坏话，能说他是朋友吗？从小到大的朋友，几乎没有了。这次回到乌鲁木齐，想起了不少童年时的朋友，那天开车出去，竟被一辆迎面的车挡着，彼此都要发怒时，才认出那是童年时最好的朋友。只记得在幼儿园时，两人最恨的是同一个女孩儿，还记得他父亲从越南捎回来的一顶白色的帽子天天戴着。那天下车，握着手，看着对方的眼睛，然后分开，到今天没有再见面，甚至没有一个电话。从年轻到今天的朋友，多聊天几次，竟也累得要命，当年从火车上下来，内心充满激动，恨不得马上见面的青春呢？那些总是渴望面对的倾诉呢？这次在乌鲁木齐见朋友，那可是无话不谈的人，是醉酒后一起哭泣的人，是一起在雪地里寻找约翰·列侬的人，他让我跟他一起滑冰，天空很蓝，我们能看见天山。我却看着他的眼睛，内心盘算他让我滑冰，是不是为了害我。因为，我有高血压了。聊天中，我才想起来，爸爸与妈妈结婚时，是他陪着爸爸把妈妈接回来了。我们在这个春节前，陪着对方，去墓园看望彼此死去老人的亡灵。那时走在乌鲁木齐的雪地上，看着灰色的远方，互相很是依靠。但转过脸来，爸爸仍然开始回忆他在许多重要时刻的游移并怀疑他的人品。许多时候，爸爸孤独时，想起的朋友不多，希望能在一起的朋友更少，但即使是这样的人，也彼此认为对方的人品有问题。也许我们的人品真有问题。这次去美国，当然也去了朋友家。本来没有特别美好的想象，却想不到会那么糟糕。一件件不愉快的事情累积起来，让我对美国的观点彻底发生改变。所以，当你到了他们居住的那个小城时，爸爸都不希望你去找他。儿子，你看你看，像爸爸这类人面对朋友的脸。我出了新书，送给谁呢？本该给朋友，却不敢。不是怕惹了别人生气，就是怕别人让自己生气。时间真是让我们越发胆小，胸襟狭小。爸爸曾经真的有过心胸宽敞的时候吗？不好说。反正，这些年真正生气的事情，全是在朋友之间发生的，即使不是朋友，那也是亲人。此时此刻，我似乎都能听到朋友们在背后又开始说我的坏话了。其实，不仅仅是好话坏话，也许最重要的还是钱。你多少，我多少，永远算不清，却又天天算。亲兄弟，明算账，以为算清了，就能成为亲兄弟，其实不然，算清了，也不会成为亲兄弟，不光爸爸如此，国家也是一样，因为利益永远算不清。

对了，那个在春天打篮球死去的孩子，有多少年你没有去看了？3月了，北京郊外，已有春意。你在美国，还会想起他吗？很久了，不再听你说起。

我和曹永正的文学青年形象

当你又一次
称他同志时
我流泪了
不
我不责怪你
你没有头脑
也没有眼睛……

——曹永正《致喇叭》

1

回忆是每天都要发生的事情，到了我这样的年龄，回忆曹永正却有些复杂有些忧愁。

曹永正，此时此刻我写出这三个字时，感觉到特别陌生，因为有许多年，我不再用笔写出这三个字了。已经深夜了，这个名字在我眼前、在稿纸上，它有几分亲切，却被恍惚的眼神慢慢淡化，再淡化，直到它像我的烟斗冒出的充满异味的烟那样朝着室内的天花板升腾，渐渐地它消失了。

眼前出现了那张脸，当年非常熟悉的脸，青春、自信，洋溢着激情，善良、聪明，又有几分狡猾，从他嘴里涌出的各种方言，甘肃话、河南话、山东话、陕西话、北京话、新疆话、普通话。“MA——PIA——”如果你像我一样，现在用拼音或者国际音标念出这两个音节，那曹永正当年的形象就一定会活起来。

1982年春天，当然，也许是1983年春天，我对于文学彻底失望了。那时，我在工厂当工人，写了长篇小说、短篇小说、诗歌、散文，全部被人否定。我对自己丧失信心，尽管内心激情涌动，可那总是哭泣的激情，尽管我感觉到天山脚下的乌鲁木齐正在充满悸动，我却在绝望与希望中挣扎。乌鲁木齐总是阳光灿烂，那时没有雾霾，只是我内心被委屈和柔情包围。意外地收到一封来自《新疆文学》的信，当时我的心绪像天空里的云彩被春风抽离成一丝丝的飘带，像乌鲁木齐街道边的白蜡树枝被春风扫荡那样地忽悠着，在鸿雁池工厂车间外的广场上，在乌鲁木齐微微有些温暖的风中，我读了这封信。是胡尔朴编辑写的，今天你们可能很理解编辑这个词的意义，以为不过是一个普通知识分子、读书人、边缘人、穷人，不是的，那时不是的，那时编辑这个词是明星、成功者、闪亮的人、显赫者的代名词。特别是《新疆文学》的编辑。编辑这个职业在那时有些像是今天极其成功的导演。胡尔朴信中说：王刚小友，为什么一直没有再收到你的小说？你不会灰心吧？告诉你，下个月5号我刊会召开一个培养年轻作者的学习班。你来吧，有不少较成功的年轻作者都会来。曹永正、汪文勤、董立勃……

我的心脏再次狂跳着，听见吗？曹永正、汪文勤、董立勃……

这些在文学上那么成功的人，都将会在这个春天里出现，我将会认识他们，说不定还会成为他们的朋友。曹永正和汪文勤他们让我周围的工厂变得可爱了，高高的烟囱在雪山的映照下让我卑下的地位不那么可怕了，乌鲁木齐的春天不那么绝望，而是被蓝天、白云、阳光照耀，《新疆文学》给我来信了，曹永正他们有可能成为我的朋友，也许夸大自己的绝望，我不需要去死、去埋葬自己，我可以活下去，而且，说不定我会有未来，人生说不定真的很美好。

时光久远，已经忘了具体的日期，只是眼前出现了一个灰暗招待所的过道，我去报到，我要跟编辑胡尔朴、都幸福、陈柏中见面，然后，我将认识那些青春明星，他们像今天的韩寒一样，只是他们身上的光环更加耀眼、明亮。

曹永正没有在，汪文勤（以后她成为曹永正的妻子）也没有在。我是多么渴望见到他们，当时关于曹永正的传说已经很多了。他的诗歌在新疆大学被传抄，他的小说很有才华，极其深刻、智慧、有价值。只有他敢在诗人周涛面前说：周涛，有一天，我会把你的诗歌彻底放翻。有个与我一样热爱文学的青年对我说，他一直追随着曹永正，并帮着他打架，自己伤得很惨。没有人怀疑曹永正的文学天赋，人们只是无条件地赞颂着他，青春年少，才华横溢，前途无限。

可是，他没有来。他没有时间，他有更加吸引他的地方。我走在那个黑暗的过道里，与编辑见面，虔诚地听着文学课。不见曹永正、汪文勤的文学课还有意义吗？

曹永正为什么没有来？汪文勤为什么没有来？已经记不清了，即使你当时关注他们，希望见到他们，并且想与他们成为热爱文学的真正朋友，也记不清了。似乎，好像曹永正新疆大学毕业后，没有留在乌鲁木齐，而是去了乌苏，一个乌鲁木齐和石河子北边的小城，“曹永正在乌苏党校”，这是乌鲁木齐文学界里人人都能说的句子。汪文勤呢？这个当时年龄很小的女诗人，以后是曹永正的妻子，当时在哪儿？我的回忆很可能出错，我不肯定，她当时应该是在乌鲁木齐政法学校，一所中专学校读书，与她同一所学校的同学以后曾告诉我，汪文勤看上去很文弱，很沉默，却想不到她写了那么好的诗，而且还发表了，在《新疆文学》上，我们虽然不与她说话，却总是远远地看着她。

曹永正为什么那么有名气？他究竟写过什么了？为什么人人都在谈论他，为什么都是年轻人，《新疆文学》的编辑对他就那么尊重、强调、赞扬，对我就那么漠视？想不起来了，作为一个当时那么有影响力的青春作家，曹永正究竟是靠他的什么作品深深地打动了我们，从而形成了如此巨大、如此之优秀的口碑呢？不知道，真的不知道。岁月有时如此残忍，当年轻和激情都像北戴河的潮水一样散落之后，我竟然想不起曹永正作为一个耀眼的青年作家的任何一部作品，无论是小说、诗歌、散文。

“MA——PIA——”，哪怕有一句曹永正的诗句也好。

2

曹永正就坐在另一个招待所的屋子里，那是1985年，那时我还没有看见他，只是知道他来了，已经报过到了，就住在另一个灰暗过道里的房间里。那是另一次《新疆文学》为青年写作者举办的文学笔会。

我沿着黑暗的过道走向曹永正的房间，心情有些激动，也有些紧张，但是我自信了，我刚刚发表了两个中篇小说，他们都看过了，因为，我知道他们已经在议论，《河，总是这样流着》，河就是这样流着，那个叫作王刚的已经学着内地艺术院校的人那样留着长发的年轻人，他为什么内心充满激情，因为他已经是《绿洲》杂志社的编辑，他有职业，有作品，他可以与曹永正见面了。

那门开着，从门缝中透出的阳光已经把过道照亮了。我站在敞开的门前，看着第一次见到的曹永正。

他坐在床上，面前摆着桌子，他身体的左侧是窗户，耀眼的阳光就是从那儿照耀进来的。他身体的右侧是屋内空旷地带，我就站在那儿。他正专心地看着桌子上摆的东西，没有抬头看我。

我认识他，这张脸在照片上早已熟悉，我走到他的面前，说：曹永正，我是王刚。

他没有抬头，说：我知道你是王刚。我听他们说了，你也要来。

他眼前的桌面上铺着莫合烟，他把莫合烟用手指画成了四方的图形，记不清了，似乎还有扑克牌和一本中医书。他仍然低着头，看着眼前布好的阵势，说：你稍等等，就要结束了。

我就那样站着，看着这个正在布阵的、脑袋竟然比我还大的、皮肤黝黑的、神秘的年轻人，他的手指不断地画着图形。他与我的想象完全不一样。

我内心的自信荡然无存。

你的中篇小说我看了，怎么说呢，我觉得你不该写维吾尔族人。

曹永正低着头，看着莫合烟说。

我一时不知道该说什么好，我是来收获尊重的，人们都在议论我的中篇小说，他却说我不该写维吾尔族人。那我该写哪个民族的人呢？敏感而软弱的我内心开始产生义愤了。我没有说话，也没有看他，而是把脸朝东边的窗户看过去，那儿有冰凉的阳光。

我听说你去了《绿洲》了，曹永正突然又说，唉，你为什么要去《绿洲》呢？那个杂志确实不好。

《绿洲》杂志是新疆兵团办的，兵团比自治区低下，比新疆军区低下，兵团因为穷，所以人们总是有些瞧不起。兵团的刊物《绿洲》也穷，也低下，但是，我作为一个工人，通过各种关系能进入这个能在全国发行的省级杂志是多么幸运呀，我等待着别人来祝贺、尊重、羡慕。要知道，我也是编辑了，要知道我能获得这份荣耀是多么不容易。

我开始压抑着自己反击曹永正了，我说：我们刚发了刁铁英的中篇，他写的是……

可惜了，曹永正打断我的话，他又说：他把那个中篇给你们，太可惜了。

人们在今天当然不会知道这个刁铁英是谁，曹永正还记得他吗？刁铁英是《新疆文学》的编辑，如果没有记错的话，应该是小说组组长，那可是权力无边。人们常说，中国最小的官是组长，最大的官也是组长。显然，在当时的王刚和曹永正的眼睛里，这个刁铁英是中国最大的官之一。

我再次反击他，我说：我那天晚上跟东虹去了刁铁英家，他很高兴呀，他说他下一部中篇小说是写哈萨克族铁畜制的……

曹永正再次打断我：他肯定不会给你们了，他已经后悔了。

那时，已经有其他人来到了曹永正的房间，他是中心人物，这些热爱文学的青年人们坐在招待所的床上和椅子上，他们抽着曹永正的莫合烟，那时，曹永正也抬起头来，与大家一起抽烟。他的那本中医书被推到了桌子的角落。他的威信很高，他笑得很博大，因为那些人们真的能被他的任何举动感染。

那天说了些什么，记不得了。能记住的就是曹永正与他们对我的盘问、质问，还有批评、文学批评。当然，是关于那部《河，总是这样流着》，在新疆喀什噶尔发生的故事。一个维吾尔族少年爱着一个维吾尔族女孩儿。洋葱洋葱皮子多呀，哎里亚，巴哈尔古丽朋友多，哎里亚。那条河叫土曼河，那条街叫吾斯唐博依街，那个女孩子叫帕里姐吗？

你的小说是怎么写出来的？

所有的人都问这同一个问题，眼睛里透出了怀疑、质疑、否定和批判。

才开始有些自信的我有些绝望了，就坚决而固执地回答他们说：是我在喀什噶尔四年里，睡出来的。

大家显然都失望了，这种回答多么不文学，我那时开始有些挑衅地看着曹永正，可是，他显然已经对这个话题完全没有兴趣了，他当时转移了话题。大家都跟着他转移了话题。

然后，真正的会议开始了。王玉胡和刘肖无来了，他们都是老人，也许是从延安走进新疆的文化老人，我记不清了。所有那些《新疆文学》的编辑们，当然也包括刁铁英，他们都谦恭地望着这两位老人，听着他们说着那些关于50年代的新疆故事，里边有荒漠、草原、雪山、乌斯满、开荒的男人、女人们……

曹永正开始发言了，他说：听到了王老和胡老的话，受到启发震动，对于他这样的新疆的青年文学爱好者来说，最大的问题，就是写新疆却不了解新疆。需要补课，需要领导组织我们下去体验生活。

原来曹永正是这样的人呀，他乖巧、伶俐，面带微笑，两位老人和编辑们都在点头，他的发言成功了。

我也发了言，已经完全忘记了自己说什么，反正效果很差，让许多人不舒服。

俄罗斯作曲家，不，应该说是苏联作曲家肖斯塔科维奇说过，不要轻信别人的回忆，特别是一个老人的回忆。此时我突然有些心虚，自己正在回忆，而且真的像是一个老人在回忆，回忆另一个老人曹永正。说老人有些过分，怎么会那么快呢？我们这些在那时还那么年轻的人，跟天山脚下荡起的风一样温暖，因为我们内心充满春风一样的温暖，跟天空一样蔚蓝，因为我们这些在耀眼阳光照耀下的乌鲁木齐青年人内心充满蔚蓝，跟乌拉泊、燕儿窝山脚下、老榆树丛中的溪流一样清澈，因为我们的内心就是那么清澈，跟乌鲁木齐光明路、青年路、黄河路在清晨时的空气一样新鲜而有希望，因为我们那时的内心充满希望。中国已经离开了“文化革命”，那些悲剧结束了，只要你努力，我们会成长变化，中国也要成长变化，我们和中国都年轻，都会朝着美好发展，再过二十年大家来相会，伟大的祖国会有多么美。我们是新新人类，我们蔑视已经衰老的人，他们真的太可惜了，最年轻的时候没有赶上好时代。而且，他们是大人，在“文革”中做过坏事还不承认，我们年轻，一张白纸没有负担，上边完全没有罪恶两个字，如果我们说自己罪恶，那也一定是忏悔，是某种高尚的境界。我们这张白纸上边可以增添许多词汇：理想、野心、奋斗、成功，而且，他们会老，我们这代人怎么会老呢？

3

曹永正发表的任何作品我都想不起来，却永远记住了《隙》，那是一部短篇小说，是曹永正的妻子汪文勤写的。一个女孩子在很挤的公共汽车上，有一个男人拼命朝她挤，另一个男人却把他挤开，并努力在拥挤中与她保持距离，留下了那么美好的《隙》。胡尔朴编辑约我去编辑部，他兴奋地专门拿出了这篇小说，让我好好向她学习。我当时已经写了《冰凉的阳光》，价值观与他们完全不同。我甚至对《隙》有些害怕，我怀疑自己的害怕，由于大家喜欢《隙》，我也怀疑《冰凉的阳光》。听说她与曹永正是恋人，听说他们要结婚了，听说他们已经结婚了。

应该是1986年夏天，我专门去找了曹永正，因为我的亲戚离婚，争夺孩子，他们想让那孩子判给自己。我知道曹永正朋友多，想让他找人帮忙。他说好，我帮你算算。当时，我非常疑惑，为什么他说让我帮你“算算”呢？我需要的是关系，不是什么算算。

几天后，曹永正对我说，没有问题了，你任何人都不用找，这个孩子肯定归你们了。

我心里有些厌烦他，可是，没过多久，法院判下来了，孩子真的归我们。

我陷入迷茫，是我们另外找的关系，还是曹永正的神力？

那年对于曹永正的神开始有人不断地说起，新疆作协有一位大姐，她说她丈夫也是《新疆文学》的一位编辑，他得了病，发烧很厉害，许多天不退。他们告诉了曹永正，然后，奇迹出现了。第二天，那烧就退了。当编辑老师清晨起来时，他清醒地看到了博格达峰的雪山，那山上还有太阳，是红彤彤的太阳。

曹永正以后说，许多人说，大姐说，老师说，总之所有人都在说着曹永正的神奇。他在他们家不远处，找了一块地方，他可能是撕了张报纸，点燃了，那天刮风……

现在全都忘记了，我永远记不住这类事情的细节，因为我深深地厌恶这种超人故事。因为这些事情，因为曹永正总是写不出让我触动的作品，我开始在内心深处蔑视他了。

我在《绿洲》当编辑时，看到曹永正拿来的一篇小说，写一个生活在下野地，还是莫索湾，或者乌尔禾的人，在春节除夕时，被贫困压抑得绝望了，他买了些肉，喝了点酒，然后，他在肉上挖了一个如同女人阴道般的洞，开始与猪肉做爱。最后，他又用肉包了饺子，最后，他吃完了那些饺子。

我看后，更加不相信曹永正的文学才能，说服其他编辑不要在《绿洲》上发表这篇作品。尽管他是曹永正。我觉得他们所有的热爱曹永正的人都错了，我是对的。曹永正生活在社会底层，他恨那些社会力量，他乖巧、卑微、可怜，内心有仇恨，这我都知道，只是我彻底怀疑他的文学能力。我怀疑他永远不可能放翻诗人周涛了。

4

曹永正参加了我的婚礼，他是与《新疆文学》的那些朋友们一起来的。所谓婚礼其实并不存在，只是找一个地方大家一起吃饭而已。曹永正与其他人一起，凑了份子，每人出10元钱人民币，为我买了锅碗瓢盆，那是一份很美好的感情。那是冬天，乌鲁木齐每一个冬天都是多雪的冬天，新疆那些往昔的热爱文学的青年们的每一份感情都是文学的感情。小说、诗歌、散文这一切与我们心灵相关的东西都是那么美妙、纯净，激动人心。

1987年，文学还没有完全边缘化，所有这些文学人在一起，还没有开始失落，他们内心深处还涌动着小说与诗歌给他们带来的美感与激情。而我在那年与曹永正他们吃完婚礼饭之后，就要去北京了。

鲁迅文学院给我来了信，通知我去进修。要在北京待四个月呀，我幸福得没有办法。开玩笑，要在北京待半年！！我已经对别人把在北京的时间延长了两个月，四个月和六个月有巨大差别。曹永正也认为我遇上了很好的机会，因为北京是人人向往的，它是文化的最高平台，北京好到了无法形容，即使是文学青年们有那么丰富的语言，也无法形容北京给他们内心的感受。

我与已经渐渐平和的、光环渐渐退去的曹永正能够正常交流，有时关于文学，有时关于女人。

曹永正不止一次地问过我，是如何能够去鲁迅文学院的，我没有告诉他真正的原因。那时，北京是那么难得，那么神秘，我本能地防范一切人，我怕自己的好事被别人取代。现在想来，内心羞愧。

就这样，我带上自己被《新疆文学》的退稿《冰凉的阳光》，登上了火车，去了北京。那时中国已经发生变化，优秀的人群已经开始流动，我默默地对自己说：只要有可能，就留在北京，绝不回新疆。

尽管面对北京，我很迷茫，但面对新疆乌鲁木齐，我有些得意。我在火车上看着乌鲁木齐西山上的茫茫雪野，以为自己把曹永正他们永远地甩在了乌鲁木齐泥泞的春天里。

5

曹永正没有与我通信，确切地说，我在北京时，没有给他写过信，我为什么要给他写信呢？一个渴望成功的年轻人，他需要面对的人太多了。人们当时都说我是野心家，跟那个《红与黑》里边的于连一样，要不，他为什么会写出像《冰凉的阳光》那样的小说？

曹永正人缘比我好，口碑更比我好。如果一群人在身后评价，说曹永正坏话的人不多，我许多次发现了这点。可是，说我坏话的人就多了，我也许多次发现了这点。

《冰凉的阳光》发在了《当代》杂志上，并被《小说选刊》选载，在北京，我在文学上引起了一点儿关注。可是，回到新疆，就完全不一样了，那时，文学还没有被边缘，那时文学界是存在的，那时小说有人读，那时《当代》杂志在文学青年心目中，还是圣殿。

记得从北京回来后，参加聚会时曹永正的话少多了，经常看不到他了，他沉默了，经常看不见他，听说他在民政厅史志办，在研究文学以外的东西。

那两年我连续在《当代》《收获》《人民文学》《北京文学》上发表了中短篇小说，内心享受着自己的成功，像所有的小人物一样，有些得意。

1989年的一天，我从北京回到了乌鲁木齐，在新华南路的民政厅前，遇上了曹永正。我骑着自行车，远远看见了他，他也看见了我。

我们高兴地站在马路上聊天。

我等待着他称赞我的文学成就，可是，他并没有提，我也知道自己没必要对他说太多，那时人们关心文学，他肯定知道。但是，我仍然忍不住地在他面前说北京的事情，我知道，说北京就是说自己。我是一个夸夸其谈的年轻人，得意之后，更是小人得志。我已经是半个北京人了，他呢，还在乌鲁木齐的史志办上班。

他突然说：王刚，那个谁还在背后说你坏话了。我当时就反驳了他，我说，你连王刚的坏话都说吗？人家写的小说，那些文学作品都摆在那儿，有本事，你也在这些全国顶级刊物上发发试试。

现在想起来，那是这一生中，曹永正对我说过的最中听的话，印象太深了。

6

曹永正发了，那时人人都在传说他可能最少挣了上百万!!与此同时，人们也在传说王刚也发了，人们总是直视着我的眼睛，说：你老实说，你究竟有多少钱？

1992年，那是中国金钱爆炸的时代，人人都在谈钱，

知识分子变得疯狂，因为他们需要钱。中国人变得疯狂，因为他们需要钱，连土地、山川、河流都变得疯狂，因为它们需要钱。

我那时真的是一个北京人了，混迹于北京的我已经熟悉了北京的胡同，我几乎能听懂北京人的全部土话。通过拍摄纪录片初步致富的我，已经穿上了皮尔·卡丹西装。每次回到乌鲁木齐，我都要穿上自己最贵的皮衣、西装，还有老板脚上脱下来的意大利皮鞋。

走到乌鲁木齐的大街上，我感觉不到冬天的寒冷，因为我内心被金钱的烈火烧得炽热、狂妄。我是那么希望在街上看到曹永正，这么小的街道，这么少的人群，想见到的人，总会遇上的。可是，没有，一次也没有。我问那些仍然留在乌鲁木齐的当年的文学青年们，曹永正呢？

他们回答说，他早就离开新疆了，他可能也去了北京。

他们又说：曹永正回来过，发了，真的发了。

不知道为什么，他们以这种口气说曹永正的金钱，我内心不痛快，很不痛快。唉，我这个人——

7

1992年的夏天，人们传说中已经发财的王刚去北京电报大楼打长途电话，因为他舍不得打全价电话，他有些掏不起那“昂贵”的钱。

回忆总是有色彩的，忧伤的，北京夏天的傍晚有风，那么迷人，权力、金钱、文化让这座城市充满吸引力，一个骄傲的外省文化青年，如果来到北京，他除了感觉到自己渺小外，能够深刻感觉到的自己还是渺小。

电报大楼里已经有了灯光，从华贵的大门里走进去，是苏联式的古典。

在灯光的照耀下，很多排队的人正默默等待着。他们与我一样，都是为了省那点不多的电话钱，而赶来排队的。我也开始默默地排队，内心有些苦楚，什么时候能成为真正的有钱人呢？想起还在乌鲁木齐的妻子和儿子，内心就更是有无边的伤感。

我在队伍里，前边有不少人，后边渐渐也有了不少人。我们都等待着9点30分的到来。

突然，看见一个熟悉的身影走了进来，他站在队伍的最后，也开始排队。有那么一刻，我没有反应过来，经过快速的回忆，我知道了：曹永正，他竟然是曹永正。

我看着他，他却一直没有看我。

我转过身去，排队的人很多，我不愿意离开自己的位置。过了一会儿，我再次回身看着他，他仍然没有看见我。终于，我忍不住了，好奇心让我朝他走过去。我一直走到了他的跟前，面对着他，看着他，显然，他一时没有认出我来，他看着我，经过了片刻的迟疑，他认出了我。

我伸过手去，他也伸过手来。

曹永正与王刚这两个在乌鲁木齐文学界传说中，早已发大财的人，竟然在北京电报大楼营业厅里，在9点30分之后的长途话费半价时间不期而遇了。

我们握手时，我发现传说中早已是百万富翁的曹永正脸红了。

他说：你在这儿?

我说：你怎么也会到这儿来?

他开始解释，说：他是偶然路过的，他过去从来也没有来过这儿。

我说，我经常到这儿来打电话。

他显然不愿意与我共同继续待在这儿了，他说：我确实还有别的事情，我先走了。

临走时，我告诉了他我的呼机号。他也告诉了我他家的固定电话号。他还给我留下了住址，记忆中是在北京西边茂林居的一栋楼上。

他走后，我忽然有些孤寂。

几天后，我给他打了电话，然后约好了去茂林居找他。北京虽然很热，那天我还是穿着皮尔·卡丹西装，临出门时，我犹豫着从床下的鞋子里，掏出了一沓钱，是一个整数，一万元。我把钱放进了自己西装口袋里，我知道自己不会花这些钱，起码不会一次花很多，但是，我会不经意地敞开西装让曹永正看见这些钱的。

在木樨地不远的一片高楼里，我看到了茂林居的牌子，并找着了曹永正住的那栋楼，忘了是几层了，敲开门后，曹永正宽大的额头出现在面前。

他笑容很灿烂，眼神自然亲切，我们高兴地笑着，恍若隔世。那是个一室一厅的旧房子，一切都有些风尘仆仆。我们开始在客厅里聊天。

他先是抽烟，静静地听我说话。当他知道我竟然在拍专题纪录片，而且，苦于拍完无法在中央电视台播出时，就说：你应该找我呀，中央电视台我关系太硬了。

那天北京没有阳光，阴沉的天空，似乎要下雨，却一直下不来。这时，我的目光聚焦在房角柜子上的一摞中医书上，好像还有一些与中医有关的东西，我知道，他跟我一样，已经远离文学了。

他说：你知道吗？昨天晚上杨伟光（那时的中央电视台台长）就在我的屋子里，就坐在你这个位子上。

显然，我不相信他的话，认为他吹牛，我知道自己的脸上明显出现了不信任的表情。

他看见我反应不强烈，就又说：

知道为什么杨伟光会在我这儿吗？

他的语气变得神秘了，他低声，像是怕吓坏我一样，说：因为，李某某昨天就在我这儿，他坐在我的位子上。你说，杨伟光能不来吗？

我当时几乎都要笑出来了，那几年为了挣钱，我走南闯北，完全是靠自己的语言征服人、打动人，那个时候有个流行语叫“拉赞助”，我就是要靠自己的语言、谈话、表达的魅力，把金钱从别人的口袋里说到自己口袋里的人。而且，我是那些比较幸运的“说话者”，有不少次我真的把别人的钱说到了自己的账号上。

他看出了我完全不相信他的话，就转移了话题，问我以后怎么挣钱。

我老实地告诉了他，我不知道路在何方，前途渺茫，如果实在不行，可能就回新疆了，回乌鲁木齐去。

他连忙对我说：绝对不能回新疆，那儿有很多问题，那儿是资金最不安全的地方。我们在山东威海（我记不清了，也许是烟台，或者青岛周边，或者是乳山，反正是山东的小地方）买了十几套房，让我和汪文勤家所有的亲戚都离开新疆。你一定要离开新疆。

他说，你最起码可以在北京写电视剧呀，一集一万，十集十万，如果，你一年能写一百集，那你就是百万富翁了。

我说别人说你已经是百万富翁了。

他蔑视地说，百万算什么，我们前几天，在无锡太湖里，拿下了一个岛，你难以想象那是一笔多大的财富，说出来会吓死你。告诉你，我挣的钱，十辈子也花不完了。

我已经被吓住了，我在无锡拉过赞助，曾经住过一个多月，具体说，我是被那个太湖里，波涛汪洋中的岛屿震慑住的。他又对我说，其实有钱投资，也可以去朝鲜，我为他们算过，过两年朝鲜就会发生巨变，那儿机会比当年的深圳还多。你一定要相信我。

我点着头，对于一个小生意人来说，他的话太大了，让我头晕。让我的目光不好意思聚焦在他的脸上，让我头脑变得很乱，我几乎无法与他对谈，他语言中的内容过于博大，超出了我的想象力，让我突然变得很软弱，内心里竟然有些呻吟。

我过了一会儿，终于能看他了，就想问他：你真的是一个算命的？可是，我不好意思，我觉得算命的这三个字有些侮辱人，我不想侮辱他。

可是，他反复说着许多事，都是他算过的。

就在那时，有人敲门。他让我等着，先别走。然后，他开了门，进来几个人，他把这几个人带到了与阴暗过道相连的卧室里，关上了门，我听不见他们在说什么，我不好意思在门外偷听，就走到窗户前看着北京的天空，那么大的北京，我仍然是一个流浪者，我租在不同的房子里，饱受欺凌。我开始抽了一根曹永正的烟，看着烟雾朝着北京的天空游移。

十几分钟后，他们出来了。当那几个人走后，我看见曹永正脸上明显有了兴奋，把两摞钱放进了一个包里，然后，他把另一摞钱放在了自己肥大裤衩的大兜里，对我说：走，请你吃饭去。

我们站在外边，等了好久，才打上了一辆“面的”。

现在很多人都不知道北京的面的是什么了。那是一种黄色的小面包车，走十公里，才十块钱，是北京的刚刚起步的生意人最喜欢的交通工具。我们两个大脑袋坐在小面的里晃荡，总是感觉到那破车快要被我们压得散架了。

我们来到了王府井的香港美食城，在东安市场西边，我以为他要带我去香港美食城，内心立刻紧张起来，那是很贵的地方，我虽然多次进去过，全是别人请客，我没有一次是自己掏钱在里边吃。

曹永正带着我从香港美食城经过，走进了另一家不太大的饭馆，里边是吃烤鸭的。

我们在里边坐下了，他拿起了菜单，递给我，说：你随便点吧。说完，他竟然独自出去了，把我孤单地留在了烤鸭店里。

我有些紧张地看着菜单，思虑着曹永正这样做的目的。他会不会就这样走了，然后，我自己点的菜就自己吃呢？我如果点得很贵、很多，那我是自食其果，自己付账，自己心疼自己的钱。尽管我为了撑面子，在西装内兜里装了一万元，可是，那不是为了花的，是为了让曹永正看见的。他现在的举动，说明他刚才肯定看见了那一万块钱。我决定不点菜，而是等待着曹永正归来。十几分钟过去了，他仍然没有回来，我内心渐渐产生了不满和对抗，我决定慰劳自己一下，于是我开始点菜了。我点了烤鸭和其他三个菜，算算可能有两百块钱，如果他回来了，这些菜也够吃，如果他没有回来，那两三百块钱尽管心疼，我也能对付。

我点了菜，边喝茶，边等待，又过了几分钟，曹永正回来了。那时，我像看着救星一样，他宽大矮短的身影那么可爱、亲切，他对我说，在外边遇见了熟人，说了一些重要的话，然后，他问我，点了什么。他看了点的菜，说，再加个菜吧，说着，他叫来了服务员又加了一个菜。

我当时内心不紧张了，曹永正终于回来了，而且，又加了一个菜。他显得比我放松，与他相比，我真的觉着自己是一个吝啬、紧张、可怜的人。

吃饭时，他突然说，你拍专题、拉赞助，肯定认识一些人，你不如利用这些人，去海南炒地皮。

我问他什么叫炒地皮。

他说，你如果能弄上批文，搞几百亩地，或者几十亩地，那你转手把土地批文给别人，也许一把就能挣上千万，下辈子的钱都有了。

当时，我的眼睛亮了，曹永正的启发让我的眼睛亮了，我拍摄大型政治专题片时，真的认识了一些地方官员，他们说不定能让我一夜暴富。我那天有些感激他，尽管我始终怀疑他，不相信他有钱，我确定他与我一样，不过是装成有钱人，其实内心里还是虚弱、可怜，我觉得刚才他出去，其实是怕我点菜太多，可是，他是一个指路人，他为我点明了未来的方向，从曹永正的方向里，我看到了那些未来必然要产生的词汇：蓝海，蛋糕，世界是平的。

8

曹永正如同领袖人物一样，驱使我从海南到北海。我真的按照曹永正的指点去经营土地批文，结果却是失败的，那两年经常想起曹永正，特别是有希望时，就会想到他。可惜，我把写着他电话的纸留在了北京的租住处，我无法给他打电话了。

其实，从1992年秋天开始，朱镕基就已经开始从这些城市抽回资金了。但是，想发财的人，好不容易有了批文，却永远把希望当作必然要发生的事情。我就是那个充满希望的可怜人，西装内兜里放着那些早已暴富的人已经玩剩下的批文，失魂落魄地走在海口、三亚、北海、钦州、防城港的大街上。

那两年，我住在那些酒店和小旅馆里，像陀思妥耶夫斯基和高尔基一样，看遍了人间的奢华和凄凉。丧失的是信心，留下的仍然是贪婪的胃口。

以后，彻底失败的我写了长篇小说《月亮背面》，然后又与冯小刚、王朔一起改成了电视剧。为了好通过，还专门买了新疆一家电视台的台标，结果由于新疆的一位年轻干部不停地给上边写信告状，拍好的作品也最终被枪毙了。这是后话，发生在1997年。

走投无路的我再次回到了北京。

北京真好，它完全不管你是成功者还是失败者，都能让你像虫子一样消失在它的胃里。

有一天在屋子里乱翻东西，竟然看到了曹永正的电话，到了晚上，就给他打过去。曹永正没有在，是汪文勤接的。

我从来也没有与汪文勤见过面，但是彼此都知道对方。她告诉我，她在中央电视台工作，当编辑，我对她说了这一年我做土地的失败经历。她很善良，我这一生遇见的女人总是比男人们要善良，她仔细地、耐心地听完了我的诉说，而且还对我说了一些让我内心平静的话，她的安慰在记忆中是美好的。

9

失败的我再次回到了故乡城市乌鲁木齐，在冬天的白雪里，我仍然穿着当年的皮衣，儿子已经四岁了，我这个“有钱人”却不知道未来会如何。

我知道在乌鲁木齐的街道上不会再看见曹永正了，你想啊，连他的妻子汪文勤都进了中央电视台。这可是她亲口告诉我的。如果是曹永正对我说，我完全可以不信，因为在我的印象里，他是一个特别爱吹牛的人，但是，他妻子不会，因为我这一生见过有毛病的女人很多，还从没有见过一个爱吹牛的女人。特别是汪文勤，她的作品纯净，她的为人善良。那是一件多么难以完成的事情！如果不信，你也可以试试。把一个外省的女人，正式调进中央电视台。你试试嘛!!!

那年春节晚会上，我坐在乌鲁木齐父母的老房子里，第一次看见了曹永正坐前排，他穿的西装显然是新的，宽大的额头闪闪发亮。

摄影经常会把镜头打到他的脸上、身上、头上、耳朵上，你可以一边看春晚，一边看曹永正的眼神，通过曹永正在春晚上的笑容，我知道，他对世界充满爱。这时，我更加相信，他与中央电视台的关系非同一般，我想起了去年他在茂林居的话：杨伟光在我家里。就坐在你那儿。知道他为什么会在这儿吗？因为李某某在这儿，就在我这儿。你想，他能不来吗？

10

春天里，我再次回到了北京，我关闭了自己的公司，本来已经快要完成的广告公司也不想再做了，我作为一个失败者，违背了古训：好马不吃回头草。我无奈地回到了自己当年打工的公司。

老板是一个特别亲和善良的人，我有时叫他的名字，有时叫大哥，有时叫他老板。老板喜欢文学，他还需要我为他写传记。

我在老板的带领下，每天与银行的人打交道。我说过，我是一个曾经靠语言把别人账号里的钱，说到自己账号里的人，我当然还是能找回大哥的。大哥总是需要我的。而且，事实证明，不光是大哥需要我，银行也是需要我的。

夏天里，买了新西装、新皮衣、新皮鞋的我满面红光地回到了乌鲁木齐。金钱让我再次自信了。

我走在街道上，感觉到自己的目光像牟其中一样，我望着天山，相信这个商人也许真的能把喜马拉雅山开一个口子。我相信金钱，知道金钱能够做到一切。

那时，我特别希望能见到曹永正，我此时此刻正在衣锦还乡，难道他就不愿意衣锦还乡吗?

乌鲁木齐的夏天纯净，清凉，透明，富有诗情画意，你早晨可以穿西装，晚上也可以穿西装，赶上下雨天，你甚至可以穿上漂亮的风衣。

我就那样走在乌鲁木齐，不断变换着身上的衣服，希望遇见曹永正。熟人们却总是告诉我，他们除了能在春晚上看到他，再也没有见过他。直到有一天，我在从小长大的院子里，遇见了熊军功。

你现在就可以在百度里，输入曹永正、熊军功这两个名字，你就应该知道他是谁了。《南方周末》曾经专门说明过熊军功这个人。他是曹永正新大的同学，跟随曹永正多年。

我认识熊军功的时候，曹永正还不认识他。我们从小就住在一个楼上。他家二单元，我家三单元。他小名叫二定，他弟弟叫三定。有一件事我始终奇怪，他怎么会与曹永正是同学呢？他与我哥是一个班的，显然比曹永正大。我与他弟弟熊英功是一个班的。显然，一切都被“四人帮”给搞乱了。听说，他在自治区组织部工作，可能就要当处长了，为什么会去投奔曹永正？

记得小时候我和我哥与他们兄弟俩打架。一对一地对峙着，恰在那时，我母亲谭应庄与他母亲季桂兰竟然从路边走过，两人边走边说笑着，完全不知道自己的孩子正在厮打着，他们脸上出血，鼻子出血，浑身上下都因为摔打而沾满灰土。

那天傍晚，夏夜凉爽，熊军功站在了我的面前。他说话口音里，充满了新疆的咬字，却也有了一点儿北京的味道。那时，我还不太知道，他已经是属于曹永正的熊军功了。

记忆中，与熊军功没有说几句话，他就提起了曹永正。在他的描述中，曹永正已经非常了不起，完全是一个大人物了。他的钱比我多，他的名声比我大，他的社会关系更是比我广。

不知道为什么，熊军功对曹永正的正面肯定让我特别反感。我内心被激起的不满像昭苏草原上的风一样，渐渐猛烈起来。我想充分表达对曹永正的蔑视，无论是文学上，还是金钱上，特别是曹永正的语言表达，那么浮夸，完全是一个吹牛者。

可是熊军功站在面前，我能感觉到他对曹永正的依赖、需要、崇敬，所以，我说话还比较克制。

我已经忘记了对熊军功是如何批评曹永正的，我这个人几乎很难说别人的好话，当内心充满风暴时，可想而知。

似乎与熊军功有争论，他说如果曹永正不行，那为什么他能在春节晚会上坐在第一排呢？如果你行，那你为什么不能上春晚，并坐在与曹永正同一排呢？

那肯定激怒了我，要知道，我脚上的意大利皮鞋可是真的，你这个曹永正的随从那么大年龄了，竟然还跟我不断地提起春晚！

特别是他开始赞美曹永正的文学才能时，我终于忍不住了，我虽然记不清自己的原话，却知道，我肯定彻底表达并证明，曹永正是个爱吹牛的人，用新疆话说，那是个牛皮KEI，这个KEI字似乎汉字里没有。手头没有康熙字典，所以写不出来了。

曹永正是个牛皮KEI!!

11

也许此生在背后说别人坏话太多了。说过了，就忘记了。自己说别人的坏话，其实并不怎么恨对方，只是喜欢说。所以，完全不知道别人的感受，所以，我相信，曹永正即使知道了我说的那些坏话，也肯定不会生气，更不会仇视我。

最后一次与曹永正对话，是在电话里，还是在某一个场合，已经完全模糊了。我觉得应该是在电话里，可是，又有些怀疑，一个总是坐在春晚前排的，穿着红色、黄色、墨绿色西装的额头宽大的男人，他会一直住在茂林居那样的地方吗？如果他搬走了，会连电话也一块儿移动吗？

有可能。那时手机没有普及，大哥大不如固定电话。

当然，是我给曹永正又打了电话。他尽管客气了几句，可是，仍然能感觉到他的语气冰冷，我立即想起了自己对熊军功说过的那些关于曹永正的坏话，他说：我请你吃饭，你却在后边从来不说我好话。

我当时立即被激怒了，也说：你也从来没有说过我什么好话。

他说：你有什么不服的，我做成的任何事情，你一辈子也完不成。

我当时头脑发热了，不知道为什么，那些年热衷于金钱的我却突然扯上了文学，我说：曹永正，你也不过就是个文学青年，我在文学上、小说上的成就，你也无法达到 。

他显然被激怒了，文学青年几个字让他深受侮辱，特别是“文学”二字，不可以让王刚亵渎，他在瞬间说出了那句我永远也无法忘记的话：

你和你的文学就是厕所里的蛆，太浅薄了，就连你的那些同学，他们写的东西，也不过是厕所里的蛆……

现在回想起来，都替被深深热爱文学的曹永正称为蛆，也永远不认识曹永正的同学们委屈，这些同学一直在写小说，他们不像我，曾经那么渴望成为商人，而且是大商人，也曾经渴望结交权贵，而且是大权贵，这些同学他们没有过我和曹永正这种经历。

12

乌鲁木齐的雪下得越来越厚，那年几乎每天都在下雪。我从青年路走到北门，穿过小十字，又来到大十字，经过南门，又去了维吾尔族人聚集的二道桥。前方就是曹永正的母校新疆大学了，1931年那儿曾经发生过悲剧，我特别尊崇的新疆省省长杨增新就是在曹永正的母校被杀的。渴望变革的改革派杀了保守的省长杨增新。我真的不知道为什么，或者是从什么时候开始的，那个叫作王刚的青年人，由一个充满改革意识的人，变成了心疼杨增新这样保守派的人。

我在一个书摊上看到了同学洪峰又出新书了，他的后记深深地打动了我，“文学”二字又让我内心产生了钻心的疼痛。那时，作家洪峰要饭的新闻还没有发生过，那时，洪峰让我想起了自己的文学和曹永正的文学。

那年春节，又在春晚的第一排看见了曹永正，我内心因为嫉妒再次被暴力压缩着，曹永正仍然在笑，他宽大的前额更加有了智慧的光芒，隐约听说当年与自己认识的文学青年写了奇人曹永正，也听说曹永正回到了新疆，他前呼后拥，非常风光。

我去看望了自己的文学老师，编辑胡尔朴，已经没有人再提起我写过的中篇小说《冰凉的阳光》《博格达童话》《红手》《秋天的男人》，曹永正的光芒压倒了一切。他可以不随便与大家见面，但是，春晚就是最好的证明。

胡尔朴老师也许不知道我是一个敏感、骄傲、自尊，却又狭隘的人，他总是喜欢跟我提起曹永正，说他是一个大方的人。

我被老师的关于曹永正的话深深地刺伤着，尽管是这个老师挽救了我的文学生命，但是，他认为《冰凉的阳光》不如《隙》，他顽强地在另一个成功者王刚面前提到曹永正，他是故意的吗？1983年是他让我参加文学培训班的，他让我把目光从工厂车间重新投向文学，所以，我得表达对老师的感恩之情。

我拼命用语言向胡尔朴老师证明，我也有钱，我在北京买了房，如果我想上春晚，我也能。因为，我们集团是一个很大的托拉斯联合体。我们每年都用400万赞助中央电视台的频道，只不过我春节要回家看父母，看妻子、儿子，所以我才没有坐在春晚的现场。

乌鲁木齐人往往是善良地看着王刚，他们知道王刚混得不错，他们不会轻易去惹那些从大城市，特别是北京回来的人，但是，与曹永正相比，王刚显然不行，没有错，王刚的嘴特别能说，他的语言也很煽情，但是，曹永正可不仅仅是靠语言，他已经在乌鲁木齐的诸多场合都摆了大桌子。这是只请人吃一两顿饭的人完全无法达到的境界。再说了，曹永正桌子上有什么，王刚的桌子许多人都还没有见过，即使王刚请过的人，也知道曹桌子和王桌子上边摆的东西，完全不是一个层次。

13

也许，那些往日新疆的文学朋友都知道王刚的器量狭小，也许他们确实不喜欢看王刚得意的样子，而特别喜欢看王刚生气的样子，被激怒的样子，嫉妒的样子，可怜的样子，不管他穿着什么衣服、什么皮鞋，不管他的语言里出现了关于北京的什么事件，他们都会在某一个空隙里，突然提到曹永正。

董立勃住在我北京远郊的、装修已经有些破旧的别墅里说：见到曹永正了。汪文勤开着很大的宝马（也许是奔驰）来接他，他们家住在国贸附近，是一栋楼的顶层，装修得豪华之极。

我又被激怒了，压抑着愤怒立即说，曹永正是最爱吹牛的人，你也帮着他吹。

董立勃平静地说，我亲眼看见的嘛。我没有必要骗你。

我坚持着说：我不信。我没有看见。我看见的曹永正，就是在吹牛。

董立勃笑了，不再吭气。他的态度在说明，我们何必为曹永正争呢，大家各活自己的，这个世界，这个已经进入了新时代的中国，空间那么大，那么多，与布尔加科夫他们的斯大林时代完全不同了，这个王刚，其实王刚有些可笑。

14

只有诗人、散文家周涛将军（他是部队的文职，享受将军待遇）理解我。曹永正曾经对他说，过些年文学上彻底把你放翻。据说，狂傲的周涛当时以长者风度对待曹永正，他宽容地笑着，并没有生气。应该说，新疆文学界里对我最好的人，是周涛了。我当年发了一批中篇小说，新疆的同龄人中有些人表情怪怪的，我不高兴，希望周涛支持我，能出来讲话，由他宣布王刚在新疆文学界的地位。周涛真的写文章了，《王刚纵横谈》，我以为那些与曹永正一样的文学青年们看到了周涛的话，就能从此尊重我，结果，他们说，周涛其实没有真正地写王刚，虽然叫王刚纵横谈，他不过是谈关于自己对社会、对文学的感受，他不过是借王刚表达自己的思考。那你们这些人也让周涛去写你的纵横谈呀，王刚又被激怒，如果他有一天能成为君主，那也应该是一个暴君，因为他必须让他们的嘴里，说出些崇拜王刚的话。尽管这个王刚总是以眼泪、温情、心灵去表达自己的对自由的渴望。他给儿子起的小名，叫迪迪，是借用英文的发音，里边有民主的意思。

我去看望周涛，表达对新疆文学界那么帮着曹永正吹嘘的不满。周涛对我的表达很同意，他也认为曹永正就是吹牛，他也有例子：

周涛去北京，在一家餐厅的包厢里，听见了另一个包厢里有曹永正的声音，让人一问，果真是曹永正。

曹永正当然记得周涛大哥，他过来，与周涛说话。

他对周涛说，他们公司现在有十辆车，全是豪华的车，他们公司光是土地，就有许多。他们在太湖，以及其他的湖中，有数十个小岛。周涛当时打断他，说：你说那些，我也不懂，这样吧，我在北京只待四天，你给我借辆车，如果有司机最好，如果没有司机，我找朋友开，你说好吗？曹永正没有犹豫地说：太不巧了，昨天那些车都开到外地去了。

周涛笑说，那好吧，你吃你的，我吃我的，我的包厢还比你的大。

15

几年前，胡尔朴老师到北京来，他想见我。那时，曹永正已经从我的视野中彻底消失了，因为我已经很少再见那些往日新疆的文学青年们。我开始答应见老师，最后，又犹豫了，我知道他会又提起那个曹永正，即使他知道我不希望他提，他也会顽强地提起。所以，我最终还是决定，不见胡尔朴编辑。

似乎有几年没有在春晚上看见曹永正了，眼不见为净。没错，中国作家不仇恨，他们只是有些焦虑。他们的时代与索尔仁尼琴、帕斯捷尔纳克、布尔加科夫们完全不同。他们的空间要大得多，他们不必流亡，就是流亡的人，也想回来，不仅仅是想亲吻祖国的土地，他们是想回来活着了。

16

乌鲁木齐已经变成了一个大城市。经过了许多年，我已经不太认识这个故乡了，我在北京做梦回乡，先是看见天山，然后，就看见了青春时代的乌鲁木齐。看见了我与曹永正共同参加董立勃（也许曹永正缺席了，因为他在乌苏党校）和《新疆青年》编辑陈春光婚礼的乌鲁木齐。看见了那个曹永正在不断写着小说、诗歌的乌鲁木齐。

只是，我早已忘了现实中的曹永正，年龄大了几岁，我也不应该再为别人提起曹永正而不高兴了。

我哥对我说，熊军功，二定，他回来了，记得咱们跟他兄弟两个打架吗？他请老同学吃了饭。他好像一直跟曹永正在一起。他发大财了。你想，新疆一个有钱的老板，我为他设计过图纸，他当年是熊军功的司机，熊军功的司机都是老板，你想想熊军功，再想想曹永正，你有什么不服的。

我的老同学，地产商唐恒志请我吃饭，他突然问，你认识曹永正吗？我不太想回答，只是轻描淡写地说：那个人爱吹牛。

唐恒志严肃地对我说：曹永正的年代公司做得很大，非常大。那是我在乌鲁木齐的“77万年”里，第一次听说曹永正的年代。

我母亲八十岁生日时，我再次回到了乌鲁木齐，母亲说，她看见了季桂兰（跟随曹永正的熊军功的母亲），季桂兰说，熊军功如果不下海，现在仍然在自治区组织部该多好。我对母亲说，我哥还帮他吹，听他母亲这样说，他跟着曹永正也肯定没有挣上大钱。

回到北京，也是从新疆出去，现在北京的青年作家邱华栋对我说，他那天参加了一个叫作什么什么汪文勤的加拿大华人的文学研讨会，她写了一部长篇小说，他们请了很多人，一人给两千块钱。我与主持易中天打了个招呼就走了，因为人太多了。

不知道为什么，那个叫作王刚的作家心跳加快了，汪文勤，加拿大，长篇小说，文学研讨会，我突然有些感慨，时间过得真快，青春淹没了。

我忍不住地问：曹永正去了吗？

邱华栋问我：曹永正是谁？

我说：他是汪文勤的丈夫。

邱华栋说，好像有一个黑胖子，在那儿与许多人打招呼。

17

2014年的春天，我专门买了一份《南方周末》，这次不是因为《南方周末》的资深记者张英对我的采访，不是因为我的长篇小说《英格力士》和《福布斯咒语》，而是因为曹永正——国师曹永正。

我与曹永正都享受了《南方周末》的大片版面，不同的是，我当年作为一个在商海彻底的失败者，回家写了小说《英格力士》，而曹永正却真的获得了巨大的权势和金钱，成为了某腐败大官家的“国师”。

《南方周末》与我的价值观非常相似，多年来我相信他们的表达，如果《南方周末》说出了某种事实，那在我看来就一定是真的：

“2013年7月1日，北京后海北边前马厂胡同60号院，北京年代投资有限公司（以下简称‘北京年代’）总部。一辆加大号金杯车急速开进一个隐秘的院子，车门拉开，十多名身着便衣的警察钻了出来，冲进位于1号楼的北京年代投资有限公司办公室。一位四川口音的警官对在场的三十多名员工说，到这个地方集中起来，把手机上缴。这些员工随即被集中到2号楼的一楼多功能厅。在多功能厅度过煎熬的八小时后，大部分员工得以在晚上获准回家，除了北京年代的董事长助理蔡洪武。警方当天查封了北京年代公司拥有的1号楼和2号楼，带走了蔡洪武及所有的车辆（包括一辆价值1300万的劳斯莱斯与两辆宝马），并冻结了北京年代公司的银行账户……”

看到这儿，我惊呆了。曹永正过去的语言超出我的想象，今天，他所拥有的现实超出了我的想象。不但超出了我的想象，还超出了我的理想。

多年来，我喜欢买房子，我在北京流浪，于是渴望有温暖的家，当北京房价无限上涨时，我曾经认为自己是一个成功者。但是，我真的不能跟曹永正去比呀，我连他的一个脚指头都不如。我仔细地看着那篇《国师曹永正》，我对于他所犯错误的部分完全不关心，而是仔细地体会品味着另外的东西：后海北边前马厂胡同60号院，1号楼和2号楼，一辆价值1300万的劳斯莱斯与两辆宝马。仅2011年一年，就有四位省部级官员来过前马厂胡同60号院。在北京、四川和新疆等地涉足石油、房地产、影视甚至农业，财产分散而隐秘。曹永正的女儿曹禅导演的音乐剧《时光当铺》，在成都，当时的四川省委常委、成都市委书记李春城，还亲赴成都艺术中心捧场……

这不是曹永正说的，也不是新疆的文学青年们告诉我的，而是《南方周末》认真地对我王刚说的。

我是一个那么见不得别人比自己强的人，从青春期开始，就看不见，并且不承认别人的优点。母亲从小不是这样教育我的，她总是说别人家的孩子好，每次母亲这样说，都气得我发疯。所以，我是一个始终不承认曹永正真的获得了巨大成功的小人，这些年，无论谁告诉我曹永正的新消息，我都不愿意听，都否定，都顽固地坚守着自己的看法，曹永正不可能是一个成功者，他是一个吹牛皮的。但是，现在看起来，我是一个真正的失败者，一个吹牛皮的。因为我不顾事实，多年来坚持不承认曹永正的巨大成功。我那么不愿意相信当年新疆的那些文学青年们为曹永正说的话。今天，我头一次相信了他的成功，却又是在他这么悲惨的时候。我本应该高兴才是呀，但是，却一点儿也笑不出来了。其实，曹永正无论在哪方面获得的那些巨大利益，都是我从青春时代就无比渴望的。他得到了，我却一次次失败。他一步一个脚印地走向了中心，我却一步一个脚印地走向了边缘。

2013年春天，为了把自己彻底推向边缘，我在天山脚下的花儿沟里建了一个农民小院，有懂得建筑的人说，盖得跟当年盛世才的监狱一模一样。我那么认真地放逐自己，就是为了让自己承认王刚是一个失败者。我开始云游山水，由于经常独自待在偏远之地，我的语言功能开始退化。每当回到北京，与朋友聚会时，总是发现自己有些插不进话，需要渐渐恢复自己天生饶舌的本性。我独自爬上天山看着无边的雪野时，内心产生压抑的语言：云游山水的人是失败者，从古代就是这样了，云游山水的人在享受自己的失败，从古代就是这样了。

18

2014年5月底，我受到丹麦国际文学节主席伊万的邀请，他是因为看了《英格力士》的英文版才邀请我的。我来到了安徒生的老家哥本哈根，当我忧郁地参加着那些孤独文学家们的活动时，接到了作家邱华栋的微信，那是关于曹永正的另一篇文章。那篇文章除了让我知道曹永正还从油田里获得了数亿的金钱外，还曾对一个朋友说，福布斯排行榜上的那些富豪，不抵我一个小指头。那篇文章还让我知道了，曹永正在台湾逃亡，再次与那个文化人相遇道左。“他一直在谈人生，完全没有了以往的气势，他总是说什么都是空的，公司、财富都是空的，他鼓励我别放弃搞文学。”

文学，文学，还是文学。

我们这些当年乌鲁木齐的文学青年，我们在这个世界上走了一大圈，为什么总是离不开文学？

欧洲的小城哥本哈根很旧，很怀旧，很童话，很小，很像是一个老老的孩子。我突然意识到我与曹永正都已经是老老的孩子了。

那篇写曹永正的文章让我内心涌动着心酸、忧伤，说不出的乡愁和感动阵阵袭来，他的失败让我想到了自己的失败，眼泪似乎要出来了，却又渗了回去。这些年来，哭过不知道多少次，眼泪完全不算什么。喝酒之后，我发现自己是一个爱哭的人。多愁善感也不再觉得丢人。

19

你们还记得熊军功吗？我的发小儿，他数十年跟随着曹永正。2011年，他在北京观看了《时光当铺》之后，给曹永正的女儿曹禅写了一封深情的信：

“二十年前一个冬日里的大雪之夜，伯伯那天没有回家，十分享受地和爸爸一同睡在你家约十平方米的客厅地毯上，彻夜未眠地聆听着你爸爸关于创建人类福音电视台的宏伟理想。

“还记得在你刚满周岁的那天晚上，伯伯带着莹莹姐姐来给你吹生日蜡烛，你们是那样快乐地趴在地上画着小熊猫，根本看不出父辈们为憧憬移民所经受的辛酸对幼小心灵的影响。”

熊军功这封信里边有多少复杂的情感？我想起了自己与老板当年的往事（他现在监狱里，被判了无期徒刑）。我也曾经这么深情地、这么忠诚地对待着我大哥、我老板的儿子，而那时，我自己的儿子还生活在遥远的乌鲁木齐，我想念自己儿子的时候，却希望能成为老板儿子的朋友。

丹麦的夜空是透明的、可爱的，不像北京，因为雾霾让你说不清它是不是还会可爱。那天我在哥本哈根的床上，在安徒生的童话里失眠了：安徒生老了，头发和胡子都白了，有一天，他走进了剧院，里边正在上演他的童话，那童话里有他的经历和激情。他坐在最后一排看着，渐渐地，他老泪纵横。

遥远的史铁生

史铁生死了。人死了就不会复活。于是大家都开始纪念他。有的编辑连续给我打了几个电话，发了若干短信，让我说几句，其实死者本人早就说过：“你要是悲哀于这世界上终有一天没有了你，你要是恐惧于无限的寂灭，你不妨想一想，这世界上曾经也没有你，你曾经就在那无限的寂灭中。”

史铁生死了，我能说什么呢？其实，对于一个死去作家最好的追思或者纪念，应该是去读他的作品。我是有愧的，这么多年来，只是在上个世纪80年代读过他的《我的遥远的清平湾》。时光久远，他写了些什么，都早已经忘记。当别人让我为他的死说几句话时，我心里想：我真的读过他的作品吗？

这些年的确没有。无论是他据说被收进中学课本的《我与地坛》，还是与疾病抗争的《病隙碎笔》我都没有读过。反过来说，我也不知道史铁生是不是读过我的作品，无论是《英格力士》还是《福布斯咒语》，我们没有读对方的作品，是因为这些作品不好吗？不值得读吗？

我想，作家一般都认为自己作品是好的，只是对于别人的作品就难说了。

史铁生死了，我发现有许多还活着的作家竟然忙碌起来。他们开了会，发了言，说了话，不知道有人是不是流了泪。总之，因为史铁生的死，大家开始出现在活人的舞台上让我们去看他活着的脸。我完全无法分辨谁的脸是真实的，谁的脸是假的，反正属于每个人的点击率都会增加一些。

史铁生死了，他的作品不知道是不是能够卖得更多些？如果说，在今天一个可怜而又卑微的作家因为自己的死，而让自己的作品有更多的读者，那这个死还真应该算是“好死”。可惜，并不是每个人都有王小波那样的运气。

这些年死的作家多了，从巴金到海子，从汪曾祺到林斤澜，今天又有了史铁生，他们的作品真的能够因为死亡而卖得更多吗？

一个作家因为死亡而唤起同时代的人去读读他的书，我宁愿这是温情，而不是残酷。所以，我在微博里还是内心矛盾地写了下边的话：

遥远的史铁生。他比我们高一辈，当年看过他的《我的遥远的清平湾》。1988年，在鲁院见过他坐轮椅的样子，以后听我的同学徐星说史铁生很顽强地与自己的疾病抗争。今天听说他死了，真的死了吗？突然有些惶惶，这么多年来竟然从没有与他交谈过。一个作家的死很轻很轻，但是他的作品有时又会很重很重。

现在重读这段话，竟然产生羞愧。我其实是一个与史铁生无关的人，对他谈不上有任何感情。一个没有感情的人，为什么要写那些话呢？

你写这段话的目的是什么呢？你跟史铁生有关系吗？你一不读他的作品，二与他不认识，三你即使与他认识，也因为厌恶残疾人而很难与他见面，四你甚至早都忘了他是不是还真的活着，又怎么会为他的死而感觉到惊讶呢？当年鲁迅在刘和珍死了一年之后，受到了学生们的提醒，说是先生应该写点什么了吧。今天通信发达，编辑们说应该为史铁生先生说些什么吧。

前几天回到乌鲁木齐，在临走前的早晨匆匆忙忙去了燕儿窝，那儿埋着我的父亲。那儿有大片的坟墓，童年时与父亲在一起相互怜悯相互攻击的人现在大都与他在那儿共存了。我走在白雪墓园中，却又一次找不着父亲的那块碑。我每次都是这样，总是找不着父亲最后的栖息地，我就是这样的儿子。我发现有许多如同我一样的儿子，他们也找不着父亲的坟墓。我们在那儿转圈，彼此会望着对方笑一下。连父亲死了十年了，都无法完成一篇关于他的文章（因为不愿意像另外的作家那样在父亲死后光说好话）。今天却要为史铁生写几句好听的话，那文字多么不真实，多么不由衷。又拿史铁生当舞台了，而且真的不是一个什么好舞台。

史铁生死了，他的作品留下来了。我们真的会去读读他的作品吗？

刚才看留言，有人问我：史铁生是谁？张铁生是谁？我回答说：史铁生是作家，张铁生是革命者。我说的是真话吗？说的是一句客观的话吗？

其实，所有的真假客观不客观的话对于史铁生都没有用了，因为他已经死了。

张铁生呢？他还活着吗？

醉酒的作家们

1

醉酒者洋相百出，看别人酒后疯傻是人间极致乐趣，轮到自己表演，醉酒后成为中心人物，也经历了太多。好酒不醉人，喝难受了都是劣酒。所以，如果我喝醉了，第二天是不肯认输的，多与人争论，不说人不行，只说酒不好。

喝茅台是喝不醉的，前年去茅台参观，先是宴上喝了，又在镇上找酒，结果是深夜两点独自一人行走茅台镇，从这头走到那头。记得那晚月明星稀，街灯昏黄，自己慨当以慷，忧思难忘，喜悲从中来，愁忧随风去。翌日醒，卧在床，窗外阳光照耀，头脑清宁若纯净水。那时便想起茅台的好来：果然酱香好酒，昨夜贪杯狂饮，今晨神爽目明。

2

文化搭台支起一口大锅，文化人粉墨登场，唱大戏，赶大集。普天之下，东南西北都有作家游走四方，得两日之闲，挥十年尘梦。吃肉喝酒，便能养家糊口。如歌星走穴，似小姐出台，作家们走出书斋，拿点儿小钱，昨日黔贵茅台镇，今朝齐鲁古贝春。才食赤水鱼虾，又饮武城春秋。

我辈作家进入酒厂，经常得酒忘形，抱着那中口的，便露出穷人贪恋，八辈子挨饿，十辈子贪杯，喝多便丢去斯文，大声说话，若政治家一般，把全世界全中国踩在脚下，即兴制定新政策、新法规，把个政治局、参众两院搬进酒厂。不觉羞耻，反以为荣，作家参政，总在那一个个酒厂内的酒桌上。

过去只知茅台是酱香酒，不知祖国处处有酱香。酒是粮食里流出的液体，三四斤粮食就能出一斤酒。也有人说百斤粮三十七斤酒。酒分浓香与酱香。浓香酒用七十多度酒浆与水调和而成。酱香却不然，需要蒸馏七次，流出七种酒浆，不用加水，只要七次的酒浆自己互兑，酒流动在酒里，如同智者思想交融，酒歌沉吟。选用多种粮食：小麦、大米、玉米、高粱……所以，酒厂总有三粮液、五粮液、七粮液之称。喝过一斤，就看到了那酒厂历史悠长，更有酿酒故事可考，唐宋元明，清末民初，眼前出现“小米香”“高粱红”，塞外骤起大风歌。

3

走进北方小镇，酒香弥漫，气味如此强烈，于是心生惊恐，滴酒未沾，想象中先就醉了。想起莎士比亚，青年时代酒量惊人，去斯特拉特福附近的毕得佛小镇上比酒，醉倒在路旁酸苹果树下，后来此树被称为“莎士比亚的天篷”。

醉酒总是不好，所以孔子认为喝酒要以不乱为好。鲁迅爱喝酒是出了名的，陈学昭回忆：每天晚饭他要固执地劝我喝酒，使我很窘。萧红忆及鲁迅醉酒，当人们说鲁迅喝多了时，鲁迅极力辩解，“我不多喝酒的”。鲁迅爸爸也喝酒，周作人说他“酒喝多了，脸色渐变青白，话也少下去了，小孩便渐渐走散，因为他醉了就不大高兴”。

托翁反复尤甚，年轻时荒淫，细读《复活》可觅证据。成熟的托尔斯泰写“酒色与生命”，令“道德与不道德”成为宗教：劝人不要吸烟与饮酒，劝男人与女人不要性交，劝做丈夫的不要跟妻子过性生活，劝人不要吃肉，“喝酒上了瘾的，是因为做了错事而受到良心呵责的人”。

梁实秋不信托翁“酒”话，喝酒上瘾，在山东时与闻一多等“三日一小饮，五日一大宴”，乃自命为酒中八仙，狂言“酒压胶济一带，拳打南北二京”。胡适先生过青岛小憩，在宴席上看到八仙过海的盛况大吃一惊，急忙取出他太太给他的一个金戒指，上面镌有“戒”字，戴在手上，表免战。过后不久，胡先生就写信给梁先生，说：“看你们喝酒的样子，就知道青岛不宜久居，还是到北京来吧!”翻译家葛浩文会说东北话，不吃杂碎，却喝白酒。在苏州告别宴上没有喝够，酒话连连：王，我明年到北京找你喝酒，如果我老婆不让我喝了，那就不喝了。

4

天下酒友，心有灵犀一点通，球场般大的桌子，竟与前辈从维熙、蒋子龙相邻。从维熙先生，导师也，二十三年师恩不敢忘，又是酒友。同去茅台，两渡赤水，登上娄山关，感受西风烈烈。同来北方小城，共捧国韵，又叙当年玉田老酒。再说蒋子龙前辈，公元1984年，曾赴天津拜谒偶像，今酒厂又见，旧话再提， 陈酿往事，随口说出，如茅台，如古韵，如文学青年之心，永远不肯忘记。来了些个作家“酒坛子”，喝酒不带醉的。作家好酒，取之有道，有情怀。酒是粮食精，越喝越年轻，作家饮酒，与强人无异，灌醉不分彼此，或单挑，或围剿，或下套，或放歌，眼前红旗飘飘、醺醺然酒酣耳热，便忘了自己出台走穴身份，李白刘伶意气飞扬，青春做伴回到故乡。

5

夜深了，从维熙、蒋子龙二位前辈都睡了，我与文友华栋、李洱、张者一起游仙山，小城本无山，有好事者堆之。小城本无仙，酒鬼聚之。我辈仙人登高望远，大树遮掩，小树招摇，风也萧萧，灯也萧萧， 很有情调。和谐亭上，想起美国传教士明恩傅，初到山东小城，住在庞庄村，惊异于四世同堂大家庭里，“信仰迥异之人可以围坐在同一张大圆桌上喝酒吃饭，且其乐融融”。

山上一轮明月，山下遍地酒香。背靠明月，面对酒池，内心顿生秋意：人生几何？经常对朋友说，人的一生算法简单，买过几辆车？住过几套房？有过几段情遇？写得几篇好文字？还应加上一条：醉过几次？

最后四首歌

《最后四首歌》是一个发烧友告诉爸爸的，那天在音响店里，听理查·施特劳斯的作品，他对我说：如果有天你要进监狱，只让你带一首作品，你会带哪张CD？我想了半天，很难确定。他说：就带《最后四首歌》。

理查·施特劳斯的《最后四首歌》许多发烧友喜欢，儿子，还记得吗？当年爸爸流浪在北京，你跟妈妈来看爸爸，咱们借住在护国寺西巷，那时因爸爸是外地户口，不得不把院里好几家人的电费都交了，那个慈眉善目的皮肤白里透红的老太太只要是对爸爸一笑，就知道又要为大家交电费了，你不交大家的电费人家晚上不给你开院门。还记得吗，据说那小院子当年是张学良秘书的，他肯定没有该死的北京户口。所以，爸爸痛恨户口，一生都痛恨，现在虽然早就是北京户口了，你当然也是北京户口，但是，我仍然痛恨户口制度，青春时候的仇恨到今天都没有化解，爸爸显然是个记仇的人，记户口的仇。爸爸曾经给多位领导人写过信，说中国政治经济的事情都难办，说不定办不好留坏名，只要是你把户口制度取消了（特别是北京上海的户口），那中国人就像美国人记住林肯一样记住你。儿子，说远了，其实是想说《最后四首歌》，说当年那些HIFI音响店，那些发烧友。你说不定还记得从护国寺西巷朝北，经过百花深处胡同朝西走出来，就是新街口那条街，那条永远逝去了的音响发烧街。1993年，那时你才三岁，跟着爸爸一家家地看音响。爸爸那时才三十来岁，根本不懂得照顾你，拉着你的手在音响街上走得飞快，你就一直在跑。所以，在美国时，你也走得快，爸爸也要跑。

爸爸喜欢理查·施特劳斯不是一天两天，也不是一年两年，顺手拈来他的交响作品也有不少都很熟悉：《死与净化》《查拉图斯特拉如是说》《堂·吉诃德》《英雄生涯》《阿尔卑斯山》，还有一首双簧管协奏曲，作品序列号想不起来了，还有一首为单簧管写的作品，以前经常听，是梅耶演奏的。知道这个女人吗？当年卡拉扬就是为了她辞职的。对了，还有一首圆号协奏曲，可能是他的《第二圆号协奏曲》，前两天还在网上看见了弗朗茨·施特劳斯（理查·施特劳斯之父）圆号独奏《夜曲》的分谱，理查·施特劳斯的爸爸圆号吹得非常好，还以此为生。所以，理查·施特劳斯写了两首圆号协奏曲，十多岁时写了一首，八十多岁又再写一首。可惜他爸爸都没有吹过，你听说过父亲溺爱儿子的，哪里听说过儿子溺爱父亲的？

《最后四首歌》，多年来不知道听了多少次，所以，爸爸自我放逐在天山北坡的雪山下后，就带上理查·施特劳斯的《最后四首歌》。

冬天爸爸在几乎被皑皑白雪掩埋的花儿沟里散步，把音响打开，把窗户打开，理查·施特劳斯的《最后四首歌》就从远处传来："你还认得我，温柔地拥抱我。"那时身边的大河已经完全被冰雪覆盖，却能听到下边的流水声，沿着河朝南朝山的方向走，冰雪稍薄的地方暖洋洋地看见水流钻出来，那里天空蓝得很透，让人想起童年的哭泣，那儿似乎早就有了《最后四首歌》："高大的合欢树，金色叶子片片飘落。"爸爸渴望在茫茫雪野里独自生活已经很久了，那天刚把车停在了那几棵老白杨下的缓坡上，就看着山涧里咱们家的小院子在天蓝云白下显得那么安静、弱小、清晰，仿佛爸爸的灵魂。拿着壶去泉边打水，儿子，对你说过好多次了，离咱们家一百多米就是一处泉眼，四季总是长流水，即使是寒冷的冬天，泉水边也是绿绿的草地，有牛有羊，据说还有人从远在三十公里外的吉木萨尔县城到这儿来打水。那时就有《最后四首歌》传来："我自由的灵魂，展开翅膀高飞。"其实，作曲家与作家都经常背运，爸爸热爱文学，却文运坎坷，痛恨一切场合都是官场，写了《英格力士》《福布斯咒语》《月亮背面》《喀什噶尔》这些不合时宜的长篇小说。理查·施特劳斯成就卓著，却经常身不由己，他有些像是"文革"结束后那些倒霉的"四人帮"分子，德国纳粹高层欣赏理查·施特劳斯，他为纳粹做事，可是他却跟犹太作家茨威格合作戏剧。艺术家、作家面对政治总是无奈，却又为了艺术给脸不要脸。

儿子，今天是一个新词泛滥的时代，但还是让本来就不太要脸的老爸爸用那些老词来了结自己吧：软弱，多愁善感，仁慈，灵魂，感觉。你看看《最后四首歌》的标题：春，九月，入睡，暮光，多么陈旧的词汇！

被满天白雪包围是忙碌时的理想，没有想到这个理想实现得这么快，独自走在山谷里的雪野中，远远望去几乎被大雪掩埋了，这其实是更大的理想，那时《最后四首歌》飘然而至：我曾长久梦想，你的森林和蓝色天空，你的芬芳和鸟儿鸣唱。

每天都会在山坡上让目光越过闪亮的雪地落在自家的屋顶上，看到蓝色的烟雾，那是家里的火墙在燃烧，儿子，火墙你没有见过，用砖头砌的一面墙，连接着像俄罗斯人那样的火炉子，加些煤炭，炉火就会把铁盖烧得通红："既然白天使我感到疲惫，我不安分的愿望，如同一个困倦的孩子……"

太阳升起的时候，就去把泉水提回来煮茶，然后，去阿尔别克家取回刚挤出的牛奶，昨天还买了几棵他刚从雪山上采来的雪莲。院子里全是白雪，用大盆子取回来放在炉子上，下午用融化的雪水洗澡，两天换一次衬衣。每当无烟煤烧得通红，脸被烤得发热时，就总是喜欢对自己说：生活其实可以非常简单。黄昏时分去老马家老回民餐厅吃饭，吃着炖烂的小牛排，喝着"米子酒"，听他说说最近山坡上的松林里有狼了，那年赶羊上山看到一个无边的大湖，晚上在炉火旁听《最后四首歌》：我们曾手牵手，走过欢乐与悲伤。

望着窗外的星星，又想起来当年那个发烧友，他进监狱了吗？他会像我一样自我放逐吗？《最后四首歌》他还在听吗？——现在我们停止流浪，休憩在寂寥的大地上。

儿子，《最后四首歌》好像仅成了赫尔曼·黑塞的诗句了，其实《最后四首歌》主要是音乐和那一个个女人的嗓音（她们在不同的时代演唱这部作品），音乐不可描述，只能体会，如同我们父子的情感，说不出来，只能体会，体会也体会不出来，只能在无边的雪野里想念，想念竟然也没有用处，那就再去听听《最后四首歌》！

"群山环绕我们，天空已经暗淡。"这两句也加进来，因为喜欢。不对你提起版本了，那是音乐学家和发烧友的事情。

经常
有自由
闪过

如果老了，活着还是自杀

爸爸独自在香水湾的海边已经住了一个多月了。儿子，我发现这次住在海南内心竟然比每一次来都要平静安宁。有时会问为什么，心里也有些解释，年龄又大了一岁，有意识地淡出嘈杂云游山水，既然社会的主流欲望在抛弃自己，不如早早有意地去背离那些主流，免得所有门都被堵上时，会真的像退休官员一样失落……其实，不是这样的，不完全是这样的。仔细分析才发现：真正让爸爸这次宁静地待在海南是因为奶奶也在这儿。

奶奶与爸爸一起住在香水湾，她很快就要八十二岁了，总是说走不动路，所以几乎不愿意下楼在小区里散步，更不愿意去海边，最多是站在阳台上看看大海。这让爸爸焦虑厌烦，房子很小，爸爸要写小说，即使不写任何东西，那爸爸也愿意独处，不喜欢听到身边的奶奶在走动、说话、喝水、叹气、发呆，发呆怎么可以听到呢？房子太小了，你真的能听到另一个人在发呆。爸爸喜欢在海南发呆，现在快要发疯了。于是，把奶奶送到了万宁，那儿离香水湾有三十多公里。奶奶开始不想去万宁，她愿意天天与自己的儿子待在一起，可是，儿子不愿意与自己的母亲天天待在一起。送奶奶去万宁时，她很失落，坐在车上一直不说话，窗外的绿色和大海也没有让她兴奋。老人经常像孩子一样，当到达万宁的房子之后，她看见了几年前自己住在这儿时所熟悉的一切，竟然一下就兴奋起来。现在好了，爸爸平均两到三天去万宁看看奶奶，每当下午，开车走在夕阳里，经过分界洲岛快要到万宁时，心里有兴奋、担忧、渴望，像很多儿子一样，爸爸其实也很爱自己的母亲。在小镇上买点鱼，开车独自走在海岸公路上，去陵水的大街小巷东游西窜，在海水里泡过后就躺在沙滩上，这次除了反复读《日瓦戈医生》，甚至于还读了新书，门罗的《亲爱的生活》和莫迪亚诺的小说。有时，看着小区里那些老人们想，我与他们区别在哪儿？小说《喀什噶尔》，因为热爱小说在写小说，所以爸爸内心强大。真的强大吗？小说现在究竟是个什么东西？精英们不看的东西，不过还好，没有人公开蔑视小说，人们只是忘了小说这种东西。奶奶在海南也快活，与小区里的老人聊天，海南的绿色和气候，还有大海让她的忧郁症好多了，她正在试着一点点地把药减下来。那天，我悄悄观察她与别的老人说话，真是神采飞扬。

下午要回香水湾，竟然总是有些舍不得走，看着在沙发上睡着的奶奶，真是太老了，皮肤都干了，老人的皮肤就像海边晾晒的咸鱼，奶奶竟然很懂事，一点儿也不纠缠爸爸，说走就走，说来就来，自由得很哪。儿子，你身边最让你感觉自由的女人就是你母亲。那肯定是美好的时光，爸爸经常意味深长地对你说，现在是咱们家最好的时光。其实，爸爸跟奶奶在海南，那也是最美好的时光。

母亲是儿子无法回避的，儿子们面对十分衰老的母亲更是矛盾纠结。考验儿子的方法或许很多，愿意不愿意带着已经八十二岁的母亲去旅行，可能是重要标志。把老人放着不管，其实是最人性的，《动物世界》告诉我们人和动物没有什么区别。欧美那些人是不管老人的，孩子大了就不给钱了，老人老了，自己待着。老人可能自杀，可能独自死去，日本有一个电影让爸爸深受教育，并且无比认同，故事核心就是人老了，就要送到山上喂野兽。可是，春天在德国发现了不同的结论：从小生长在不莱梅的玛雅女士说：她们专门研究了课题，德国有85%以上的老人是居家与儿女们一起，直到他们死去。爸爸小说德文版的出版人沙敦如女士把九十二岁的母亲接到自己乡村的家里，那儿离班贝格很近，前几天在北京听班贝格交响乐团演奏西贝柳斯的第四交响乐时，又回想起那个九十二岁的老太太，她们家很欢乐，老太太时时提醒我英文单词，让我感动并在巴伐利亚想念自己在中国的老妈。儿子，有一天爸爸老成那样了，咱们怎么办？也许咱们应该谈谈条件，因为我们是有条件谈条件的父子。爸爸曾经与艺术家朋友说过，大意是过了八十岁还活着，就自杀。这恐怕不可信，因为爸爸十多岁时，还想过了三十岁就自杀呢，可是，现在不还无耻地活着？

母亲的对抗

父亲死了，母亲活着。父亲死时不到六十八岁，母亲今年已经七十七岁了。父亲的早亡让我对自己的寿命充满担忧，母亲却让我渐渐自信起来。我经常对她说，你可要好好活下去，我像你，你活多大，我也能。那时，母亲会笑，已属高寿的她喜欢听我说我像她。

我年轻时就跑到北京流浪了，内心始终充满了不安全感。多年没有任何保障的生活让我生命的肉体和灵魂里塞满了恐惧。我只相信自己，不相信别人。我对人类缺少起码的信任。很多与我接触过的人都会非常奇怪：你为什么从来没有相信过任何一个群体——小到一个单位，大到一个国家、民族、党派？我总是反问：它们难道是可以相信的吗？

所以，在这个国家没有丝毫保障的我喜欢买房子。从上个世纪90年代初开始就有人对我说别买房子，北京的房价已经比国外高了，肯定要降。不买房子能买什么？不知道。还是只能买房子。当时我特别喜欢说：砖头总比纸片儿结实。

能买房子总是挣了些钱的人，即使是上个世纪90年代初，而且，买的房子多了，总是能越住越舒服。

母亲自从父亲去世后，就总是在北京住半年，在乌鲁木齐住半年。我认为她住在我买的那些房子里应该是舒适的，也应该是快乐的。从1998年到2011年这些年我与母亲在一起时，看着她一天比一天苍老，如同所有的儿子一样，我也是一天比一天心疼。大体上我与母亲生活在一起是温暖的，放松的，舒适的。直到有一天，人们开始议论房产税、物业税。我买了点儿房子，很怕征收房产税，希望房价永远上涨。我开始以为母亲住在自己二儿子王刚的家里，应该与他一样的害怕房产税。其实我错了，母亲与我完全不同，她像其他的穷人一样渴望政府征收房产税而且要高税率。我对母亲很不满意，她住在我这儿，却不跟我一条心。可是，母亲因为自己的大儿子还有她的大孙子还需要买房子，就总是希望房价能降下来。母亲本来算是有地位的人，时间却使她渐渐沦为这个社会的基层民众。从企业退下来的老人们随着中国经济实力不断的增长，当终于有一天超过日本成为世界第二大经济强国时，母亲已经变得贫穷了。于是，她拥有了一个老人的强烈愤怒，她渴望自己追随了一生的国家能够制止腐败，还世界能有一个她最风光时的公平。

母亲思维敏捷，喜欢辩论，在这点上我肯定像她。于是，两个好斗的人，一对世界上最亲的母与子经常就房产税争论。母亲开始总是尽量隐藏自己的观点，她显然能理解我的压力和担忧。我的态度却总是咄咄逼人。母亲渐渐地忍不住了，她开始像我对抗房产税一样地对抗我。我知道母亲是心疼我的。可是，她更心疼自己的尊严以及还很拮据的大儿子和大孙子要买新房的处境。争论总是在早餐后爆发，争论渐渐变得时时爆发。终于有一天达到了戏剧高潮：母亲说如果不征房产税，让房价这样无边地涨下去，会亡国的，政府当然要对整个社会负责。我说，我当然跑不了。你以为房产税与你无关？爸爸死了，你自己一个人住在一百三十多平方米的房子里，按照上海的方案，一个人只能住六十平方米，你已经远远地超过标准，肯定要征你了。而且，我哥与他的太太两个人住在一百八十平方米的房子里，也严重超标，肯定也要征的。母亲当时就愣了，她从来没有想过自己这么贫穷的人，竟然房子也会超标，她从来没有想过房产税也会征到她的头上。那天，母亲坐在那儿目光呆滞了很久，终于说：他们如果敢到我的家里征税，就把他们赶出去，我都活成这样了，还来收我的税！

最终，上海与重庆的房产税方案公布了，国务院批复了，与我跟我的母亲无关！我们思虑、愤怒、智慧、愚蠢、自私、公平都像垃圾那样毫无意义。也许垃圾还有意义，我与母亲的语言是真的没有任何意义。

家里平静了，我却开始反省：多年来我通过积累拥有了一些钱，别人看来不少了。我却还想要得更多，而且还是仍然没有安全感。于是，GDP持续增长，我持续吝啬，没有让母亲与兄长更多地享受到我富裕之后的成果。母亲不会害我，她爱我。可是，她的对抗会进行到底。

微博里有没有人肉包子

在中国人人称道的小说《水浒》里有一对人人称道的英雄人物，孙二娘和张青，他们在一个小店里做人肉包子。另一个人人称道的英雄人物武松来后，经过一番对抗，他们发现了彼此是自己人，就又一团和气了，张青对武松说："只等客商过往，有那入眼的，便把些蒙汗药与他吃了，将大块好肉，切做黄牛肉卖，零碎小肉，做馅子包馒头。小人每日也挑些去村里卖，如此度日。"

大家已经成了朋友，说话就无所谓了，充满了人情、友情、兄弟亲情，于是那人肉包子就变成了牛肉包子、猪肉包子、羊肉包子、驴肉包子，人世间美好的感情真是无法无天哪。

张青的语言里似乎有这样的暗示：如此度日，生计艰难，权力拥有者贪得无厌，民不聊生，所以，只好去做人肉包子。你可以由此想到千百年来中国老百姓的逻辑：当官的太贪了，我们太穷了，所以，我们只能去做人肉包子。而且，在一个充满温暖的，百姓间的人情社会里，人肉包子是合法的，只要是这个被剁成肉馅的人不是咱们自己的人，只要是这个被做成包子的人是咱们不认识的人，那就可以心安理得了。

我与李银河教授共同住在一个小区里，我们有一个共同的邻居，他的南边是一家养了许多狗的人，他的北边也是一家养了许多狗的人，那些巨大的狗天天狂叫不止，让那家的女主人无法睡觉，于是邻里不和，于是不断被狗惊扰的女主人只能天天报警，这成了一桩公案。不知道为什么，大家都向着养狗的两家人，原因是，因为种种原因，他们不喜欢那个被狗折磨得死去活来的邻居。中国人没有标准，只要跟自己关系好，就是自己人，只要跟自己关系不好，他就成了人肉包子。

我去北戴河海边，看到许多人都往沙滩上扔垃圾，往海里扔塑料袋，有时会忍不住地问他们：为什么要扔？他们有人回答我说：现在贪官太多，不公平，我们只好这样。于是，我们的大海成了人肉包子，我们的沙滩成了人肉包子。

从美国回来后，我经常想象在中国还有一条清澈的河流，还能有一片蓝天，那变成了我最大的渴望。我不止一次地想，我们国家的河流已经全是臭水了，下游是这样，那上游呢？前几天，我去了河北省的涞源，那儿是拒马河的上游，从网上看，那儿还有青山绿水。于是，我开车独自朝山里走去，哪里还有清澈的河流？哪里还有上游？电镀厂、水泥厂、煤矿，超载的汽车，尘土飞扬，满目的绿树全都成了泥土，灰黑，垃圾像没有打扫战场的尸体一样，打开车窗想透口气，一股浓重焦炭味钻入心脏。

如果你不让他们污染河流和空气，那就要饿死人的。现在摆在我们面前有两条路，一是我们不发展，那就要饿死。一个是发展，那就要污染，那就要做人肉包子，既解决了就业，又养育了人民，让我们不饿死。

仔细想想，人肉包子成了一种逻辑，繁衍出一种文化：那就是人肉包子有理的文化。

现在微博开始泛滥，全民微博，人人都在那儿狂欢。前几天通过微博，我们知道了浙江高铁惨剧的真相，不少人说微博是里程碑，似乎只要是有了微博，中国的任何事情都可以解决，因为所有的事情都能在一夜间摆到了光天化日之下。从此，监督与被监督就不会再是一句空话了。我却陷入了深深的担忧之中：在中国，无论你现在是什么角色，你果真做好了拥有微博的准备了吗？高铁速度太快会出问题，微博速度这么快难道对于我们这个农业社会来说，就不会出问题吗？

看到那些网上的暴民与咄咄逼人的公共知识分子以及显示出无可奈何的高官们，我又再次产生了那种不祥之感，似乎大家又一次坐上了从农业文明走向现代文明的高铁，车上的气味复杂，牛肉包子、猪肉包子、羊肉包子、驴肉包子，甚至还有人肉包子都在那儿影响空气质量。于是，想起了武松张青孙二娘，他们本是一家人。

是吗，路越走越窄

1

《福布斯咒语》这本书本来是想写出中国没有富人，中国的富人其实很可怜，中国的富人今天在电视上珠光宝气，明天资金链断了，可能就会东躲西藏，死里逃生，活得人不如鬼。就是他们在正常的年景，也是生活在恐惧之中，因为他们没有一个人的钱在开始是来得正常的，所以他们不可能有一种正常的心态。环境是这样的环境，那你能怎么样呢？他们个个都有原罪，他们不得不戴罪立功。于是他们的社会处境其实很可怜，一方面他们在电视上冒充文学家、哲学家、经济学家、政治家，一方面他们身处政府、中产者、穷人和知识分子之间，他们被这些人仇恨的眼睛吓得不停地放声歌唱，歌唱阳光，歌唱中国梦的伟大。可是，他们被所有的人指责，可以说没有人不恨他们。

我本来写这部书，是想说明这些情况，让读者看了以后感觉到富人其实跟他们一样害怕这个世界，仇恨这个世界。当理解了这点之后，他们对于富人的要求会有所变化。

但是，实际的情况是当我的新小说《福布斯咒语》一出来，竟然激起了人们更加广泛的对富人的仇视。有人甚至把我当成新左派来看，说我是他们里边的代言人。

为什么？

2

这些年是我的人生最放松、心态最平和、最不仇恨这个世界的时候，我生活富足，写作顺利，完全不是当年的拉斯蒂涅了，心里一点儿也不感觉到自己的路越走越窄，当年的那些仇恨烟消云散。可是，我也注意到现在更多的人却跟我当年一样，仇恨这个世界。我发现那些当年不仇恨的人，现在却渐渐变得仇恨，那些当年老是显示宽容的人，现在却一天天变得不宽容，渐渐拉开的贫富距离果然会让我们的内心产生如此之大的变化？

3

想起了当年在北京流浪的日子了。

那时骑着自行车，想把看到的那些高楼炸掉，那些灯光下的温暖让我感觉到自己更加寒冷。其实，我当时想炸掉的房子不光是富人的，其中包括了那些普通人的，我觉得不公平，他们为什么能有暖气，在灯光下吃饭、睡觉，而我，只能在北京流浪？我没有什么原则，我恨那些有房子住的人，若有可能，真应该来场大地震。

可是，现在的我变了，因为自己有了房子，就不希望来场大地震，所以，别人说我是拉斯蒂涅，是代表向上爬的人说话的作家。其实，他们错了，我这人一点儿原则也没有，完全自私自利，自己的屁股坐在哪儿，就决定了自己的脑袋，决定了自己的思想。

4

我们这些人一晃荡就四十八了，再一晃就不知道了。

想起当年的路为什么越走越窄那样敏感的青春仍然激动，可是那心里却强烈地不同意。路没有越走越窄，只是人越来越老而已。路越走越窄，是希望自己的路能更宽吗？那需要多少荷尔蒙的支持呢？需要多少像我当年那样在寒风中的疼痛呢？

我已经没有了，我真的是一个势利小人，我的心态平和，有时甚至感觉到幸福。我觉得这三十年因为没有革命，所以是中国最好的三十年，只有金钱才能救中国。如果说今天的中国人道德沦丧，那是多么美好的道德沦丧呀。我讨厌那些革命者和他们的革命激情，是因为那些人比金钱差远了。只是，时光太快，我对于明天自己的心理和身体都担心起来。

路越走越窄？是你们更年轻了，还是我变老了？

政治的激情和艺术的眼泪

儿子，昨天晚上奶奶早睡，爸爸却睡不着。回新疆乌鲁木齐略有二十多天，主要是陪着奶奶。奶奶八十一岁了，今年身体状况一直不太好，前段时间请了个新保姆，那是一个喜欢说话的女人，她每天为奶奶带来新的消息，特别是关于中国政治的小道消息，并且，她还为奶奶按摩腿脚，于是奶奶与保姆每天共议国事（也许应该为是非的是），精神状况竟然好起来。你说说，这中国人是不是政治动物？过去仅仅以为中国男人是政治动物，现在更确认中国女人也是政治动物。过去以为精英们是政治动物，现在确认奶奶以及她的保姆也是政治动物。

爸爸当然是政治动物，这躲也没法躲。十七岁时就看爷爷的政治经济学，二十岁时就喜欢看南斯拉夫铁托同志的自治制度，以后，最喜欢的就是与人探讨美国的民主和美国人的生活方式。爸爸不是怪人，却从青春时代就坚定地相信美国，无论别人从美国带回来什么，爸爸都会仔细观赏，认真研究。奶奶讨厌爸爸这样，她一生的工资和退休金都是政府发的，所以，奶奶喜欢说：美国人会给你钱吗?

奶奶不愧是八十一岁的老人，说话本质。拿谁的钱就是谁家的孩子，就是谁家的狗。这也是普世价值，而且，更符合极端实用主义的中国人。爸爸还真拿过美国人的钱，《英格力士》英文版在纽约出版，几万美元要上不少税，为了免去一些税，爸爸去美国大使馆办理相关手续，遇上了窗口的美式中国人，她对爸爸极其恶劣，爸爸第一次领略了你们这类有一颗中国心的美国人。所以，改造国人劣根性爸爸不仅对鲁迅不相信，也对美国的制度不相信。

昨天走在街道上，看见一辆清扫垃圾的车上写着丹佛二字，竟然忧伤起来：最早在北京买房，楼盘叫丹佛豪园，我带你去看。你那时大概十一岁吧？跟着爸爸看样板间，看得很仔细，还要去工地现场。丹佛二字吸引我们，看豪园就是看美国，爸爸就那样带领着你，我的儿子，把民主和自由的激情洒落在北京开发商的楼盘里。你去美国之前，那个乡村歌手丹佛又把咱们带到了浪漫的丹佛，我们在谷歌地图上查丹佛的实景，在“贼楼”网站里查丹佛的房子、房产税、管理费，当然，咱们更多的是通过寻找房子去寻找丹佛的景色。回忆中那种丹佛的美丽加剧了，只有五十万人口的城市周围有无数的湖泊，春天到了，白雪还在湖边，但是，湖水已经泛出雾气，可以看见草滩绿了，白雪却仍然在草滩上。然后，我们又把音响打开，这次不听约翰·丹佛，而是听拉威尔的钢琴协奏曲，要听阿格里奇的版本，她的情感细腻，当然，咱们俩谁也没有见过她，没有当面听她弹过，没有与她探讨过爱情，只是看着她与现在已经死去的阿巴多的照片。那张照片你肯定记得，就在音响上放着，年轻指挥阿巴多与少女演奏家阿格里奇都美好，那是第二乐章，我们可能都本能地把这首钢琴协奏曲的二乐章与丹佛联系在一起。最近看你的微信，发现你搜集了很多钢琴协奏曲的二乐章，竟然有斯克里亚宾的钢琴协奏曲二乐章，爸爸偷偷摸摸地听了，真的好听，又差点儿把眼泪听出来。知道吗？斯克里亚宾是《日瓦戈医生》作者帕斯捷尔纳克母亲的钢琴老师！儿子，从爸爸决定不再移民去美国，从爸爸对美国有了更多的看法，从爸爸的美国梦破灭后，爸爸的激情少了，眼泪多了。不要随便说爸爸老了，没有，五十多岁不能算老，这几天，爸爸天天在看纪录片“毛主席八次接见红卫兵”，今天看就与童年时看完全不一样，如同看电视剧一样，真的有情节，有故事，特别是有紧张刺激的人物关系。毛主席那时七十多岁了，却能发动一场“文革”，让爸爸今天的灵魂都浸泡在“文革”的往事里，让爸爸成为“文革”的产品和遗物。儿子，眼泪和忧伤不一定全是失败，它可能与内心的文字、语言更近，乔布斯死前意识到内心表达比什么都重要。可见爸爸选择小说、散文作为自己的生命依靠还不一定过时。

儿子，奶奶与保姆在炒鸡蛋，奶奶做的炒鸡蛋最好吃，把辣椒剁碎，和着鸡蛋炒，然后拌米饭，你今天是没有这个口福了。唉，待会儿吃饭肯定要与奶奶谈政治，想想眼泪就干了，激情就来了。

自我中心的男人女人

如果一对自我中心的男女厮混在一起了，怎么办？他们认识了一年、两年，也许是许多年。他们疲惫了，可是，他们仍然在一起。

如果那个男人非常有钱，他就会把那个与他一样自我中心的女人留在那所老屋里，自己去一个新的屋子，很快地又找回了一个新的女孩子，不管她是不是也很固执、聪明、讨厌，或者自我中心。

有钱的男女是永远的神话，他们生活在媒体的灯光下，被微博的目光照亮，他们生活在小说电影里，生活在纳斯达克的叫卖声中。没钱的男女们生活在我们的身边，是我们的朋友，以及我们自己。有钱的男女们也许有着更多的选择？可是我们没有钱。我们懂得爱自己，我们自我中心。我们知道自己有多少压力，我们有永远的委屈。所以，我们这些不走运的男女们总是在一起。

我们害怕孤独，我们渴望温暖。我们有性爱要求，我们依赖情感交流。还是在那个老屋里，自我中心的男人和女人除了做爱，他们究竟在做什么？不幸的是在每一个爱情的“老屋”里，都有这样一对男女。

他们怕孤独，他们要在一起。他们有的爱喝咖啡，有的不爱。有的爱穿裙子，有的即使去见英国女皇，也还穿着牛仔裤。有的去过台湾，有的没有去过台湾。他们聪明智慧，于是他们互相折磨。他们如同对立的党派，对于宪政、民主烂熟于心。可是，他们却越来越厌恶对方的呼吸。如果有可能，他们会毫不犹豫地控制对方的行动。如果有可能，他们也会监听出对方的一举一动。他们不俗，因为他们对于音乐和文字一样敏感，如果他们还想呵护，那他们会，他们知道什么是关爱的分寸。可惜，他们累了。他们等待着呵护、被呵护，“被”是公共知识分子最不喜欢的东西，它扭曲了人们的自尊，“被”真是一个贬义词呀——可是被呵护、被爱，又有多么普世！

自我中心的男女间还会有情感吗？如果没有，他们为什么还会在一起？他们的性爱像是日出一样，循环往复。如果他们休息好了，或者受到某种启示、刺激，那他们就会抒情。教育水准让他们的抒情自然、得体，甚至有新意。没有刻意维持，也没有小心地经营，可是，情爱仍然在继续。什么是自我中心男女间的情爱？对了，你说对了，男女们永远需要搭伴过日子。需要里边本身就包含了情爱。或者说需要就是情爱。抚摸就是情爱。性就是情爱。说话就是情爱。看电影、听音乐、讨论政治、开车出游都是情爱。

情爱是人性的，还是兽性的？如果是人性的，那人是什么？你看看那个只剩下鸡巴的家伙，他还是人吗？你看看她们哪里有一个是省油的灯，她们还是女人吗？理想的男人，理想的女人!! 他们永远活在我们心中。可是你身边的那个男女，一点儿也不理想，完全不是一开始认识的那个人。女人们真变得更优秀了，她们不像男人一样草率，她们几乎不迟到，平静地应对所有那些平庸的话题，她们总是能在电话里听完那些最可怕的唠叨，她们升职了，挣的钱比男人还多。她们蔑视那些不挣钱的男人，却无可奈何。她们总是最早地发现，自己真的比那个自我中心的男人地位高。她渐渐地意识到，那个男人其实总是在花自己的钱了。她们挑起战争，却从不真的去打仗：可是，男人真的有些下作，他们丧失了养活女人的能力，他们的肩膀摇摇晃晃。

战争开始了，开始在自我中心的男女之间。男人女人在一起，不是为了爱与被爱，而是来战争的。对立的双方有了强大的对抗愿望，于是人类的一切残酷就在情人之间展开了。

所以，那些自我中心的男女们最终分开了，在孤独中，他们产生了另外的痛苦。但是，混在一起的伤害让他们意识到了一个真理：不要搭伴过日子，需要的时候，真正需要的时候，最需要的时候就彼此紧紧地搂抱——那一定是最好的Moment。

我们
移民吗

白杨河

从纽约出来没多远就看见了大片树木，看见了哈德逊河。在LEDIG HOUSE作家村的小图书馆里我看到了有人说那是美国纽约的母亲河，台湾人比我们更早地周游美国，从他们写的文章里，我看到有人学着管这条河叫母亲河。两岸是树，河流没有被污染，一条大河波浪宽，风吹大树响两岸。“母亲河”的说法，激怒了从小在纽约长大，以后成了德国作家的David，他也住在“村”里，晚上吃饭时我说了白天的经历：开车走到湖边时，车上的收音机突然播放钢琴协奏曲《黄河》，那也是母亲河。这时，他突然仇恨地高声怒骂：FUCK母亲河，FUCK国家。我到最后也没有弄清楚他为什么那么恨美国。哈德逊河出现时，我没有想象的那么震撼，却内心忧郁：在中国还有没有这么一条干净的河流？

我从四十多岁就开始考虑这辈子应该死在什么地方，知道一个人的自信与充实往往决定于他离开死亡的距离，比如十年，二十年，三十年，四十年？当然，当然，一个人不知道他什么时候死，死在哪儿，怎么个死法。但是，哲人总是爱思考这类问题。哈德逊河畔的哈德逊小镇就是一个可以让你死在那儿的地方。这儿离纽约一百多公里，树木、草地、山坡、小溪、湖泊、蓝天……纽约的艺术家、记者、文化人退休前都往这儿跑，他们选择房子一般都能构成这样的画面：一幢房子，旁边是一个小湖泊，前边是大片的草地，后边是山坡和森林。我在哈德逊时，开车、骑车看过许多这样的房子，也不太贵，三四十万美元。我也拍过照片，现在看起来仍然诧异：湖水里映照着白云，显得那水很深，很透明，很辽阔，很天空。

几个月后，我即使在美国也意识到了：一个类似于我这样的人，是无论如何也不愿意死在美国的。所以，还是回来了，还是不愿意去办移民。即使哈德逊河没有被污染，它是一条能观光的大河，周围有森林和湖泊，有不贵的房子，还有条件设备极好的医院，小镇上有最好的红酒、西餐厅，还有一个很老很老的歌剧院。

回到北京以后，有很长时间缓不过来。不想住在人多的地方了，渴望能有一块像哈德逊那样的草地。空气污染，天空污染，更可怕的是没有一条河流了。我曾经参加过一次考察河流的活动，从北方一直走向南方。那些在历史书上、地理书上的河流都到哪儿去了？我们的水呢？经过易水时，看到了一条小小的黑臭水沟，风萧萧，易水寒，莫言在新写的话剧《我们的荆轲》里说：让我们历史上见。现在跟易水真的历史上见了，它还真的成了中国河流的象征，这条黑臭水沟终将也会走进历史，迎来属于它的另一个一千年吗？

伤心的我开始在地图上查询，在北京周边有没有哈德逊。终于发现了一个叫交界河的地方，潘石屹他们都在那儿有房子，于是去了。看见了那些房子都盖得很大，只是河里没有水了。村长告诉我说，因为农家乐太多，把河水都用光了。又开始在地图上查找：拒马河。它在房山十渡。沿河看到了上游：涞源。河流的中游、下游都变成臭水了，那上游呢？在山里，在密林里，在人烟稀少的地方，那儿有清澈的水吗？继续查询，又发现了那样的地名：走马驿、水堡、林寨、黄土岭……我开车上路了，先是到了涞源县城，你们一定去过中国县城吧？不用我说了，涞源跟你去过的县城一样。然后，就朝山里走，才发现那些让我充满想象的地名已经没有画面了。终于到了走马驿，到外都在开矿，尘土飞扬，大树早都没有了，那些小树上全是黑色的粉煤灰，来往的人们脸上像被烟熏过一样。一片片的农家乐，像是塑料大棚里的蘑菇一样。回家吧，拒马河的上游也没有安静和清澈了。于是，对遇见的任何人说，已经没有一条干净的河流了。没有了。

上周回乌鲁木齐，画画的朋友说有一条白杨河。我们开着车朝北走了六十多公里，在山里看到了白杨河，还有那儿的回民村落。继续朝里走，上游到了，草场、老树、山坡、羊群、吃草的马，哈萨克人的土房子和帐篷，而且，终于看到了上游的白杨河：水流湍急，清澈见底，里边全是被冲荡了久远的大石头、小石头，能看见哈萨克人骑着马过河，能看见牧羊人赶着羊群过河，没有看见农家乐，没有看见景区的牌子和收费处。我们沿着羊道往山上爬，上了第一个高坡回头望，似乎又回到了美国，回到了哈德逊，它就在我的故乡乌鲁木齐，我就生在这儿的，那是我离死亡最远的地方，母亲河三个字还没有完全出来，眼睛就有些模糊了。

哈佛丢车记

在纽约待了二十多天，其中有相当的时间住在哈德逊河谷，那儿有个很著名的ART OMI LEDIG HOUSE。我不喜欢在一个地方待着，在美国也开车到处乱跑，我知道自己跑不丢，就来到了哈佛。我的好朋友律师王子轩对我说，你还是应该到哈佛去看看。那天一大早，开着车在河谷的山地里不断地向东方钻一个小时之后，终于走上了美国90号公路的阳光大道。又开了两个多小时，过了一座桥，看见了一条清幽幽的河，就走进了剑桥，原来总是以为只有英国才有剑桥，其实美国也有，而且，美国有很多地名跟欧洲相同，比如巴黎、威尼斯、牛顿……应有尽有。哈佛大学就在剑桥。我开着车来到了一条街上，两边全是小店，在离公共汽车站十米远的地方正好有一个空位，就把车停在了那儿，然后问路过身边的人：哈佛在哪儿？他当即回答：这就是哈佛！呵，站在哈佛找哈佛。

回头一看，哈佛书店，就走了进去，可惜只有英文书，没有中文书，看起来中国人的过分自信还早了一点。出了书店，就看到了香港城中餐厅，感觉到饿了。餐厅的老板明明是中国人，却不愿意说一句中国话，他绷着脸，故意装着听不懂我说的中文，只好用我的破英文与他交谈。问他哈佛法学院在哪里，他说不知道。问他从哪个门可以进哈佛，他说不知道。这时，旁边一桌的女人突然说话了，是我二十多天很难听到的中文，她说：你如果想去哈佛法学院，我们一会儿可以带你去。走出餐馆，突然发现剑桥阳光灿烂，路过自己车，看到一切正常，兴奋时就忘了那个中餐厅的老板。女人的丈夫是一个日本人，她是苏州人。她说：哈佛没有大门，像中国的大学，比如北大，那么大的门，专门用来吓人的。哈佛到处都是小门，你就像是走进了别人家的公寓楼，穿过去，就是哈佛校园。他们帮着我拍了照片，我现在从那些照片上，还能看到哈佛古老的那些建筑，还有那些苍老的树，都在对我说是呀，我就是哈佛。

哈佛大学是一座什么样的大学，我不想说了，记得台湾学者黄进兴先生写了《哈佛琐记》，早在台湾出版，颇受爱戴。大陆学者康宁女士写的《走进哈佛课堂》，也是一本介绍哈佛颇有刁钻角度的书，她对二十多位教授进行了描述，所以很顺利地潜入了哈佛的血管，让我们看到了哈佛的眼神。

我在校园里游荡了一会儿，终于来到了法学院。朋友王子轩曾经对我说，他的梦想是到哈佛去读JD。我在那儿拍了不少照片，尤其强调了Harvard Law School，回去让他好好看看。

从校园出来后，才发现自己的车不见了。我记得分明停在了书店旁边，靠近香港城。难道记忆出问题了？的确，我的记忆力越来越差，也许记错了地方。我在那条街道上来回走了差不多十趟，浑身冒汗，最终有些绝望了。也许车丢了，或许还值个一万美元，那我就赔他们钱吧。来来回回的学生很多，我不停地问他们，都说不知道。终于走过来长得像中国人的学生，可是，不是韩国的，就是日本的。几十分钟后，才碰到一个中国的女孩儿，她说不知道，我在这儿也没有车。我不得不走回那个讨厌的中餐厅，去问问老板吧。老板这时脸上有笑容了，他听我说完，就说不知道。我这时几乎恳求他能告诉我，究竟发生什么事情了。如果是丢了，应该怎么办？如果是被拖走了，应该怎么办。他忍不住地笑着说：不知道。

我在绝望中走在了哈佛外的街道上，似乎当年在北京流浪的感觉再次重现。当又一辆公共汽车停下后，我突然决定问司机。那司机仔细地听我说完后，说：别担心。车牌号是多少？我根本没有记住车牌号。他说：那车的行驶证呢？我说在车上。他想了想，又说：你朋友的电话呢？在车上。他笑了，只好对我说，你上车吧。他开车把我一直拉到一个消防队，对我说：你进去，告诉他们发生了什么，他们会帮你的。

我走进了办公室，里边的人对我笑嘻嘻的，就好像我是他们的老朋友。一个中年男人，他仔细地听我说完之后，对我说别担心。没有丢，是被拖走了。他开始问我车的特征，一一记录下来，然后开始打电话，又边听着电话，边记着什么。放下电话后，他告诉我，你的车在停车场，你必须交90美元的拖车费用。然后，他严肃地问我，你有驾驶执照吗？我拿出中国的驾驶本，他看了看，点头笑了。然后，他告诉我应该怎么去取车时，我一脸茫然。我对他说我从中国来，实在不知道该怎么去。他想了想，决定亲自带我去。他与我共同出了门，上了他的车，在路上问我北京人多吗？我说大约有三个纽约那么多人。他说，你需要住酒店吗？你确定要在波士顿中心停车吗？我说，我必须住在剑桥，然后坐地铁去城中心。我需要住在一个离地铁近的旅店。他就先带我找了一个旅馆，当把一切安排好后，他又带着我去了停车场，很远，在剑桥的最边上，有许多不同区域，里边全是各种各样的车子。我心想，如果不是他带我来，在这儿都会晕。当我交了90美元，终于办完了手续，出来后，我来到了我的车前，看到上边夹着一张纸，拿下来一看，我还要另交100美元的罚款。他当时也难过地看着我，就像是罚款属于他一样，沉痛地对我说：非常对不起，美国就是这样。然后，他问我还记得回酒店怎么走吗，我惭愧地说：不记得了。他说那我带你回去。我们回到了酒店，我从自己的车上下来，走到他的车跟前，感激地对他说了很多客气话。他一直在笑，然后开车走了。我小的时候没有见过雷锋，懂事时，雷锋已经死了，在美国，见到了雷锋。

海南雾霾

又到香水湾了，可是香水湾的天空里竟然有一层雾霾。还记得曾经跟你说过“香水湾的日瓦戈”吗？总是在香水湾的海边读那本叫《日瓦戈医生》的小说，海南的大海清澈，天空透明，那种蓝得让你想捂住脸大哭一次的天空竟然没有了，十几天了，总是一层薄灰像朦胧的铅粉一样撒在海南陵水的天上。刚才有人说：三亚更可怕，天昏地暗。

很早就在海南买了房，冬天去海南是享受，这不是我说的，是许多人说的。东北人说，北京人说，连上海人都说。上海人有些像纽约人，不说别人的好话：你们那儿？你们那儿有什么？这话纽约人问全世界的城市，北京人问全中国的城市，上海人也问除北京以外的其他中国城市。只有东北人不问，寒冷的冬天让他们像鸟儿一样自问自答：海南有什么？当然是温暖、透明、蔚蓝的天空。于是东北大妈如同企鹅一样跳集体舞蹈，在海南晴朗的夜晚，她们扑天盖地，像澳洲布里斯班的海浪一样，把身上的寒冷全部挥发到海南冬天火热的空气中。蓝天白云是海南的特产，去年在香水湾里看书，天空里的云朵成块、成团，流溢着、变幻着造型，突然，撕开一个大口子，阳光就从里边流出来，那时你就会感觉到人还活着真的幸福。昨天去了南丽湖，最早在房地产广告上知道的：蓝色的水面如同大海一样，让我想起了房地产用的广告语：面朝大海，春暖花开。可怜的海子呀，你知道，即使是在海南，面对大海也充满雾霾吗？死去的诗人在那边有房住吗？即使没有房子也不要再来海南，这儿的房子很多，却呼吸在海南雾霾的天空下。这儿还有游艇。从法国买回来的游艇。我与游艇共同漂在灰色的南丽湖上，当时又想起了诗人海子。他活着时，我没听说过。他死后，我很快把他忘记。幸亏有了房地产，它们让我有了安全感，还让我想起了诗人海子。我跟海子一起站在游艇甲板上，他们驾驶着游艇对我说，发动机关了，现在我们升起了风帆。明显加速了，湿润的风吹着我的头发、我的脸，那时我看见了南丽湖边上许许多多别墅，我曾经在几年前到售楼处去过，只是记不得他们有没有对我说过面朝大海，春暖花开。风帆简直是奇迹，速度更快了，湖面很安静，只有风的声音，我对刚刚来临的2014年有些恐惧，在灰暗天空的压力下有些孤单，就对身边的海子说：生存还是灭亡，这是一个问题。说完，就饿了。

粽子是海南特产，如果你饿了，更是好东西，你当然可以说在吃粽子，你也可以说粽子吃你。那么大，粽子可以把人征服。里边是肉和蛋黄。肉不是普通肉，是黑猪肉。蛋黄也不是普通蛋黄，土鸡蛋黄。鸡刚才还在草丛里吃虫，现在已经在锅里冒出香味。我看见他们杀鸡了，很残忍，你必须作出选择，是不是要吃，你可以不杀鸡，你不能不吃鸡，你可以不为此忏悔，但是你必须忏悔，你不必为吃鸡忏悔，你必须为“文革”忏悔，为二战忏悔，为犹太人忏悔，为波兰人忏悔，为南京人忏悔，为侵略中国忏悔。为你是人而忏悔。只是吃粽子时，别人很难看到我在忏悔，粽子那么大，遮住了我的脸，想遮住我的脸可不容易，比一般的人脸大，可是没有定安粽子大，吃不吃一个完整的定安粽子也需要抉择，因为吃完它，你就无法再吃鸡了。可是，如果你不现在吃完，放弃独自享用一个完整的定安粽子，离开定安后，必定后悔，你可以不忏悔，但是你会忍不住地后悔。你的胃口有限，你的食欲无限。一万个人心中就有一万个哈姆雷特，此时此刻定安粽子摆在哈姆雷特面前，哈姆雷特很为难，很纠结，因为必须作出抉择。中国人不幸福吗？不幸福为什么要为海南粽子减肥？那么多好吃的，历史上从来没有过，充满雾霾的天空是因为好吃的太多吗？每日饿着海南的天空就能恢复？中国人幸福吗？幸福为什么火气那么大，喜欢骂人？我个人历史上也从来没有那么大火气。

定安的鹦鹉也算海南特产，鹦鹉没有人那么大的火气，即使在雾霾中也很会讨好人，乖巧聪明，你教它说什么，它就会说什么。于是身边有人竟对它说，杀了你，吃了你。鹦鹉这次没有照着学，它们回答：想吃就吃。

现在也有一种说法，雾霾只是不好看，对身体影响很小。一百年前，空气很好，中国人的寿命三十多岁，一百年后，空气很差，雾霾满天，中国人寿命七十多，快八十了。儿子，爸爸不热爱科学，不知道这是不是真的，反正现在看着海南天空的雾霾，总是感觉世界末日来了。

楼 兰

本来是不想去楼兰的，现在已经在路上了，这哪里是路？十公里开车竟然要走四个小时，有人说“是魔鬼大坑”。彭加木死在这儿，他是一个科学家，余成顺也死在这儿，他是一个探险家，斯文赫定也差点儿死在这儿，据说就是这个瑞典人发现了楼兰。斯坦因最坚强，他与自己雇用的驼队从这儿走到了楼兰，把所有那些文物都拿走了，现在留在西方的博物馆里，如果没有他，那些文物还会在楼兰吗？儿子，因为爸爸对于别人总是爱说的历史、文化不感兴趣。也许是说得太多了，甚至讨厌这样的词汇，比如历史，比如文化。世界上许多事情都是这样，本来不想去，却又去了。比如说你，在上大学时，光见你在家里玩儿，没有听说你想去美国留学，却又突然去了。

不感兴趣，不见得没有看过听过那些历史故事。比如唐朝，总是听人说那是一个好时代，可是没有见过，看到了一代代人对于它那博大、美好的解读，心里基本没有相信过。好比说，听人说民国好，民国的知识分子也好，民国的统治者也好，民国的大学也好。还是不愿意相信，如果真的好，为什么鲁迅先生那么绝望？都说先生骨头最硬，如果一个制度真的很好，哪里需要人人都要有那么硬的骨头？爸爸不懂得历史，却懂得那硬骨头是为了对抗的。天天对抗的人，想不硬也不行了。特别是民国知识分子，他们果真就好？比我们好？这个民族摸爬滚打了不知道有几千年，难道每一代人身上真是流着不一样的血？看看他们建立的那些制度，看看他们对于文化、人性的见解，我觉得民国知识分子与我们的差别不大——从头到脚都透着饱满的实用主义。

不知道罗布泊有没有像民国一样自由理性的历史，它太沉默了，说它曾经是湖泊，有证据，水底生物的化石随时可以找着，说它曾经是一个美好的国家，没有见过，只能看到那些水分被彻底蒸发后的土块。许多今天的人，喜欢给中国的历史故事添油加醋，或者叫重新解读，其实他们也跟我一样，没有见过，用今天的观点去涂抹历史，并说那是大历史。历史怎么会分成大大小小？其实这也是一种实用主义。你说呢，儿子？爸爸不相信历史，总是愿意相信自己眼睛看到的东西，并从这些看到的东西，去推测我们这个民族，特别是这个民族的精英，知识分子们。然而，自己双眼能够看到的东西多么有限，看不见胡适、蔡元培、梁启超，更看不见司马迁、李世民，永远只是听说他们有多么优秀，看不见他们身上的像你我一样的那些弱点，这眼睛竟也跟瞎了一样。

儿子，去楼兰的路真是难走极了，在路上，一次次地后悔，我发疯了，要到这儿来。在罗布泊，在沙漠里，人们都说那儿是死亡之海。不喜欢相信历史，却要去楼兰，去楼兰究竟想干什么呢？身边坐的司机，是若羌人，已经去楼兰不止十次了，他开着日本车，叫陆地巡洋舰，2001年的车，已经开了四十多万公里了，这个车真是太神奇了，明明没有路，它却一直在往前走，这么旧的破车，在二手车市场上，可能也就卖几万块钱吧，却是那么神奇地在行走着。日本有没有大历史？他们的汽车为什么造得那么好？日本人橘瑞超[①]是沿着斯文赫定的路线图找到楼兰遗址的，他也拿走了不少文物，那时离现在也快百年了，肯定没有陆地巡洋舰，可是，那时的日本人竟然也到过楼兰。

儿子，人真的很脆弱，他们建造的房子、城池，他们精心创作了艺术……全都可以被毁灭，因为他们自己的贪婪，因为战争，因为他们破坏了环境，因为他们没有水了，因为瘟疫流行，然后，就留下了废墟。楼兰就是一个废墟，是呀，人死了、走了，把能带走的都带走了，留下的，还留在这儿，它是大历史的一部分吗？真是越来越讨厌给历史前边加一个“大”字！楼兰是一个古代的城邦，史书里有记载，楼兰与中国古代政府有关系，楼兰人究竟是哪个种族不太清楚。儿子，人类对于像楼兰这样的地方那么好奇，究竟是什么原因？这种好奇值得尊重吗？

楼兰古城终于到了，同行中有人竟然面对那个塔跪下了，真是不知道他们为什么要下跪，是因为骨头太软了，还是骨头太硬了？

①橘瑞超（1890年1月7日—1968年11月4日），日本探险家、僧人。橘瑞超出生于名古屋，1908年参加大谷光瑞第二次探

险队，前往中国新疆，1909年在楼兰发现著名的李柏文书，轰动一时。1910年，橘瑞超前往英国会见斯坦因，同年回到敦煌，从莫高窟藏经洞又搜购走一批中国政府未及运走的文书。由于受教育有限，橘瑞超研究水平不甚高，仅编有《敦煌将来藏经目录》等书，对中亚文物也多有损坏。

湄潭山水民居

1

陈丹青曾经说过：乡村是城市吐出的渣子。

我知道，他说的乡村是指中国的乡村，不是美国的，不是法国、意大利的，这些乡村我都去过，很美丽，比你能想象出的画面美，我以为比陈丹青本人画的画还要美。记得当年坐在大巴车上，那时我正在法国，看着大片原野上的草，那草上有蓝天、白云，阳光通透，还有牛在小溪边晃荡，在这些畜生背后是满眼的绿色，当时我身后一女孩儿说：下辈子变个牛，也要待在法国。

乡村早就没有了，曾经不止一次地想念过晏阳初。他当时从国外回来，在离北京不远的河北进行乡村教育，那儿有水，有树，有纯净的天空，有穿着布衣的贫穷的农民，没有垃圾的土地上，人们的念想简单，农民们相信这个从国外回来的博士说的话都是真的，他们看着这位先生，朴素的内心里没有恶意（我是说那些当年的农民内心里没有恶意），他们还真的以为只要是自己扫了盲，有了那种叫作知识的玩意儿，就会让世界更加干净。晏阳初是幸运的，他至死也没有想到：那些早就扫了盲的农民们竟然把那个安静的小地方侍弄得尘土飞扬，污水横流，垃圾遍地，而且，有部分人充满愤怒，非常缺少理性。我是因为羡慕晏博士才去那儿的，当时想，为什么要让他们扫盲呢？他们永远不识字该多好。为什么要让他们富起来呢？他们永远贫穷该多好。穷人不会去买塑料包装食品，也不会乱扔，一张纸、一块木头都会捡拾回家。为什么要让他们有文化呢？那文化是让他们专门在网络上骂人的。是不公平产生愤怒，还是文化产生愤怒，我过去总认为是前者，现在我发现是后者。

母亲的家乡是在湖南湘潭，都知道出了伟人。两年前突然听她说，她的姥姥是曾国藩曾家某人的侄女，也姓曾，当时非常惊讶，过去她为什么从来都没有对我说过？然后喜出望外：原来也是名人之后。少年时代曾经随母亲去湘潭，已经有多年没有再去。我的思维、情绪都随母亲，既然有了曾家血液，当然要看看另一半祖宗，所以去年从长沙借朋友的车去湘潭。走在青山绿水之中，竟然也是四面垃圾，真是唯楚有才有垃圾，这些曾家的后人们呀，一点儿也不消停，在全民有文化、致富的过程中，他们把青山的树叶沾满尘灰，路边五颜六色不是鲜花，是那些我们最熟悉的东西。最可怕的是建筑，我始终不明白，中国人的建筑传统真的就一钱不值？意大利人不光保留建筑，还保留废墟，甚至还保留墨索里尼时代那些最难看的房屋。我们的民房，全是厕所砖，那是富裕的标志，在民房的四周，是永远也不会有人收拾的建筑垃圾，乡村的建筑样式早就抛弃传统了。所以，母亲家乡的山水是无法看的，管你是曾家的后代，还是左家的后代，还是毛家的后代，人人有份儿，拆了盖，盖了拆，共同把个山水景致弄得颓废。只有一幢建筑与山水和谐：毛泽东故居。它掩映在山林中，面对池塘，背靠天空，跟意大利有一拼。没有人拆它、改它，没有任何人以自己的审美重新建设它，于是美丽留下来了，我已经完全不相信母亲家曾经有过那种几进的大院落，不相信有干净的池塘，我认为那是母亲的幻觉。我对母亲说：中国的人，你们湘潭人因为别的原因留下了一栋与山川相配的建筑：毛泽东故居。

没错，补充一下陈丹青，是建筑和垃圾让中国的乡村成为渣子。

2

湄潭就要到了。请注意，是湄潭，不是湘潭。湘潭在湖南，湄潭在贵州。

道路很坏，心情很好。汽车像在海上航行，晃晃悠悠，却发现天空很蓝，树叶干净，没有看见开矿的、挖煤的。还真有这样的地方，树叶上竟然没有尘土？然后，放眼望去，路边上竟然没有看见垃圾。我们与垃圾为邻已经很久了。我们天天走在垃圾堆里已经很久了，我们甚至已经不能适应没有垃圾的日子了，因为生存、发展、平衡、公平、文化、审美……所有这些要求使我们必须与垃圾在一起，而且永远在一起。如同草叶离不开土地，人类离不开语言，识字人离不开普世价值，我们也不能没有垃圾的包围圈。

然后，看到了建筑，白色的建筑，一幢幢没有贴瓷砖的建筑，与毛泽东故居有些像，如果说不一样的话，那是因为这是贵州湄潭的毛泽东故居，那是湖南湘潭的毛泽东故居。车上有当地人对我说：我们这儿的建筑保留了黔北民居的样式。

当时竟然有几分感动，垃圾少了，建筑竟然是黔北民居。

3

湄江水从县城流过，他们都生活在河流两岸，湄江水竟然是清澈的，里边映出了树，透过波浪看到了一片绿色。晚上忍不住要在河边散步，早晨也忍不住要在河边散步。天是阴的，雨停了又下了，看见云彩游动，知道那是云，不是霾。北京总是被霾包围着，你希望那是云，却不是云。湄潭天阴，你担心那是霾，却不是霾。究竟是生活在大城市好，还是生活在小城市好？究竟是北京好，还是湄潭好？发展好，还是不发展好？我们要得更多好，还是更少好？在湄江河边上，又忍不住地想这些。晚上打着伞，让自己的目光越过河水的灯影，看着对面的公园、灯塔，想起了重庆、红岩、江姐，因为在童年的想象中，重庆就是这样的，不太大的城市，有山、有水、有歌声，还有一个孤独的人，他四处漂泊，内心总是不平静，先是思考公平正义，然后渴望清洁环境。昨天在易水边思考，今天又到湄江边思考。

当地人总是说：真是对不起你们了，路太差了。过几个月就好了，我们这儿要通高速了。那时从遵义到这儿，时间很短，非常方便，即使是从重庆来，也很简单。我回答说，真的不希望通高速，不是因为别的，而是出于恐惧：高速路通了，这儿的环境还有那么好吗？

4

小船沿着湄江河漂流，我们坐在船上，时时用手抚摸河水，凉爽、清静，如同前年走进了意大利教堂的后院，在那儿喝一口石头里流出的水，感觉是一样的。中国的河流很多，想找着一条清澈的河流，很难很难，中国的道路很多，想找着一条没有垃圾的道路，很难很难，中国的人很多，想找着不愤怒的，很难很难，中国的建筑很多，想找着与当地山水相融的，很难很难。

那么安静，安静得以为自己在耳鸣。那么透明，透明得以为自己瞎了眼睛。那么感动，感动得以为自己回到往昔。那么平和，平和得以为自己早已死去。

朝河两岸放眼望去，在田地的绿色中，一幢幢白色的房子真的很和谐、古老、朴实，我已经知道了那就是新盖的黔北民居。

新盖的房子，为什么让我看到了传统？

当地人说，我们从十年前就开始要求，我们拿出了四种设计方案，让农民挑选。风格是我们确定的，房子由他们自己造。如果，他们选定了这种黔北民居的样子，我们会给农民补贴钱，一万块钱。

5

2013年春节刚过，我走在黔北大地上，看着那些黔北民居，知道不是旅游点，而是农民房，农民们就住在这些“古建筑”里，他们世世代代就住在这里。这儿的景色不比法国、意大利差，一点儿也不差。只是这儿是中国，不是法国、意大利。

我对一直陪在身边的当地人说，你们请来很多人看湄潭，希望通过他们的嘴让全中国的人知道湄潭，你们为什么不把陈丹青请来？

陈丹青的名气比我大得多。

我们移民吗

移民成了一个中心话题，那年那月那天，然后就是每天每夜每时，在我们家，在你熟悉的那个客厅、阳台，移民的想象满面春风，在我们每个人的脸上都漂过来美利坚合众国海水的腥咸味。那是多么庄严的问题，而且，趣味不俗，我们从来没有想到移民美国对我们突然变得容易了。儿子，那个夏天很美好，我们每天都在听着约翰·丹佛的歌曲，呵，高高的洛基山，乡村道路。爸爸忍不住地回忆二十岁时对于美国的想象，注意，是我的二十岁，不是你的二十岁，区分这点极其重要。那时爸爸写着小说和诗歌，在乌鲁木齐蓝色纯净的天空下，日日与画画的人混在一起，学着他们留着长头发，他们抱着吉他，于是爸爸知道了科罗拉多河和高高的洛基山呀。那时的中国女孩子，我是说那些又有文化，又长得好的，热爱艺术的女孩子们只要有个美国老头能嫁，她们一定会张开双臂，分开大腿，抱着老头上床，然后说：

那是一个长得跟海明威一样的老头儿。海明威的照片家家户户都能看到，因为那时人人都有一本《老人与海》。美国蓝色的海水清凉透明充满阳光明媚。

北京的房子那么贵，美国的房子那么便宜，我们已经不需要在美国打拼了，也许在丹佛，在纽约森林山谷里的哈德逊，在西雅图，在林登，在旧金山日落区，在湾区的红木海岸，在日月湾，在福斯特城，在圣马迪奥，在纳帕或者在索诺玛山谷，或者干脆就去拉斯维加斯，我们会买一套房子，那就有一个家了，在美国有一个家了。那儿空气纯净，绿草如茵，人们善良友好，肤色洁白，天天浸泡在民主自由里，那儿的房价真便宜，我们买了房子之后，余下的钱就慢慢生活。就是在那时知道了有一个ZILLOW网站，每天都在查呀查，几乎熟悉了美国每一个地方的房价还有房产税。我们，还知道了另一个网站，那上边能查到美国每个城市的社会治安（犯罪率）、教育水准（博士硕士有多少）、物价水平，一磅牛奶、鸡蛋、牛肉、羊肉、牛排、菜蔬的价格我们清清楚楚，黑人、白人、墨西哥人分别多少，我们心中有数。我们还通过谷歌地图，进入了他们美国人的实景街道，几乎看到了街上的景色和行人。互联网最早说是地球村，我们只有在那个夏天里才真正体会到。儿子，那时，我曾经对你说过，也许此生最后生活在美国，才是最不庸俗的事情。现在想想有些害臊，你当然知道在此刻，爸爸对于美国的态度完全变了。不是美国本身让爸爸有什么新的看法，不，美国与想象的一样，完全一样，只是爸爸对于自己与想象的完全不一样。第一次去美国待了四个月，回来后，看到垃圾和满目的人群，竟然有些心平气和，这本来就是我的环境哪，我总是对自己说。第二次去美国，仅仅待了一个多月，就想立刻回来了，爸爸和妈妈在迈阿密海滩时，想起了我们在北戴河海边的家。妈妈说，我们楼下海滩的沙子，比这儿细。儿子，说来你会笑：美国驱逐了爸爸对于中国的恐惧。不去美国还不会爱祖国。这么可怕的话，竟然真实应验。你只有去了美国，才知道中国好，这句话是不是有漏洞？当然有，中国其实很有问题，当然有。中国其实一点儿也不好，太不好了。不用美国人说，中国人自己就知道，过去只有知识分子知道，现在人人都知道。特别是过去不知道的人，现在特别知道。爸爸是一个极右的人，奶奶在爸爸很小的时候，就用筷子顶着脑门说，你总有一天，跟你舅舅一样被打成右派。中学时有老师说，那个王刚，不出三十，就是劳改队的材料。左？右？左和右谁更丢人更不是东西？据说很多右派从美国回来之后就变成了左派。这是玩笑，这是概括，可是，真的想知道，为什么右派从美国回来之后，就成了左派？人们是不是认为他们很可耻？

约翰·丹佛的歌声似乎再次传来，高高的洛基山哪——那时我们谁都没有去过美国，却要把自己完全托付给它，就像一个女孩子，嫁了吧，嫁了吧，却对那个叫作海明威的老头完全一无所知，仅仅依赖向往就能决定方向和道路，这是不是人的本性？就跟贪财、好色、贪吃一样，是肉体和内心共同发出的渴望？爸爸那时说，余生在美国生活是最不庸俗的事情。妈妈今天说，现在去美国是最庸俗的事情，你觉得对吗？反正这次爸爸回到北京，一出机场，就说：不办美国绿卡了。